魅丽文化 花火工作室

我梦至南洲 2

南书百城　著

江苏凤凰文艺出版社
JIANGSU PHOENIX LITERATURE AND ART PUBLISHING

图书在版编目（CIP）数据

我梦至南洲 . 2 / 南书百城著 . -- 南京 : 江苏凤凰文艺出版社 , 2023.3
ISBN 978-7-5594-7279-3

Ⅰ . ①我… Ⅱ . ①南… Ⅲ . ①长篇小说 - 中国 - 当代 Ⅳ . ① I247.5

中国版本图书馆 CIP 数据核字 (2022) 第 209357 号

我梦至南洲 . 2

南书百城 著

出版统筹 曾英姿
责任编辑 张 倩
特约编辑 石 婷 王小明
装帧设计 苏 茶 李 娟
出版发行 江苏凤凰文艺出版社
南京市中央路 165 号，邮编：210009
网 址 http://www.jswenyi.com
印 刷 人民今典印务有限公司
开 本 880mm × 1230mm 1/32
印 张 9
字 数 240 千字
版 次 2023 年 3 月第 1 版
印 次 2023 年 3 月第 1 次印刷
书 号 ISBN 978-7-5594-7279-3
定 价 45.00 元

目　录

/ CONTENTS /

第一章

游园烟火

“我们重新来过，好不好？”

棠宁没有立刻给他回复。

棠宁现在几乎可以确认，过去五年，自己拥有一桩失败的婚姻。那些记忆碎片没办法拼凑完全，她最开始觉得全是蒋林野的错，可经过徐旻枫的事情之后，又觉得自己也……也……

挺蠢的。

有人叫她："棠棠，棠棠？"

意识由远及近，棠宁猛地回过神："啊？"

夏方觉低笑："你没休息好吗？今天怎么老走神？"

"对不起。"棠宁站在花架前，脸上流露出歉意，"我在想公司圣诞节的事。"

"最近大家好像都在为圣诞节做准备，我哥哥的公司也是。"夏方觉很擅长接话题，笑着看向棠宁，"我哥哥给大家准备了很多节日礼物，是用来抽奖的。你们是不是也有这个环节？"

"对。"提到这个，棠宁明显活了过来，眼睛亮晶晶的，像小动物一样，"简薇准备了很多毛绒玩具，我也好想要。"

"我听说，你们公司圣诞节要在游乐园做游园活动。"夏方觉帮她给花浇水，阳光透过玻璃花房巨大的透明穹顶落下来，被筛成一束束的线条，"我可以去吗？我很擅长抓娃娃的。"

"可以是可以……"棠宁有些犹豫，"但我担心那天会很忙，没空陪你玩。"

"没关系。"夏方觉笑道，"我看着你玩就好。"

棠宁手一顿。

哪怕再迟钝，她也察觉到了夏方觉对自己的态度里那种微妙的暧昧。

可她又不是很确定，犹豫一下，问："前几天，你奶奶好像想约我去做客。"

"嗯，我知道。"夏方觉毫不掩饰，"很巧，养老院出事那天我刚好回奶奶家吃饭，听她说了那件事。谢谢你，如果不是你，现在我爷爷奶奶应该躺在医院里了。”

“不不不。”棠宁想说，你们该谢的是蒋林野，可话到嘴边，还是变成一句简单而客套的“是我们的安全检查有问题”。

夏方觉笑了笑：“但我听奶奶说，你没有答应她。”

棠宁脸一热：“对不起，我当时没想起来她是谁……”

“现在想起来了吧，什么时候有时间过来？”

什么时候都不会有时间的……棠宁犹豫了一下，刚想开口，手机突然一振。

她以为是简薇发消息让她下楼处理事情，拿起来一看，竟然是蒋林野。

前几天蒋林野负伤住院，她怕他找不到自己，就将他放出了黑名单。结果蒋林野三天两头有事没事就给她发消息，她如果看到了就会回，当下没看到的就干脆略过了。

蒋林野：“我今天学了两句话。”

发微信还附带这么严肃的句号。

棠宁有些好笑，回：“嗯？”

蒋林野：“雨停了，天晴了，我又觉得我行了；雾散了，云飘了，我又开始叫嚣了。”

棠宁几乎能想象到他在屏幕那边，拿着手机，面无表情地打字的样子。

她舔舔唇，回他：“蒋先生，你非常有自知之明……”

然而紧接着，非常有自知之明的蒋先生，又严肃地说：“还有另一句。”

棠宁打一个问号发过去。

下一秒，屏幕上弹出一句语气认真、气势万钧的话：“棠总不笑，我不闹。”

蒋林野停顿一下，面无表情地敲出另一句：“给我脸呢，我就要。”

棠宁看着手机屏幕，愣了几秒，笑了起来。

她的眼睛很漂亮，弯起来时光芒四溢，午后的阳光从高大的玻璃穹顶上洋洋洒洒地坠落下来，将她笼罩进去，使她整个人好像都在发光。

夏方觉呼吸一滞。

他想起高中时的一次校庆，棠宁上台唱歌，她浑身上下都是流动的朝气。她现在好像跟过去不太一样，脸上偶尔流露出他无法理解的茫然，可笑起来时，又仍然是十七八岁时活力满满的样子。

“棠棠。”夏方觉低声问，“在看什么？”

“一个很好笑的推送。”棠宁眉眼弯弯，将手机收起来，眼睛明亮，抬头看他，“到年底这段时间我都太忙了，可能暂时没办法去你奶奶家做客，请代我向她问好。不过除了这个……夏方觉，你可以答应我一件事吗？”

“嗯，你说。”

“可不可以不要叫我棠棠……”实在太亲密了，棠宁觉得不合适，可她想了想，挑了个温柔的理由，“有点儿别扭。”

夏方觉微怔，停顿了一下，还是很有风度地点头：“好，那我还叫你棠宁。”

午休结束，两个人并肩下楼，等电梯的时间里，棠宁脑海中又浮现出刚刚蒋林野的那两句话。也不知道他是在哪里照搬修改的，难为他每天工作那么忙，还要抽空来做这些奇怪的事。

棠宁想了想：“夏方觉，我可以问你一个问题吗？”

夏方觉垂眼看她，浅褐色的眼睛被阳光照耀得透明而温和，他低声道：“你可以叫我小夏。”

棠宁眨眨眼，叫他：“班长。”

不给他回绝的机会，她又仰着脑袋问：“你前几年一直在国外，没有回来过吗？”

“基本上是的。”夏方觉回忆了一下，说，“实验室很忙，离不开人。

就算是过年，我一般也只在国内待几天。”

棠宁若有所思，长长地“哦”了一声，点点头，没再说话。

电梯门打开，夏方觉帮她挡住门，低声问：“你在怪我当初没回来吗？”

“啊？”棠宁起初没反应过来，愣了一下后赶紧摇头，“没有没有。”

“我那时候确实离不开，没办法回来。”电梯下行，夏方觉歉意地解释，“对不起。”

棠宁赶紧摆手：“真的没关系的。”

她确实不在意，反正他们之间也没有很熟。成年之后她被教会的第一个道理就是，别人真的没什么义务来帮你。所以父亲病倒之后，棠宁四处求人无果，别说帮她忙了，但凡没有奚落她、愿意给她好脸色看的人，她都觉得对方是在帮助自己，至少照顾了她那可怜的自尊心。

电梯“叮咚”一声，抵达总裁办所在的楼层。

夏方觉下午还有别的安排，只有中午有空来TJ陪她浇浇花、聊会儿天。棠宁正打算跟他告别，突然听他低声叫：“棠宁。”

她回过头。

夏方觉表情有些复杂，脸上仍然有令人沉溺的温柔。他一只手撑在电梯门上，犹豫了一阵，问：“如果五年前回来的人是我，现在站在你身边的人，也会是我吗？”

这个问题问得棠宁有点儿蒙，但她很快反应过来。

“虽然暂时还没有对外公布……”她停顿一下，笑道，“但是班长一定知道，我离婚了。”

夏方觉没有说话。

棠宁声音很轻，温柔道：“班长将来，会遇到更合适的女孩子的。”

棠宁觉得自己已经把话说得很明白了。

五年的时光无法倒退，这种事情根本没什么“如果”可言。要是五年前棠宁真和夏方觉在一起了，现在……

“现在也不好说。”盛星来指出，“你跟蒋林野离婚了，未必就也会跟夏方觉离婚。你可别忘了，我们班长的脾气比你前夫好四十倍。”

“可是，星星，”棠宁面露犹疑，“我现在觉得，问题可能并不全出在蒋林野身上……也许我同样不知道该怎么维持一段婚姻，我们两个都把事情越搞越糟。”

“挺对。”盛星来悠闲地撬开一枚核桃，“照你这么说，既然陷入僵局了，那现在就看你们谁先给对方下跪。”

棠宁哭笑不得：“还有一件事，我觉得很奇怪。”

“嗯？”

“人真的会对不同的人，存在不同的期待吗？”棠宁不明白，甚至感到难以理解，“夏方觉跟我说，他很抱歉五年前没有回来帮我，可是说真的，我一点儿感觉都没有。他回不回来帮我，我挺无所谓的。能回来的话我会很感激，但不回来也没什么关系。”

“可是……”棠宁微顿，脸上浮现出困惑，“可是蒋林野明明帮了我大忙，我们之间即便只是发生一些小摩擦，我也觉得世界要塌了……”

哪怕时隔五年，她又丢失了那么多记忆，那种世界崩塌的幻灭感，她仍然能感受到，她的身体依然替她记得那种不快乐的压抑的感觉。

“当然会啊！”盛星来笑了，“也许对你来说，蒋林野是更亲近、更值得信赖的人。”

棠宁眨眨眼。

“打个比方吧，我上幼儿园时，叔叔读的小学就在旁边。那时候他零花钱比我多，我每次放学总是用他的钱买零食。”盛星来说，“但是，首先，我肯定不会用不认识的人的钱买零食；其次，假如有一天有两个人跟我说‘盛星来，你不能吃那么多零食，你太胖了’，其中一个是叔叔，另一个是陌生人，那肯定是叔叔给我的伤害和冲击力更大，我会先跟他绝交。”

棠宁怀疑："那，那个陌生人呢？"

"把他按在地上暴揍一顿。"

棠宁好笑地问："时川又没有很老，也没大你几岁，你干吗一直叫他叔叔？"

"警察叔叔嘛，不叫叔叔难道叫警察？呀，你大概不明白，这是恋人之间的爱称。"

棠宁："噫。"但是说到爱称，她又不可避免地想到蒋林野那句让她头皮发麻的"宝宝"，光是想到就有点儿难以呼吸，她赶紧转移话题，"你和时川在一起了？"

盛星来摇头，别说在一起，进度条连1%都没有走到。他比以前更难搞，冷漠程度翻了一百倍，而且独独针对她。

她遗憾地撑住下巴："他好冷淡，我最近每天都在挖空心思地想各种理由去见他……还不一定能见到。你说基层民警怎么有那么多事要做呢？我去五次，他有四次不在。"

"别这么说，警察叔叔很辛苦的，我以前看过不少基层工作者在工作岗位上猝死的新闻。不过……"棠宁想到什么，眼中流露出一丝笑意，"你想见他还不容易，天天干点儿坏事就行了。"

盛星来没好气地睨了她一眼，棠宁赶紧安抚："开玩笑的。圣诞节的时候，去约他出来玩吧。天气预报说，那天会有初雪。"

如果有初雪，无论是撑同一把伞在万家灯火里并肩穿行，还是突然握住对方的手塞进自己口袋来一段强硬又别扭的告白，好像都会被笼上温柔的滤镜，不再那么让人难以接受。

盛星来思考一阵，认真附和："说得对。我也觉得在初雪天强吻他，是个很好的主意。说不定他情难自禁，我们就一不做，二不休……"

棠宁："我不是这个意思！我没有让你袭警！"

但真正到了圣诞节那一天，棠宁自己也没空再管小闺密了。之前跟夏方觉说她可能会很忙，到了这天才发现，她是真的忙——忙着从头到尾，把所有项目都玩一遍。

TJ头一次跑到室外来开游园会，员工们感觉很新鲜，老板自己更觉得新鲜。棠宁上大学之后就没什么机会再来游乐园，五年过去，主题乐园一个接一个地在北城扎根，她还一个都没来过。

蒋林野找到她的时候，她已经拉着简薇，坐了四次过山车。

棠宁抱着一只刚刚在公司抽奖时被工作人员偷偷安排到的巨大独角兽，体内每一个兴奋的细胞都被激发出来。

简薇连连摆手："我不行了，棠总您自己去吧。"

棠宁闻言，担忧地问："你没事吧？还好吗？我不玩了，扶你找个地方休息一下吧？"

蒋林野看着脑袋上戴鹿角、怀里抱着玩偶、口袋中还被员工们塞满节日糖果的棠宁，觉得，她现在确实是一个小女孩……还是拥有着很了不得的身家、被整个公司的人宠在手心的那种富有的小女孩。

简薇连忙道："没关系，我没事，我在这儿休息会儿就行了。"

棠宁还没开口，身后传来一道低咳："让陈良骏留在这里照顾她吧，我陪你去玩。"

她闻声回过头，见蒋林野长身挺立，站在阴霾的天空下。他肩膀宽阔，穿着挺括的大衣，没系扣子，露出里面的高领毛衣，看起来高冷又难以靠近。

棠宁还没从上次那句"宝宝"的阴影里走出来，简薇已经连连点头："谢谢蒋总。"

所以五分钟后，棠宁还是和蒋林野一起出现在了过山车上。

蒋林野低着头帮棠宁检查安全带，她有点儿不放心地瞅瞅他："你的伤都恢复了吗？"

会不会过山车走到一半，他突然开始飙血？

蒋林野抿唇："拆了线，伤口恢复得差不多，基本没事了。"

他检查好她的安全带，坐回座位，扣上自己的。

棠宁瞅瞅他，过了会儿，再瞅瞅他。

蒋林野忍不住问道："怎么了？"

棠宁咽了咽口水，小心指出："你这发际线。"

"嗯？"

"要是放在两百年前，"她认真地说，"可能是个贝勒。"

蒋林野沉默片刻，脑子里浮现一大串问号。他愣了半天才反应过来，她在说他秃……不是，等等，他秃？

几句话的空当儿，工作人员过来帮所有人检查完安全带，过山车铃声响起，机器缓慢地开动。

蒋林野一口气上不来，攥住棠宁的手，认真地强调："我有头发的。"

棠宁："我没说你没有头发啊！"

"我的发际线没有后移，我的发量也很正常。"蒋林野气急败坏，"你看错了，我只是把头发剃了而已。"

"噢。"棠宁就是随口一说，她也不怎么在意，把鹿角取下来放在手中拿好，"你说有就有吧。"

蒋林野感觉有一把八十米大刀当胸穿过，头发涉及当代年轻人的尊严，他有些难以呼吸："我真的有头发，不信你摸一摸。今天天气不好，你没看清，我不怪你。"

棠宁同情地看着他："没关系，大家都这样，你不用太担心的。我那里有生发液，如果你实在害怕被别人看到，我用黑色塑料袋包起来，偷偷送给你。"

蒋林野喉头一紧，感觉有第二把刀当胸穿过。

棠宁变坏了。他不高兴地想，她比过去还要难对付，蔫儿坏。

过山车驶过前面的平稳地段，开始缓慢地爬升，在为后面巨大的弯道蓄力。

棠宁握紧手里的鹿角发箍，突然转过头，神神秘秘地说："你知道吗？我听人说，在过山车最高点许愿，会成真。"

蒋林野："嗯？"

他脑子出问题了？他印象里的版本，好像说的是摩天轮？

"我帮你许个愿吧。"棠宁舔了舔唇，坏心眼地瞅瞅他。

过山车行驶到最高点，短暂地停了一秒钟。周围突然安静下来，仿佛所有人都不约而同地屏住了呼吸。

蒋林野看到棠宁嘴角残留的那一点儿笑意，心里突然浮现出微妙的预感："不……"

"必了吧"他还没说出口，过山车就轰隆隆地从最高点瞬间冲下。

在一串此起彼伏的尖叫声里，棠宁清脆的声音乘着风，从最高点开始，一路传至千家万户："蒋林野头发很多，发际线一点儿也没有后移——移移移移移——"

还没下过山车，蒋林野就想死了，这也不叫"许愿"啊！

十分钟后，伴随着漫长的回音，过山车缓缓停下来。

棠宁整个人兴奋得耳根都红了，将鹿角发箍重新戴回脑袋上。

她转头去看，正对上前夫神情寡淡的脸。棠总鹿角一戴，谁也不爱："你的员工全在这附近，现在所有人都知道你有头发了。"

她问："开不开心？快不快乐？"

蒋林野面无表情："呵呵。"

下了过山车，棠宁去储物格子把自己的独角兽玩偶抱回来。玩偶跟她手臂差不多长，填满棉花，胖胖的，咧着嘴朝谁都笑。

两个人走回刚刚的休息处，见简薇在和陈良骏聊天，一副相谈甚欢的样子。

蒋林野想不通陈良骏这种死板直男怎么能跟女孩子相谈甚欢，想走过去无情地打断他们，却被棠宁拉住：“你要去找助理吗？我不过去了，我饿了，去吃点儿东西。”

夜幕将落未落，园内的设施和小店陆陆续续地亮起灯。游乐园圣诞夜有官方活动，很多小舞台开始预热，灯火绵延十里，光芒璀璨，暗香浮动，在阴霾的黄昏里显得热闹而温柔。

蒋林野回头看看不知道在聊什么但好像很开心的助理，又转过来看看抱着独角兽左顾右盼找食物的棠宁，犹豫了几秒，觉得比起打击助理，还是追老婆更有意义。

“我跟你一起去。”

棠宁没有拒绝，转身往主干道的方向走。

TJ 开游园会没有包下整个游乐园，只包下了餐厅在内的一小片园区，不知道她那群员工去哪儿了，她怀疑那群人现在正在没有她的角落里偷偷狂欢。

循着食物的香气，棠宁一路摸到热狗店前。

“你想吃什么？”

蒋林野慢了她一步，不知看见了什么，立在她身后有些出神，愣了一下才反应过来：“跟你一样吧。”

棠宁点点头，很好心地帮他也点了一份热狗和一份洋葱圈。面包裹着法兰克福肠，被装在牛皮纸袋里，闻起来香气诱人，拿在手中有些烫。

“你快拿着。”棠宁看也不看，伸手递给他，“烫。”

蒋林野赶忙接过来：“饮料也给我吧，我来提着。”

棠宁觉得这家伙好像从下了过山车之后反应就有些迟钝，以为他被吓傻了，从店员手里接过热饮，正想转过去嘲笑他一下，一转身就撞见一个熟人。

游乐园里灯火璀璨，背后巨大的游乐机器在夜幕中闪光。

年轻的女孩站在十几米开外，戴着和她同款的鹿角发箍，笑意盈盈，一边面色兴奋地往这边走，一边大声朝他们打招呼："棠宁！蒋大哥！"

棠宁手一顿，抬头看了看表情从刚才起就不太好的"蒋大哥"。

"蒋大哥"自然而然地从前妻手中拿过热饮，表情有些一言难尽："我们跑吧……"

棠宁："啊？"

"我不想看见她，"蒋林野一边说着，一边拽住棠宁的手转过身，"也不想跟她打招呼。"

"不是……"所有食物都被蒋林野拿着，棠宁不得不跟着他走，"你干吗不直接拒绝她？"

"我拒绝过。"蒋林野的表情不好看，"你不知道而已。"

可徐旻枫根本就油盐不进，背后有徐家的长辈们护着，从小被捧在手心顺风顺水，做什么事都肆无忌惮，对想要的东西势在必得，执着得可怕。

棠宁被他拽着小跑了一段路，一开始还能听到徐旻枫在后面叫"蒋大哥"，拐过几个弯这声也听不到了。

停下来之后，她就不知道这是走到了哪儿。夜色蔓延，园区内处处灯火通明，星光般璀璨闪烁。最高的大楼上在表演灯光秀，旋转木马旁搭了个小舞台，小丑立在旁边笑吟吟地免费送气球，一群小幼崽围在那里喊"给我一个，再给我一个……"

周遭嘈杂喧闹，棠宁停下脚步，不明白："你怎么跟她说的？"

"我跟她说过很多遍，不要缠着我，不要跟着我。"蒋林野不太高兴，闷声，"可她完全不听。"

棠宁问完这个问题更饿了，垂下眼盯着他手中热气腾腾的热狗，很想拿过来咬两口。

可是蒋林野正说得兴起，世界上能让他感到安全的状态只有两种，要么完全独处，要么身处人潮中。就算现在棠宁没有抬头看他，没有与他对视，他也感到放松。

世界是世界，他和她是他和她。好像两个人能构成奇妙的小宇宙，将所有喧闹声都隔离在外。所以他很有耐心地低声解释："过去五年，我拒绝过她很多次……但好像从来没有跟你说过。我从来没有跟她在一起，也没有跟她发生任何关系。回国之前，我甚至不知道她叫什么。"

棠宁微微垂着头没有说话，夜风带动鬓角的碎发，她看起来有些茫然，又有些委屈。

蒋林野一下子有点儿急，但凡话题涉及徐旻枫，他都觉得棘手。

四年前棠宁不相信他的解释，他起初觉得烦躁，以为自己是没有耐心解释第二遍，后来过去很久才意识到，他真正无法面对的是她的冷漠和不信任，他没有勇气再次开口，是怕被她拒绝第二次。可是四年过去，走到现在，他已经没什么可失去的了。

"对不起，宁宁。我现在解释给你听，可不可以？"

夜色渺渺，灯光灿烂，蒋林野一只手落在她的肩膀上，低头看她。

"你大概不记得了，四年前……四年前我们因为徐旻枫吵过一架，她跟你说我不喜欢你，是因为父亲的事情才想报复你。我承认她说的不全是假话，但……"

棠宁仍然没有开口，垂着脑袋，目光向下。

蒋林野以为她不高兴，可事实上，她的眼神落在牛皮纸袋上，现在满脑子都是，热狗再不吃就要凉了，真的好饿，可是他说得这么动情，又不好意思打断……

"但是，真的不是那样的。"蒋林野从小到大都没有哄过人，父母太爱跟他讲道理，他一辈子没学过怎么撒娇，每句话都说得很艰难，"我承认最开始你来找我，我确实有一点儿报复心理……但是，那种念头很快就消散了。我不是因为想报复你才娶你的，是因为……"

灯光秀进入最后一个环节，身边有人开始小声倒计时。

周围人来人往，蒋林野怕她被行人撞到，伸手将她朝自己的方向揽："宁宁。"几乎是他话音落下的下一秒，烟火喷薄升空，"砰砰"地炸开，照亮大片夜空。

人潮涌动，耳畔的尖叫和欢呼一声接一声。一束束焰火在空中接连绽开，如同一朵朵五彩斑斓的花，深沉的夜幕下，颜色明亮耀眼，如同千树万树繁花绽放。

棠宁闻声仰头看向天空。

很久之前，两个人的学生时代，也有过一个这样热闹的夜晚，圣诞节恰逢周年校庆，班主任突发奇想，在年级里举办了一场小小的舞会。

棠宁穿着漂亮的小裙子高傲地坐在旁边，一整晚没有接受其他男生的邀请，大家拿她和蒋林野开玩笑，撺掇蒋林野去邀请小同桌跳今晚的第一支舞。

他朝她伸手，牵着她走到灯光下，站在所有人的目光焦点处，才听棠宁强笑着小声说："我不会跳舞……"

蒋林野微微怔了一下，一只手还落在她的腰上，突然笑起来。

"没关系。"

也是这样多的人，这样多的目光，那时他低声说："我们就这样站着，也没关系。"

棠宁被他护住，脸颊都烧起来："你不会觉得很丢人吗……"

蒋林野移开目光，什么也没有说。

她带着那个疑问生活了许多年，跨越无法回头的时光，机缘巧合，兜兜转转，这么多年之后，又和同一个人，站在这片夜空下。

当年的少年已经长大了，会在炫目的烟火下，在拥挤的人潮中，哑声对她说："……因为我喜欢你。"

耳畔有破空的声音，烟火如同流星，明明灭灭，下雨般坠落。

蒋林野声音很低，带着郑重，一字一顿："我们重新来过，好不好？"

"砰"的一声，更大的烟火在耳畔炸开。

两个人站的地方靠近中心，能听到烟火"咻咻"接连升空的声音，也能听到最开始点火那一瞬的"砰"声。

周围人潮汹涌，棠宁像是有些被吓到，下意识朝后退，猝不及防地撞到陌生人身上，她连忙道歉："对不起。"

这里太吵了，旁边的人大概也没完全听清她说什么，含混地摇摇头摆手表示没关系。人潮太过拥挤，蒋林野眉峰微聚，捂住她的耳朵，护着她往旁边走。等他们走到旋转木马的围栏旁，远离最嘈杂的中心，人群才稍稍稀疏一些。

"你刚刚跟我……跟我说什么？"棠宁拽住蒋林野，"能不能再说一遍？"

她被那巨响的冲天炮烟火吓了一跳，不是完全没听见他说话，可是那里太吵了，她担心是自作多情，或是出现幻听："你刚刚是不是说，你……"

"宁宁。"话到嘴边，蒋林野不知怎么生出股别扭劲儿，猛地把话茬截断，"我说我手里的热狗再不吃就要凉了，我们找个地方坐下来，先吃一点儿东西吧。"

棠宁张张嘴，还想说什么，可这么一被打断，脑子里瞬间真的只剩热狗："好啊好啊。"

逆着人潮，蒋林野一只手悬在棠宁另一侧肩膀外，将她整个人虚护在怀里。

"我们刚刚过来的时候，这儿好像还没有这么多人。"棠宁忍不住回头看，"大家都来看烟火了。"

"嗯。"一直到护着她远离了人群，蒋林野绷紧的神经才稍稍放松，"我也没想到这边会有这么多人，下次团建，不要挑在圣诞节当天。”

棠宁点点头，在园区内找了个休息处，抱着独角兽坐下来。热狗刚出炉时很烫手，刚才蒋林野带着她跑了一圈，现在刚好是适合食用的温度，拿在手中暖洋洋的。

夜色黑沉，风吹在身上有些凉。棠宁拆开一份热狗咬了一口，香气带着流动的热意涌入身体，连神经都得到安抚。

她的心情一瞬变得很好，接连咬了好几口，却发现蒋林野坐在她身边，一直没动弹。

“你不吃吗？这里面没有姜。”她舔舔唇，“我一直以为游乐园的东西不好吃，但这个味道还不错。”

蒋林野摸摸饮料的杯壁，发现还是热的，将吸管插进去递给她：“你饿了，当然觉得什么都好吃。”

“你不喜欢吗？”棠宁觉得这家伙真是太浪费了，明明刚刚是他自己说了要吃，“那我们等会儿回餐厅吧，其他人都在那边吃晚饭，简薇刚刚给我发消息了。”

顿了顿，她又补充道：“那边有厨师给你做饭，你可以不吃这种垃圾食品。”

蒋林野没有回应她，一言不发地看着她把一整份热狗吃完。

不知道是不是错觉，他总觉得很久没见过棠宁吃这种垃圾食品了。

学生时代两个人做同桌，她抽屉里永远塞满印着各国语言的小零食，包装都很小袋，一旦上课犯困就摸出来往嘴里塞两颗糖，每次还都会很殷勤地问他要不要吃，像一只到处藏食物的仓鼠。结婚之后反而很少见她吃小零食了，蒋林野觉得自己大概能猜到原因，母亲对他说过，糖果和零食会让人软弱。

棠宁不知道他在想什么，吃完一份热狗，又指了指他的洋葱圈：“那个你也不吃吗？”

蒋林野摇头。

棠宁心安理得，把他的洋葱圈也拿过来解决掉。

两份洋葱圈其实也没几个，何况这玩意儿也不扛饿，蒋林野看她吃得差不多了，将自己手边那个没动过的热狗也递过去：“还要不要？”

棠宁看看他，看看热狗，又看看他，看看热狗，像是纠结了很久，才皱皱鼻子，强调：“我一个女孩子，怎么可能吃得掉双人份？”

蒋林野云淡风轻：“噢，那要不要？”

“要。”

食物解决掉大半，蒋林野提着两杯饮料，棠宁一边吃着热狗，一边和他并肩往回走。

圣诞节跑来赶游乐园夜场的几乎全是年轻人，园区内比白天还要热闹，四处流光，黑夜也被照成了白昼。棠宁偶尔停下来看马戏或者花车巡游，两个人走走停停，在午夜前回到了餐厅。

主题餐厅开在蹦床附近，用篱笆圈出了一个小院，院内绿草如茵，繁花盛开。然而隔壁的蹦床馆内似乎在开电音派对，嗨翻天的声响，几乎要把房顶掀开。

棠宁路过门口，蠢蠢欲动：“等你吃饱了，我们能不能……”

话没说完，就被蒋林野面无表情地打断：“你想把刚刚吃下去的东西，原模原样吐出来？”

棠宁沉默了，闭上嘴，跟在他后面回到餐厅小院。

还没推开篱笆门，两人就闻到熟悉的香气。院内绿化很好，挡住视线的灌木丛几乎跟人一样高，棠宁沿着鹅卵石小道往里面走了一段路，循着声音找到人群，发现她手下这群经理果不其然，在聚众烧烤。

有人看见他们，立刻抬手打招呼：“棠总！蒋总！”

蒋总的脸上一年四季没什么表情，有些冷淡地“嗯”了一声，转头进屋了。

大家都习惯了他这种冷漠的态度，也不怎么在意，转身热情地招呼棠宁坐下："快来，鸡翅刚刚烤好，棠总您吃晚饭了吗？陈良骏刚刚抽奖抽到您这只独角兽的配偶，被我们给扣下了。您先坐着吃点儿东西，我们现在就拿过来给您。"

棠总受宠若惊："谢……谢谢你们，我晚饭吃了点儿东西，但……现在还能吃。"

她一边说着，一边忍不住低头看看自己怀里的独角兽，这玩意儿竟然还是一对？这年头真是什么都有配偶，只有蒋林野是孤狼。

她一坐下来，面前的小盘子很快被堆满食物。棠宁忙不迭地说谢谢，在心里默数了一下，院内留着的人不多，年轻的员工们好像都跑到外面玩去了，只剩这群年纪轻轻就装老弱病残的高管，半夜围着炉子边烤火边吃东西。

"我们刚才玩到哪儿了？"她拿起一串面筋，刚刚放进口中，就听技术总裁扬声道，"别棠总一来就冷场啊，嗨起来。"

棠宁一乐："你们在玩游戏？"

简薇就坐在她左手边："已经玩过好几圈了，您过来之前，我们正在讨论下一局玩什么。"

棠宁咬掉一片小瓜，刚烤出来有点儿烫，她一边吸气一边问："你们刚刚讨论到哪儿？我是不是打断你们了？"

技术总裁摇头："没有没有，我刚说要玩真心话大冒险，他们嫌没意思，我刚被他们教训过……棠总，您要加入我们一起玩吗？"

"好啊！"棠宁觉得这个小瓜实在烤得太好吃了，哪怕为了这些吃的，她也要在这儿多待一会儿。

二十分钟之后，跟厨师一起走回来的蒋林野，看到的就是这么一幕。

他可爱的前妻，一手拿着烧烤，一手拿着啤酒，靠在简薇肩膀上乐得直不起腰："没有没有，蒋林野这人学生时代脾气就不好，很多女生喜欢他，但是不敢搭话，背地里给他取外号叫'面神经麻痹'……噢，就是面瘫。"

"以前？他以前的成绩确实很好啊，除了吃、睡、上厕所，就是在学习……喂，你们这么喜欢听八卦，当初为什么不去做娱记？"

"我和他……我和他如你们所见，就是现在的合作关系呀！"

…………

蒋林野心情微妙又复杂，他深吸一口气，走过去，将厨师手中的小托盘放在她面前。忍了忍还是没忍住，把她手里没喝完的啤酒抢过来："别喝了。"

棠宁立马坐直："我只喝了一点点。"

有过上次跟夏方觉吃烧烤的经历之后，她学乖了，没有再硬着头皮作死。TJ 这群高管里有八成都是她最初创业团队里的人，了解她的性格，也知道她容易过敏，但凡递给她的烧烤，要么没放辣椒，要么就只零星撒了一点儿。

蒋林野掂量一下手中的啤酒罐，确实还剩不少，她应该真的只喝了几口。目光转而向下，盯着她看了几秒，他猜测，她大概也没怎么吃辣椒。

挺乖。

在心里下完结论，蒋林野一言不发地拖了张凳子坐下，将另一只从男助理手中抢过来的独角兽放到她身边："把汤喝了。"

棠宁低头看看，他让厨师煮的是冰糖雪梨汤，清热解渴，润肺止咳。而放在她身边的玩偶，是她怀里那只独角兽的配偶。

她放下烧烤捡起勺子试了试，汤有些烫，但在寒夜里喝起来很舒服，暖意抵达四肢百骸，舌根泛出一点点回甘。

坐在面前的一众经理，不约而同齐刷刷小声地"啧"了一声。

棠宁的真心话说完了，游戏还在进行中，空啤酒瓶在桌上转啊转，指向下一个人。

她转头低声问蒋林野："你吃东西了吗？"

"还没。"他将大衣脱下来挂在旁边，挽起衬衣袖口，"我让厨师煮了面，你要不要吃？"

棠宁摇头："这盅汤能喝得很饱……我觉得我今晚已经吃太多了。"

蒋林野抬眼，语气不是很好："那你还坐在这里吃烧烤。"

尽管他自己也知道，TJ 大多数高管都早婚早育，不可能对女老板有什么非分之想。可是他走出来看到棠宁跟一大群人坐在一起，笑得歪倒在简薇肩上，心里还是有点儿不爽。

不可避免地想起很久之前，他谈完一个案子，无意间撞见棠宁跟一群人在包间里喝酒。她的酒量和情商全都是创立 TJ 之后练出来的，尽管有简薇在旁边看着，他不担心出什么事，可还是觉得不舒服。

控制不了的不舒服。

——哟，笑得这么开心。

——怎么不对他多笑笑？

像过去这几年一样，蒋林野始终认为自己在这件事上难以让步。他就是这么双重标准，自己可以，她不可以。

棠宁正想反驳吃烧烤用的是另一个胃，下一秒，啤酒瓶晃晃悠悠地指向自己。

为了让游戏不那么无聊，他们稍微修改了一点儿玩法。选真心话还是大冒险，由上一个被选中的人来定，而发出真心话或大冒险内容指令的人，是顺时针的上家。

蒋林野一坐下来，就自动成了棠宁的上家。

上一个被选中的是市场部的妹子，眼见又抽到了老板，她兴奋地拍桌大喊："大冒险！棠总大冒险！"

棠宁发出霸总疑问：“嗯？”

她正想开口，蒋林野抬起头，声音清冷地问：“我可以对下家下一个指令，是吗？”

其他人战战兢兢，纷纷点头。

蒋林野思索半秒，突然站起身，拿起挂在旁边的大衣。

棠宁茫然地仰起头看着他。

“棠宁，”他声音清淡，垂眼看她，“站起来。”

“啊？”棠宁没搞懂他想干什么，懵懵懂懂地照着指令，站起身。

下一秒，蒋林野一脸认真地看着她，沉声严肃道：“拿上你的独角兽，现在，立刻，跟我回家。”

人群沉寂几秒，其他人和抱着独角兽的棠宁，接连流露出茫然的神色。

一群人盯着他看了半天，才反应过来。

棠宁有点儿难以呼吸：“你是认真的吗……”

蒋林野脸上表情波澜不惊，垂眼看她：“我不是上家？”

“是……”

“我不是可以对下家下一个指令？”

“是……”

“那走啊！”

棠宁游走在崩溃边缘：“你没玩过大冒险？”

蒋林野抬起眼皮：“你没见过有人这样玩大冒险？”

“我……”还真的是没见过。这是什么神仙操作？

“我不要……我不走。”棠宁挣扎，“我要接受惩罚。”

蒋林野根本来不及拦，她已经伸手从桌面那一堆小纸团里揪出一个——每个纸团里面写着一个惩罚，不尽相同，棠宁自己也不知道是什么。但她今晚已经见别人抽到过“与墙深情拥吻一分钟”或者“跳草裙舞到大家都鼓掌的程度”这种奇怪的惩罚了，所以对自己能抽到的内容也不抱什么希望。

棠宁咽了咽口水，小心地展开字条，上面有一排小字，工工整整地写着：与一位异性十指相扣，对视一分钟。

棠总微怔，在心里泪流满面，这是谁写的惩罚？也太简单了吧！

“快快，来来来。”她重新坐下来，兴奋地环顾四周，“你们谁来跟我对视一下，很简单的，一分钟就够了。”

在场的男性不约而同地或仰头看天，或低头喝酒，或别开目光吃烧烤，就是没一个人敢看她。

棠宁纳闷：“怎么了，我是美杜莎吗？看我一眼会石化？”

蒋林野站在她旁边，她看不到他的眼神，自然也看不到他脑袋上方快要化形的黑暗气息，满脸写着“谁看谁倒霉”。这谁敢把头转过来？

棠宁有点儿不高兴了：“你们这些家伙……”

“抬头。”蒋林野突然出声，他声线一如既往的低，在沁凉的夜风里，像某种很有年代感的弦乐器，“看我。”

棠宁微怔，被动抬起头。她还没反应过来，蒋林野就俯身握住她一只手臂，将她像小动物一样提了起来。

他动作的幅度不算大，下手也很轻。棠宁抬头时，接触到他的眼神。双眸清晰，瞳仁很黑，里面装了许多情愫，如同无法斩破的夜色，然而深处灯火闪动，正中倒映出一个小小的人影。

于是几乎是受蛊惑般，她受着他牵引的动作站起身，目光向上，与他对视。

已经过了凌晨，游乐园内热闹丝毫未减，餐厅小院被圈在一隅，明亮的灯火与嘈杂的喧闹声都被隔得很远很远，那声响恍如隔世，宛如退潮。

蒋林野一动不动地看着她，薄唇紧抿，下颌线条清俊，脸上没什么表情。

夜风带动棠宁额前的碎发，她有些痒，想问问他觉不觉得痒，话出口的前一秒，突然想起他没什么头发。

她觉得这游戏有点儿像那个“互相盯着对方眼睛不准动，谁先笑谁就输了”，看得久了眼睛就有点儿疼，一分钟变得无比漫长。

可蒋林野完全不这么想。他有太久太久，没有这种机会，能好好看一看棠宁了。睡梦里也许可以，但他仍然希望她醒着的时候，也能平静地面对他。

风声悠长，灯光如同打翻的银河。

她到底年轻，侧脸安静，眼神也澄澈，蒋林野这样垂眼看她，能望见她又长又密的睫毛，像两把小刷子，毛茸茸的。

让人情不自禁，想要拥抱……想要亲吻。

周围的高管每一个都眼观鼻鼻观心，不敢说话打断他们。

棠宁就这样默不作声地一边与他对视，一边在心里默默倒计时，可不知怎么，对面的蒋林野盯着她看，看着看着，那眼里突然掀起一阵小小的风暴。

下一秒，趁着她反应过来之前，他陡然按住她的肩膀，一只手扣住她的后脑。

棠宁：“……咦？”

耳畔风声骤急，巨大的拉力难以抵抗，将她拉向蒋林野。

“喂……”脑子里浮现出的第一个念头是自己大概要撞上他的下巴，第二个念头是这浑蛋竟然想强吻她！

电光石火的瞬间，碰到她嘴唇的前一秒，蒋林野下意识闭上眼——然后，稳稳地亲到一个棉花物体上。

蒋林野身体短暂地僵了一下，眉峰微聚，将脑袋朝后撤。

借着暧昧的灯光，果不其然，看到自己面前横着一只傻不拉几的独角兽，棠宁一只手还被他握着，另一只手死死攥着玩偶，堵在自己的脸前面。

蒋林野深吸一口气，突然什么脾气都没了。

棠宁等了几秒，感觉差不多够一分钟了，便放开了蒋林野的手。

他的手掌比她大很多，刚刚握住时掌心很干燥，可就这么短短一分钟，不知道为什么，他竟然出汗了。

握个手而已，有必要这么紧张吗……

她小心地将独角兽从自己面前挪开，眨着眼看前夫的脸，果不其然，他的表情不太好看。她舔了舔唇，想确定一下："你亲了它？"

蒋林野在心里叹口气，面无表情地接话："对。"

微顿，他又挑衅地看过去，语气带点儿不高兴地问："它脏了，怎样，你要跟我决一死战吗？"

一群人在游乐园玩到很晚，才陆陆续续地离开。

棠宁游戏没玩几轮就打算撤了。她今天精神很好，原本想在这里吃个通宵，但蒋林野摆出一副"你不走我也不走"的架势，他大病初愈，她有点儿不放心。

本着怜惜前夫的人道主义精神，她还是决定先撤。

"明天我可以迟到。"离开之前，棠总放狠话，"但是你们不能。"

人群瞬间分成了两半，一半当没听到，欢欣鼓舞地恭送棠总；另一半哭天喊地，觉得明天无论如何至少得放半天假。

不管哪一种都带着开玩笑的性质，落入蒋林野眼中，他觉得可爱极了。他永远不明白棠宁为什么能跟员工建立这种兄弟般的情谊，可过去有这么多人喜欢她，她还是不快乐。

棠总当然不知道他在寻思什么，她开开心心地跟其他人道别，扛起两只独角兽就跑。

简薇跟她一起离开，走到小院门口，被蒋林野拦住："你不用过来，我送她回去。"

简薇愣了一下，转头看向棠宁。

棠宁小小地“啊”了一声，似乎有些意外：“不用了吧，我们又不顺路。”

“你不是要回家？”

“我们回的又不是同一个家。”

蒋林野再一次沉默，今晚被插刀的次数太多了，他的神经一时间有点儿钝，痛感竟然没有立刻传达进大脑。

“不行，现在太晚了。”他揉了揉太阳穴，有些头疼地说，“简薇也喝了酒，不能开车。”

“我原本打算叫个代驾的……”

“这个点，你上哪儿叫代驾？”蒋林野突然有点儿生气，刚刚亲吻独角兽时就埋在心里的小火苗，现在终于蹿起来，“叫代驾比让陈良骏开车安全吗？你怎么想的？”

玫瑰半里和明郡公馆在天南地北两个方向，棠宁明天真的可以不上班，但蒋林野不可以。

她想让他早点儿回去，皱皱眉头，正想讲道理，又听他疲惫地低声道：“棠宁，这种小事，你能不能就不跟我犟了？”

棠宁短暂地沉默一下，勉为其难地答应下来：“好吧。”

夜幕低垂，疾风吹散树影，车辆高速行驶，划破深沉的夜色。

车上很安静，陈良骏将音乐声调低了，暖气让人昏昏欲睡。棠宁靠在车窗玻璃上翻手机消息，看到她离开后，“TJ 仙女养生会所”群又刷出了上百条的消息。

“你们觉不觉得蒋总好像变温柔了？”

“你哪只眼睛看出他温柔了？我今晚想抬头跟棠总对视的时候不小心瞄到他，感觉他下一秒就要把我吃掉了。”

“眼睛不需要可以捐给有需要的人呢，这个世界上还有很多小朋友渴望光明。”

“嗯？不是，棠氏的老员工必须说一下了，蒋总刚跟棠总结婚那段时间也很温柔的，那时候TJ还没成立，我经常看到蒋总开车接送棠总。”

“棠氏的人为什么会在我们群里，你是棠氏的叛徒还是TJ的卧底？”

“这么没见过世面吗？我是觉得棠总长得更好看，所以从蒋总那儿跳槽来了啊，何况TJ本来就是棠氏的子公司，分什么你我他？”

…………

“正经点儿姐妹们，我也觉得蒋总对棠总态度好像变软了。可是你们不觉得棠总的态度反而有点儿奇怪吗？”

“嗯，一副不太想跟蒋总同框出镜的样子……”

“蒋总说要送她回去，也被她拒绝了……”

“玩游戏的时候我从指缝里偷看，看到蒋总想亲棠总结果亲在了独角兽嘴上……”

群里沉默三秒，突然有妹子说：“你们记不记得前段时间那个传婚变的八卦？好像是从那个时候开始，蒋总出现在TJ的频率突然变高了。那我们不妨大胆地猜猜，他现在在干什么？”

“我猜……”

“不是吧……”

群里又陷入沉默，所有人心情微妙。

“他不会是在追妻吧……”

棠宁看到最后一句话，一个激灵，瞬间被吓醒。

她忍不住转头，瞅瞅与自己隔着两只独角兽，坐在不远处的蒋林野。他闭着眼像是在小憩，单手撑着脑袋，手指修长，骨节分明。

车上挺暖和的，他把大衣脱了，毛衣领子毛茸茸的，昏昧的灯光下，阴影落在侧脸上，她清楚地看到那一小圈短毛簇拥着他白皙的皮肤和突出的喉结。

下一秒，像是察觉到她的目光，蒋林野慢慢睁开眼：“怎么了？又饿了？”

棠宁沉默了一下：“不是。”

结合今晚放烟花时她的幻听，以及大冒险时他那个像是想要吻她的动作……她谨慎地发出试探：“你有没有听过一句话？”

“什么？”

她清了清嗓子，绘声绘色地学：“你那是喜欢吗？你那是馋她的身子。”

蒋林野沉默了一会儿，抬头看她，声线清冷：“我知道，这句台词还有后半句，你是不是想说，我下贱？”

“我没有……”棠宁立马意识到，她的梗现在已经降不住蒋林野了。她不开心地揪住独角兽的角，“你不是很忙吗？哪来那么多时间上网冲浪？”

蒋林野没有说话。

发生这种事情他也不想的，可他实在不知道怎么才能把前妻追回来。陈良骏教他投其所好，可棠宁现在除了吃，只对猫和说相声感兴趣，他对猫咪实在是喜欢不起来，只能从另一边下手。

不过这些话蒋林野不好意思跟棠宁说，他不擅长告白。七岁时不擅长跟爸爸说“我爱你”，后来再也没有机会了；十八岁时没机会跟棠宁说“我也喜欢你”，后来也没机会了。

第二章

猫狗大战

“你也试一试，不要太快推开我，好不好？”

很快，车平稳地抵达明郡公馆。

棠宁一左一右扛起两只独角兽，迫不及待地逃离这个可以感受到蒋林野的呼吸的密闭小空间。

“我走了，再见。希望这个项目顺利，祝你发大财。”

蒋林野半秒也没犹豫，拉开另一边的车门：“我送你上去。”

棠宁头也不回。

随便吧，反正她也拦不住他，但她发誓不会让他进门的，绝不。

她扛着两只玩偶，飞快地跑进电梯。

蒋林野紧跟其后。

她住在高层，乘电梯还要花一小段时间，他几次三番地想说点儿什么打破沉寂，可是一看到前妻清凌凌的目光，就感到无从开口。

“叮咚”一声，电梯抵达楼层。

总共也没几步路，棠宁制止住他企图送她到家门口的想法：“时间太晚了，你也别出电梯了，就这么坐着电梯原路返回吧……我这住处挺安全的，三步路也不会出什么事……”

她话没说完，对门邻居那扇从没打开过的门，突然缓缓地在两人面前敞开了。

屋内灯光明亮温暖，夏方觉大概是熬夜在看文献，手中拿着刚刚取下的眼镜，身上穿着柔软的长袖和亚麻色的居家长裤，肤色冷白，脸庞清隽英俊。

“小棠。”棠宁被吓了一跳，惊魂未定地转过头，见夏方觉靠在门上，眼神温柔地说道，“怎么这么晚才回来？”

“我……”棠宁感觉身边的黑魔王蒋林野已经开始异化了，她挡不住这家伙发出来的黑暗气息，一时间不知道说什么，“我……”

“噢，我想起来了，你今天跟员工们去圣诞节团建了，对不对？”客厅内灯光温暖，洒在夏方觉的肩头，映得他整个人清润温柔。

他声音很轻，唇畔噙着点儿笑："我本来也想过去的，可是学校那边一个课题突然出了点儿问题，没来得及跟你说，真是不好意思。"

"我……"

棠宁几次想开口，可夏方觉压根儿不给她打断的机会，明明看见她身后站着那么大"一坨"的蒋林野，还在不停地说。

夏方觉一只手抵住山根揉了揉，声音带着点儿无奈，却仍有清淡的笑意："小棠，你那天跟我说的话，我想过了……你不喜欢我也没关系。"

微顿，他温柔道："我可以重新追你。"

"也许五年前没有机会……可是现在，你已经离婚了。"下一秒，他抬起头，笑容温和，正正地与蒋林野对视，"我有这样的权利，不是吗？"

死寂。

电梯口陷入一片死寂。

没等夏方觉说完最后一句话，蒋林野已经一手拽住棠宁，以一种宣告占有的姿态，挡在了她的身前。

棠宁看不见他的表情，但察觉到他手背上暴突的青筋，和起伏不定的胸口。她觉得夏方觉再多说一句，蒋林野就要冲上去揍他了。所以她犹豫一瞬，谨慎地探出了脑袋："夏方觉，你什么时候搬过来的？"

夏方觉并不掩饰："圣诞节之前。"

他温声解释："其实我买房子时就买好家具了，只是一直在开窗散甲醛。前几天刚刚搬进来，还没来得及请朋友来家里做客。"

蒋林野气息不稳，下一秒，又见老情敌抬起头，风轻云淡地说："等我这阵子忙完手头的工作，请蒋先生也一定要赏脸，来家里做客。"

棠宁实在不知道说什么，她对眼前的一切感到窒息。

夏方觉刚回国时就说要换一套离学校近的房子，也向她表达过"觉得明郡公馆不错"的意思，可她千算万算，没想到这家伙竟然直接搬到了她家对面。

棠宁暗示性地拽拽黑魔王的手，想跟他解释一下，自己不知道班长会搬到自己家对面来住。

可蒋林野好像也不是很在意。他并不打算质问棠宁，夏方觉缠着她，是夏方觉的问题，跟她没有关系。

微微闭眼深呼吸，蒋林野沉声：“夏方觉，你知道像你这样动用关系查别人私宅住址，我是可以告你的吗？请你离我妻子远一点儿。”

夏方觉靠在门上，闲闲地抱着手，有恃无恐地笑着看他：“蒋先生，请允许我纠正一下，不是妻子，是前妻。你们离婚已经有一阵子了吧？我看缠着棠棠的人是你才对。”

停顿一下，夏方觉挑衅似的补充：“何况，我也没有查棠棠的住址。蒋先生谨言慎行，希望你以后能确认过事实之后再下定论。”

如果他没有查，那只能是棠宁自己告诉他的。蒋林野无意识地紧了紧裹在手掌里的棠宁的五指，心里有些无力，旋即又放松。

他转过来，抿唇：“宁宁，先回去休息吧。”

现在时间不早了，再纠缠下去天都要亮了。

两个人没有打起来，棠宁左右看看，觉得暂时也只能这样：“那我不送你了……你自己下楼小心一点儿。”

夏方觉没有关门，仍然默不作声地靠在门框上看着两个人。

蒋林野站在电梯旁，身影颀长，一言不发，身上散发出浓重的杀气，脑袋上方几乎顶着化形的大字——“我不好惹”。

夏方觉心里不知怎么，突然觉得有点儿好笑。他想起高中时的蒋林野，明明里面是黑的，非要装出一副人畜无害的样子，在棠宁面前装成“五讲四美”的三好少年，结果转头就把他掀翻在篮球场上。

什么都想要，哪有这种好事！

他正盯着情敌沉思，棠宁突然转过来，轻声叫他：“夏方觉。”

夏方觉立刻垂眼：“嗯？”

棠宁思索片刻，目光清凌凌的：“我的确离婚了，从法律的意义上来讲，可以跟任何人自由恋爱……但是我、我其实希望你不要追我。”

尽管已经有过上一次的对话，夏方觉仍然为她表现出拒绝的态度而心里发闷。他尽量保持语气平静：“为什么？”

棠宁这次很果断，一点儿都没有犹豫：“我不喜欢你。”

“感情可以培养，你喜欢什么样子的？”

蒋林野刚打算进电梯，突然听到这句话。他顿住脚步，立刻退出电梯，转头看向自己可爱的前妻。

两道目光聚集在她身上，棠宁纠结半天，艰难地憋出一句：“我喜欢毛茸茸的……”

两个男人不约而同地沉默半秒，知道她说的应该不是人类。

在“噬元兽”面前，人类男性一败涂地。

趁着两人双双陷入沉默，棠宁飞快地向他们道别，掏出钥匙打开门，扛上独角兽就想溜。然而她刚刚蹿进玄关，正想关门，前夫眼疾手快，一只手挡住门，硬生生地从门缝里挤了进来。

耳畔风声骤急，接着是“嘭”的一声，疾风刮过走廊，房门在面前重重阖上。

棠宁沉默了一会儿，心如死灰地抬头看向蒋林野，问道：“我就不该让你上楼，对不对？”

前夫靠在门上思索半晌，好像没往那方面想。他以一种很学术的姿态，认真地指出：“我觉得你住这个地方，存在巨大的安全隐患。就算不回玫瑰半里，也必须立刻搬走。”

“首先是防火系统，我刚刚试了试，那个消防柜是锁着的，打不开。万一着火了怎么办？你连灭火器都找不到。”

“消防柜肯定都是锁着的啊，何况我家里也有家用灭火器。”

“其次是这个楼层高度。”蒋林野开始胡扯，“先不说着火的问题，停电了怎么办？你爬这么高的楼层上来吗？”

“有备用消防电梯，不会断电的。”

“再次，也是最危险的一条。”蒋林野抬眼与她对视，语气还很严肃，“夏方觉竟然住在你对门，如果他像我一样，强行闯进室内怎么办？你觉得你能推开我，还是能推开他？”

“他哪有你说得那么……”

“你不要低估男人的欲望。”

棠宁沉默了一下，微笑道：“天黑了你又要变异了是不是？我看你现在就挺危险的，离我远一点儿。”

蒋林野说了半天，最后严谨地得出结论：“太危险了，我今晚必须住在你这里。我明天帮你联系搬家公司，你不回玫瑰半里也可以，我在别的地方还有房子，你看上哪套住哪套，立刻搬走。”

棠宁又困又头疼：“你不觉得，你半夜闯进我家非要强行住下，这种行为比夏方觉搬到我对门还要奇怪吗？”

这话提醒了蒋林野，蒋总眉峰微聚：“你说得对，我怎么早没想到。”

“嗯？”

“我应该早点儿把你对门、楼上、楼下的房子都买下来，”他又不差这点儿钱，为什么偏偏让情敌近水楼台，“就不会发生这种危险的事了。”

棠宁的头更疼了。

她还想说什么，蹲在小窝里昏昏欲睡的嘤嘤怪听到声响，快快乐乐地冲着她跑过来：“嘤！”

棠宁赶紧放下两只独角兽，将“儿子”抱起来放进怀里撸了撸：“对不起呀，这么晚回来，又把你吵醒了。”

小猫咪不怎么在意，亲热地在她的颈窝蹭蹭，发出小声的哼哼。

蒋林野见她对猫这么亲密，心里嫉妒得泛酸水，凭什么毛茸茸就可以被宁宁亲亲抱抱举高高？

棠宁犯困：“你真的不打算走了吗？”

蒋林野：“你这地方很不安……”

“你是复读机吗？”棠宁有气无力地打断他。

“你不走也不是不可以，之前的阿姨打扫过客房，也换过被褥了，床单你自己去拿条新的就好——但是，”她停顿一下，抬头看他，“蒋林野，你不觉得现在这样子很奇怪吗？为什么非要赖在这里呢？你图什么？”

当然是图后半生的幸福……

可蒋林野自己也没有经验，就算是追女孩子，也不知道该从哪里开始。明明在游乐园里就壮着胆子问了她能不能重新来过，可是当她想要确认一遍时，他又觉得太唐突，万一被拒绝了怎么办……

棠宁现在对他好像没什么感情，他看到她拒绝夏方觉的样子，就越发不敢冒进。可是……他又没办法放手，没办法真的放弃她。

于是他只能沉默半晌，然后放低声音，尝试着向她解释：“我有很多事情都没有学过，也没人教我。”

尤其是在喜欢和恋爱上。

以前他觉得，如果想要拥有什么东西，去骗去抢也没关系，但他失败得很惨，害怕重蹈覆辙。

“可我……我很努力地在学了。”如果相声也没有用，他可以勉为其难地试一试，跟那只讨厌的猫搞好关系。

棠宁安静地望着他，停下撸猫的动作。

蒋林野的嗓子有些哑，在寂静的夜色中清晰、低沉。

许久，他说：“你也试一试，不要太快推开我，好不好？”

棠宁其实对这个问题感到有点儿……不解。

她为什么会想推开蒋林野呢？她在青春期的时候，明明喜欢他喜欢得死去活来。甚至直到现在，她还能回忆起当初那种看到他时，心里怦然开花的感觉。但似乎已经太远太远了，尽管心理停留在二十出头的状态，可身体一直在替她做最优的选择。

“虽然听起来有点儿胡搅蛮缠，但也不是完全没有道理……”盛星来听她这样推理，小声道，“如果我的身体能像你一样理智清醒就好了，哼。”

小闺密好像有点儿不高兴，棠宁反而乐了：“怎么，昨天圣诞夜过得不好吗？”

她今天睡到下午才起床，拉开窗帘看到天空阴霾，但天光很亮。天气预报又出错了，昨晚没有初雪，看来今天也不会有。

盛星来很失望：“是啊，我根本就连人都没约到。”

时川不肯给她联系方式，她只能用最古老的方式——跑到他的办公室去找他。

她天天往那边跑，搞得大家都认识她了，倒也不赶她走。而且她生下来就自带嘴甜技能，这个“叔叔”那个“哥哥”地叫上一圈，谁都拒绝不了这种可爱的小姑娘。她给每个人都带了圣诞节礼物，甚至帮当晚值班没办法出去玩的民警叫了热饮和火锅。

所以尽管时川不在办公室，盛星来也很轻易地从他的同事口中套出了他的去向：

“他啊……今天不值晚班，也没有出警，好像去看他那几条狗了。”

“哦，对，今天周五是吧？他每周五下午都会出去一会儿的，应该不会太久。”

“没事哈，你在这儿烤着暖气等等他，他估计天黑之前就回来了。”

…………

盛星来乖乖巧巧地向每个人道谢，心里有点儿茫然。时川现在养狗吗？而且听起来似乎不止一条？不过转念想想，这些年她不知道的事情又不止这一件，没关系，她可以慢慢等她的“叔叔”说给她听。

可是她在办公室里，从日暮黄昏等到华灯初上，从华灯初上等到被夜幕包裹，也没等到她的“叔叔”回来。

值班的民警给时川打电话对方也不接，只好劝她先回去。可盛星来突然拧巴起来了，说什么都要在原地等他回来，给这个人看看，她放着大好的圣诞节不过，却在这儿等他等到海枯石烂。

结果还没等到时川，她就先睡着了。再醒过来已经是凌晨两点半，办公室里暖气充足，她蜷在沙发角落里，身上盖着一件警服——是时川的外套。

这家伙回来了，又走了，从头到尾没有叫醒她，可她还没有吃晚饭啊！

盛星来一边生气，一边又委屈得不行：“怎么会有这种人啊……”

她说着说着就有点儿想哭：“我不就是四年前对他始乱终弃，他来找我时，我又让他等了很多天都没理他嘛……我很过分吗？他为什么要这么对待我？”

棠宁沉默了一下，企图跟她讲道理：“姐妹，你听我说，虽然我很想站在你这边，但如果有人对我始乱终弃，我去找他他还不搭理我，别说半夜披衣服了，我会直接让他从这个美丽的世界消失。”

盛星来还想开口，电话另一头陡然传来剧烈的响声。

棠宁微怔，很快反应过来：“你等一下……我等会儿回来跟你说。蒋林野好像在拆房子，我起来看一眼。”

她穿上外套跳下床，声音是从浴室里传来的。玻璃门上一片氤氲蔓延的水雾，她拉开门，看到里面一片狼藉。

蒋林野穿着简单的家居服，一手提着嘤嘤怪的后颈，一手拿着淋浴蓬头。小猫咪身上的毛毛都被打湿了，疯狂地挣扎，想咬死这个把它搞得湿漉漉的男人。

蒋林野有些狼狈，见她过来，主动解释：“你天天抱着它，我想给它洗个澡。”

“我没想到你这猫反应这么大……”微顿，他有点儿不可思议地问，“你养一只宠物，竟然不教它游泳？”

浴室中水汽氤氲，他不只拿着花洒，还在浴缸里放了整整一池水。

“这是谋杀，你知道吗？”棠宁被这股热气熏得面颊泛红，“把我‘儿子’放下！”

蒋林野力气太大了，嘤嘤怪根本挣扎不过他，见棠宁过来，赶紧可怜巴巴地小声叫着。

蒋林野动作微微停顿，放下淋浴蓬头，将蜷成一团的猫抱起来还给她。他还没来得及往猫咪的毛毛上涂沐浴液，小猫咪湿漉漉的，身上只有浓重但干净的水汽。

嘤嘤怪在温暖的气息里瑟瑟发抖，棠宁怀疑它是被气的。她赶紧从旁边扯了块浴巾，将它裹进怀里。

为什么她和猫看起来都很不高兴的样子……蒋林野直觉自己做错了事，但直接道歉岂不是很没面子：“你刚刚起来吗？要不要吃点儿东西？”

棠宁把小声嘤嘤叫的“儿子”按在怀里，推开浴室门，语气不太好：“这都几点了，你为什么还在我家里？你不用上班吗？周六就不需要工作吗？”

“我在家里工作也可以。”

“这是谁家？”棠宁一边安抚“儿子”，一边下逐客令，“你在哪儿办公我管不着，但你能不能不要赖在我家？”

蒋林野站在原地，像一条无辜的大狗。

冷酷无情的前妻抱着嘤嘤怪走回客厅，在沙发上坐下。浴巾是柔软且吸水的材质，她将它放在腿上，小心翼翼地扒开，狸花猫的毛很软，打湿之后整只毛球都小了一个号，黑色的眼睛镶嵌其中，反而显得更明亮了。

棠宁很不高兴，觉得自己的“儿子”被虐待了。她用毛巾把嘤嘤怪裹起来试着去擦，好像擦不干，便又把吹风机拿了过来。

蒋林野抿唇，主动帮她插电："我来。"

棠宁还在生闷气，没有看他，也没有说话。

热风调到最小档，她坐在沙发上帮嘤嘤怪吹毛毛，小猫咪并不抗拒这股温柔的热风，舒服地闭上了眼。

蒋林野看着看着，又开始不开心。为什么一只猫都能被她按在怀里吹毛毛……为什么他就从来没有这种机会？结婚五年，棠宁从来没帮他吹过头发。

想了想，他捋开袖子，企图卖惨："我想给它洗澡，结果被挠了。"

棠宁不想看他，嘟囔："你不知道猫怕水吗？"

蒋林野真的不知道，他没养过猫，在此之前他养过最可爱的小动物，就是他颜值逆天的前妻。可是这位前妻，现在很不待见他。

蒋林野看着那只舒服得快要打起滚来的狸花猫，觉得，自己可比它委屈太多了。

棠宁把毛球按在怀里仔仔细细地吹了一通，嘤嘤怪又变回了那只威风凛凛的小猫咪。她在猫咪身上永远很有耐心，用柔软的毛巾一点儿一点儿地顺着它的脑袋往下擦。嘤嘤怪逐渐恢复了一些精神，跃跃欲试地想要往她身上跳。她干脆将它抱起来，让它半趴在自己肩膀上。

她将它的毛毛全部擦干，用羊奶小布丁和深海鱼干安慰它。

听到敲罐头的声音，嘤嘤怪才勉勉强强地活泼了起来，亲切地蹭了蹭她的脖子和手心。

蒋林野有点儿手足无措，一言不发地坐在沙发上，挺直背脊，装作云淡风轻，默默地在心里记笔记：要会撒娇，要多装死，要懂卖惨，要在离开的时候，故作不经意地蹭蹭她。

看到嘤嘤怪吃东西，棠宁抬头瞄了眼时间，已经下午两点多了。

蒋林野大概也还没吃午饭，但她还在生气，不太想招待他："蒋总，你该走了。”

逐客令下了一遍又一遍，蒋总跳动的小心脏被可爱的前妻击得稀碎：“你这儿没有厨师，我刚刚帮你叫了千岛国际的午饭，能……”能不能我俩一起吃。

棠宁：“谢谢你，那我就不留你吃饭了。”

蒋总没有办法，只能不太情愿地站起来，迈动长腿走向门口。

手还没碰到门把，门铃突然响起来。

他微微一怔，拉开门，正撞上夏方觉笑容温和的脸：“午安，老同学。”

他手里提着个看起来还挺精致的便当盒子，是一个竹编小筐，上面落着同样材质的盖子，看不清里面装着什么。

蒋林野没有犹豫，打算把他挤出去：“刚拖过地，别进来，脏。”

“棠棠，我能进来吗？”夏方觉跟没看见他似的，探进头来，扬声叫她，“奶奶做了点心，我来给你送一些。”

伸手不打笑脸人，棠宁走到门口，也笑着回应：“谢谢你，但不用了。”

她一边说，一边故作不经意地将前夫往门外拱。蒋林野脸上有点儿挂不住，不想被她挤出去，又不想让夏方觉进来。

他转过头挑衅老情敌：“听见没有，她说不准进。”

夏方觉并不介意。隔着这堵讨厌的人墙，他笑吟吟地与棠宁对话：“是京八件，我记得你很喜欢吃枣泥和豆沙小点心。”

棠宁以前是挺喜欢的，可一想到这是对门送来的，她就觉得还是算了。

“谢谢你，好意我心领了，请替我向林奶奶问好。”

蒋林野转述：“她说她不吃，你以后别再送了。”

夏方觉恍若未闻：“好，我会告诉她的。嘤嘤怪在家吗？我这几天忙学校的事，都没什么时间陪三花……如果你有时间，可以让两只猫见个面，它们应该很想在一起玩。”

棠宁叹气：“嘤嘤怪刚洗完澡，估计被吓得不轻。我猜它现在也不是很想见它的小伙伴。”

蒋林野跟着“嗯”了一声：“你听见没有？她说不喜欢你和你的猫，你赶紧滚知道吗？”

空气短暂地凝滞着，蒋林野感受到杀气，干脆转过来专心地与情敌进行眼神对峙。下一秒，背后猝不及防地传来一股力量，将他不轻不重地拱了出来。

蒋林野脑子蒙了一下，周身围绕的暖气猝然消失，走廊上凉意席卷，寒风萧瑟。他刚站稳脚跟，就听到背后“嘭”的关门声。

“又被赶出来了啊！”夏方觉提着小竹篮，露出坏心眼的微笑，“真惨。”

蒋林野回头看看闭紧的门，再看看立在面前光风霁月的夏教授，冷笑：“你也不差，再接再厉。”

“我怎么会跟你一样？我就住她对面，机会多得是。”

“你马上就没有机会了。”冷酷的蒋总嗤笑一声，打电话给陈良骏，“帮我叫几个装修工人过来。”

陈良骏：“好的蒋总，是打算做什么呢？”

蒋林野停顿了一下，眯起眼。

这一层两梯两户，两家门口都各自装有消防装置，安全楼梯的入口在靠近棠宁的那一边。就算真的阻隔，也不会影响到她的生活。

他下定决心，面无表情，一字一顿：“砌墙。”

千岛国际的外卖在半小时后送到。

棠宁陪着嘤嘤怪又玩了一会儿，才给盛星来打电话，那头却一直显示占线。联系小闺密跟时川重逢之后这几天的异常举动，她有些不放心，吃完午饭，打包两份下午茶，驱车前往星川宠物医院。

圣诞节后，北城彻底入了冬，天空阴霾，凉风凛冽。

车上暖气充足，棠宁撑着下巴发了会儿呆，问简薇：“你现在还跟蒋林野有联系吗？”

简薇赶紧无情地跟蒋总撇清关系：“没有了，棠总，我早就不做双面间谍了。”

棠宁：“你也知道你以前是在做双面间谍。”

不过这样一来，她就也同样没办法从简薇口中得知蒋林野的去向了。

沉吟半晌，怎么想都觉得不妥，她干脆打电话给千岛国际，往玫瑰半里送了一份一模一样的午饭。

半小时后，简薇开车抵达星川宠物医院。

哪怕是工作日，这里依旧人满为患。医院唯一的女老板最近为情所困，只做决策不管事，每天都在撑着下巴，惆怅地发出复读机般的叹息：“你说时川为什么这么无情无义、无理取闹呢……”

棠宁将下午茶小点心放在她面前，取下围巾坐下来：“我给你打电话，你怎么一直占线？”

盛星来皱皱眉，看了眼手机，有些烦躁：“有个神经病最近天天给我打电话，我已经拉黑她三个号了还不够，简直是个疯子。”

“这算骚扰了吧。怎么不报警？”棠宁好笑，“你不是每天都在疯狂找理由去见时川？这不就是从天而降的理由？”

“我是想找他，但我不想拿这种事给他添堵啊……他已经够忙了。”盛星来揪了揪头发，主动转移话题，“你跟蒋林野的圣诞节，是怎么过的？”

“就……”棠宁回忆了一下，一时间有些语塞。前一晚除了吃，她竟然想不到别的事，“吃吃喝喝，做寻常普通人做的事。”

盛星来的语气酸溜溜的：“真羡慕你们，我也想跟叔叔做普普通通的恋人。”

她像一只沮丧的小浣熊，不开心地瘫在桌子上：“几年不见，他怎么就变成了这样……”

这件事棠宁给不了她安慰，因为同样的问题，她也很想问一问蒋林野。

两个人面面相觑，对着一堆食物沉默半晌，不约而同地发出了成年人的叹气声：“唉——”

“真是惨。”盛星来悲伤地捻起一枚闪电泡芙，“我们应该改名叫‘柳暗花明又柳暗’姐妹花。”

棠宁沉默了一下，正想反驳她，办公室门口突然传来一声巨响，门被人用力踹开，冷风穿堂而过：“盛星来呢？给我滚出来！”

棠宁微怔，下意识打电话叫安保，然后看向盛星来：“宠物医院也会有医闹？”

盛星来皱皱眉，还没回复她，一转头，就看到了气势汹汹冲进来的女人。对方个子不高，穿了件小风衣，皮肤很白，身材是不太健康的瘦。尽管戴着口罩也化了妆，仍然挡不住她憔悴的神色。

她刚刚在办公室内站定，身后冲过来两个面色为难、气喘吁吁的护士小姐姐：“对、对不起，盛院长，我们没能拦住她……”

棠宁几乎立刻认出了来人。

盛星来显然也是，她微微眯眼，叫两个护士小姐姐先回去工作，转而看向这个戴着口罩的瘦小女人。

“傅采采？”

“怎样？”傅采采转过来，寸步不让地跟她对视，一副凶巴巴的样子。

盛星来完全没被她的气势吓到，只觉得匪夷所思：“这几天一直给我打电话的人就是你？你脑子出了什么问题？”

“有病的到底是谁？”傅采采讥笑，“我跟你们前台说过很多遍，也给你发过很多封邮件，没有一个人回复我。有问题的明明是你们的服务态度，再不把我的猫还给我，当心我去投诉你们！”

盛星来疲惫地揉了揉太阳穴，记忆被她唤醒，这事儿都过去不知道几个月了，她以为早就结束了。

“傅小姐，既然你还记得你联系过我们前台、给我们医院发邮件的事，那你也应该记得——”盛星来语气平静，“早在半个月前，我们就向你出示过那只布偶猫的死亡证明。你去哪里举报都没用的，既然是你自己不想养，丢在我们医院门口，那它出什么事都很正常。”

“不可能！”

傅采采情绪激动，棠宁下意识站起身，将盛星来往后拉了拉。

“我的猫身体一直很健康。”傅采采嗓子有些哑，“我只是在你这里放了半个月而已……而且我在箱子里放了猫粮和零食，它不可能突然去世的。是不是你把它卖了，你卖了多少钱？”

无理取闹的顾客盛星来也没少见，但无理取闹到这种地步的，傅采采可真是头一个。

不明白安保动作怎么这么慢，盛星来尽可能耐着性子解释：“且不论现在是冬天，它送来时就生了很严重的病，我们没能救活……你不想养那只猫了，把它装在纸箱里就放在我们医院门口，有没有想过，万一没有人捡呢？万一没人把它带进屋子里呢？那些嘴上爱猫爱狗的不负责任的主人，每年扔在我这里的宠物没有一百也有五十，你以为我开的是医院还是救济所？凭什么来一只猫我就要养？”

傅采采被她说得顿了一下，企图辩解：“我在纸箱上附带了字条，拜托你们……”

“是啊，你说自己最近不方便，所以拜托我们代为领养一下。”盛星来冷笑，“凭什么？我干吗要帮你养猫？”

“想要的时候就养着，出了事没有利用价值了，就立刻扔掉。现在网剧上了，你喂宠物安眠药的事情被那群网友忘得七七八八了，猫的身价也又被炒起来了，就想再接回去继续养。”盛星来停顿一阵，还是恨得牙痒痒。那只猫明明好好的，大冬天被人放在门口，生病之后死得不明不白，“你脑子里装的都是什么？哪有这种好事？就算有，凭什么觉得这种好事能轮到你？”

棠宁在旁边默不作声地听着，在心里拼凑出了事情的前后经过。

傅采采被蒋林野搞得网上翻车之后，这ABB的名字在她生活里消失了很长时间。棠宁只听说，这位老同学在被曝光给猫咪喂安眠药、涉嫌谋杀宠物之后，什么代言和广告都没了，连人带猫都消沉下去，微博也一直没有再更新。

棠宁知道最近那部网剧上了，网上反响似乎也很不错，可老实说她并不关心，嘤嘤怪出场的镜头很少，她也没有经营微博的打算。棠宁原以为这事儿结束了，傅采采能乖一些，就此销声匿迹，没想到竟然还有这一出。

盛星来骂起人来气势很足，傅采采被骂得无言了片刻，开始耍赖：“我不管，我的猫一定是被你给卖了！你是开宠物医院的，什么死亡证明开不出来！”

她话音刚落，下一秒，门口响起一道清冷的男声：“那你跟我去派出所，我开一个给你看。”

盛星来微怔，猛地抬起头，正对上一双波澜不惊的眼。

时川面色冷淡，整体轮廓有些清瘦，直直地站着。他穿着警服，喉结微露，皮肤格外白，举止带着一点儿漫不经心，说话时明明没什么表情，却有无形的气场，比她记忆里多一些成熟的男人气息。

盛星来本来不觉得委屈，可警察叔叔来得太及时，她看到警徽就想号啕大哭。

蓄力助跑扑向时川之前，她不忘退后一步，矜持兮兮地小声问棠宁：“你叫的不是保安吗？”

棠宁摸摸鼻子，移开目光：“我不小心按成了报警电话。”

不过盛星来显然也并不在意小闺密是不是故意的，她倒是很乐意有这个助攻。

傅采采没想到会招来警察，不自在地说道："我们没有什么特别大的矛盾，可以私下调解……"

时川头也不抬，清清冷冷地打断她："报警的人，没说要调解。"

傅采采一愣："那……"

"去派出所。"男人的嗓音低冷，带点儿不容置喙的意思。下一秒，他抬眼看她，"找人给你开个带公章的死亡证明。"

傅采采开始有些慌了："不必了吧……"

"我觉得挺有必要的。"盛星来迫不及待，"警察叔叔，快把我们都带走。"

傅采采脑袋上冒出问号，去的是派出所不是游乐园啊，这家伙为什么开心成这样？

时川闻言，嘴角微动，欲言又止。

盛星来扯住棠宁，小声地感激道："我结婚的时候，一定把捧花扔给你，为你求一段好姻缘。"

棠宁已经结过一次婚，且完全不指望好姻缘："可以了，可以了，你赶紧走吧。"

小闺密瞬间快快乐乐地跑掉了。

棠宁看着她离开，想来想去，总觉得忘了什么事……走出屋子，她看到走廊上护士姐姐抱着的小猫咪，脑子里灵光一现，发消息给蒋林野："你胳膊还好吗？"

今天把他赶出家门时，他说自己被猫挠了。她当时在气头上，现在冷静下来，又觉得于情于理出于人道主义，得关怀一下。

那边沉默很久，发来一条："蒋总不太好。"

棠宁愣了一下："你谁？"

蒋林野："我是陈良骏。"

棠宁："……你家蒋总怎么了？"

蒋林野很认真地回复："他快不行了，你能不能来看看他？"

哈？

棠宁眼皮一跳："他在哪儿？"

"在玫瑰半里。他很虚弱，躺在主卧的床上……"停顿一下，他又十分谨慎地打字，小心地提醒道，"也没有穿衣服哟！"

棠宁看着最后那行字，张张嘴，欲言又止。沉默三秒，再看看，还是不知道说什么。

蒋林野是怎么变成现在这样的？

她带着手机走出医院，深吸一口气。

冬天天黑得很早，才刚刚到下班的时间，天色已经暗下来一半。迎面吹来的风带着寒气，不远处的街道开始堵车，信号灯在阴霾的天空下机械地闪烁着，像在播放陈旧的老电影。

这种天气总是莫名有点儿将要下雨的迹象。

简薇将车开到医院门口，棠宁拉开门坐上去，瞬间被暖气包裹。解开围巾，她状似不经意地问："你有陈良骏的联系方式吗？"

"有啊！"简薇毫无防备之心地点点头，"您要找他吗？"

"嗯，有点儿事。"

"请稍等。"趁着前面车辆缴停车费的空当儿，简薇将陈良骏的手机号码和工作微信一起推送给了棠宁。

棠宁装得很正经，一副要谈工作的样子，严肃地点头："谢谢你。"

发送验证信息，那头很快就通过了棠宁的好友申请。

陈良骏恭恭敬敬地打招呼："棠总好。"

棠宁一句废话都不多说："你现在在蒋林野床上？"

陈良骏："啊？"

对方好像被她问蒙了，棠宁波澜不惊，简明扼要地阐述事实：“我刚刚给蒋林野发消息，对方回复说蒋总病了，消息是你拿着他的手机在代发，我来找你本人确认一下。”

陈良骏现在人在公司加班，根本不知道发生过这件事，有苦说不出：“棠总，您听我解释，事情不是您想的那样……”

棠宁：“所以事实是哪样？”

陈良骏陷入沉默，又不能把锅推给老板，说是蒋总自己寂寞得发慌，还硬拖助理下水。他想来想去，人生第一次，体会到简薇过去的生活。所以老板打架，到底跟他们这些助理有什么关系啊？

半晌，陈良骏：“我……”

陈良骏词穷：“我……”

陈良骏决定用力背起这口沉重的大锅，以一己之力，为冷酷无情的老板创造一些后半生的幸福：“是的，蒋总病了，病得很厉害……”

微顿，他又小心地补充：“您能来看看他吗？”

棠宁无言片刻，默默退出对话框。

回到公司，简薇陪她上楼。

走到总裁办门口，沉思一路的棠总像是突然想到什么，转过身，郑重地拍了拍她的肩膀：“薇薇。”

每次听棠总这样叫人都直觉不会发生什么好事，简薇被吓得一震：“嗯？”

下一秒，棠宁正色道：“我觉得陈良骏是一个很有责任感的人，应该给他涨年终奖。”

第三章

山间偶遇

他有时害怕棠宁这种目光，倔强认真又不服输，喜欢一个人时热烈得像火焰，不喜欢的时候干脆利落、从不回头……

新年前后，TJ 还有新产品要上线。

棠宁最近忙着关注线下形象店的选址，现在才抽出空来看这款新产品。这些年宠物周边发展很快，每个产品都飞快地细化，TJ 这次新推出的产品主要针对宠物牙齿的健康管理，是一个分领域的护齿品牌。

“连狗的磨牙棒都做得这么精细了……”棠宁一个人坐在办公室里看着方案自言自语，目光落到最后的时间节点，发现这个产品最初的策划草案，竟然也在她失忆之前。

她怔了一下。

无论是之前的智能项圈三代，还是后来跟“长青”养老院合作建立的宠物陪伴系统，棠宁到现在才觉得，失忆前的自己好像将工作安排的时间线拉得非常长，总是提前很久做准备，甚至将每件事都策划得差不多，以便之后如果有别人来接手，也有半年以上的喘息时间，能保持公司的独立运转。

好像高瞻远瞩，很有计划性。

但也好像……随时准备跑路。

几乎是产生这个念头的下一秒，棠宁脆弱的脑壳传来一阵剧痛。她倒抽一口冷气，下意识伸手捂住出车祸时留在额角的疤：“太邪门了……”

可这么一来她更好奇，过去五年发生的事已经被她连猜带蒙地想起来七七八八，但她始终不知道，那段时间里，自己究竟是怎么想的。她记得十七岁时蒋林野装无辜的样子，记得十八岁时蒋林野跟她绝交的样子，甚至能模糊地记起婚后这些年来他们的种种争吵——

可她把自己忘记了，那是关于他的回忆，不是关于“他和她”的。

沉默半晌，棠宁放下方案，沉默地盯住办公桌。

黑色的桌面，看起来很光滑，很沉重，很硬，不知道是什么材质……不知道撞一撞，能不能恢复记忆。

所以半小时后，盛星来意气风发地站在总裁办门口时，看到的就是这么一个场景。她那位自结婚后脑子就一直不太好的、最近离婚也没见智商回升的小闺密，正死鱼一般额头朝下，一下一下地往办公桌上撞。动作不轻不重，很有节奏感，在寂静的屋内发出有规律的“砰砰”声。

盛星来沉默片刻，走过去戳戳她：“发生什么了，我的傻孩子？你怎么又在进行这种令人迷惑的行为艺术？”

棠宁抬起头，她刚刚就听到走路声了，知道来人是盛星来。但她的重点有点儿歪：“我什么时候还进行过别的令人迷惑的行为艺术？”

盛星来一本正经：“跟蒋林野结婚啊，这还不够迷惑吗？”

棠宁无语：“就你会说。”

小闺密从派出所回来，身上带点儿夜色的寒气，将夜宵放在棠宁办公桌的桌角。

棠宁鼻子很灵敏，伸手去拆，发现是水果沙拉和酸奶，一时间凝噎。

“我闻到甜味，还以为是小点心……你大半夜来找我，没必要吃得这么素吧？”

盛星来意有所指，说道：“我倒是想吃肉，这不是叔叔不肯给我这个机会嘛！”

棠宁怔了怔才反应过来，感到一言难尽。

她从抽屉里翻出小礼物给盛星来——圣诞节刚过，抽奖时没抽完的小礼品都被回收到了她这儿，胸针、帽子之类的小东西，不是特别贵，但很可爱。

盛星来探着头扒拉，棠宁问：“傅采采的事情解决了？”

“那当然，她战斗力根本不行。”盛星来没想到事情结束得这么快，她原以为对付这种蛮不讲理的人，时川得多费点儿功夫，多问问话。本来她连乖乖巧巧安慰辛苦的警察叔叔的话都想好了，结果傅采采一进派出所，两行热泪就流了下来。

时川刚问了一句“说说今天的事情经过”，她就把自己的罪行全部叙述了一遍。

也不知道来的到底是派出所还是神父告解处。

所以这案子——也许根本称不上“案子”，这事儿结束得特别快，时川从头到尾没怎么开口，笔录做完，做做口头警告就把两人放走了。

盛星来没有受伤，傅采采的行为也够不上拘留，她对这个没有异议。可傅采采坦白时透露出的信息太多了，不仅提到这次遗弃布偶猫，还提到了之前那条网红小狗的事。网红宠物真正能赚钱的寿命时期很有限，狗老了，她不想再养，又不知道怎么跟粉丝们交代，于是出差之前，拔掉了自动喂食器的插销。

盛星来瞬间火气上蹿：“这算虐待动物吧？”

时川手指微顿，仍然只对傅采采进行了口头警告。

在她离开之后，时川才拉住气鼓鼓的盛星来，低声提醒：“宠物保护没有立法，无论之前那条狗还是后来这只猫，都算她的私人财产。怎么处理，我们管不了。”

他说，我们。

盛星来的火气一秒就荡然无存。

可现在面对棠宁，她还是很生气：“你说这到底是什么人？我在宠物行业干了这么多年，也见过不少不负责任的主人，遗弃宠物的理由千奇百怪，什么‘恋爱时跟上一任男友一起养的，分手了，所以不想要啦’‘要出国了没法带走，只能扔掉咯’‘猫藓不好治，何况我是穷学生没有钱，就放在这儿让它自生自灭吧’……最恶心的，就是傅采采这种，‘既然你是开宠物医院的，那你肯定有爱心，我就把猫放在你们医院门口吧’。”

停顿了一下，盛星来气得想暴走：“而且她现在竟然还想要回去！我已经很好心了，就差没去开救济所了好吗？又不是没有救那只猫！可是它实在太小了，我救不活它啊！傅采采这人的脸怎么能这么大！你知道吗？

她今天来找我要猫的时候，我感觉自己真的要被气死了——”

棠宁一边默不作声地听，一边安抚地摸了摸小闺密。

虽然也算是在宠物行业，可她很少与宠物的主人直接打交道，早前也听说过不少类似的事，但发生在自己身边，她仍然觉得不舒服。等盛星来骂得差不多了，棠宁才试探道：“傅采采脑子确实不好，可你现在有点儿激动，需要我安慰你一下吗？”

小闺密立刻乖巧地坐下，娇羞地捧住脸，说道：“不用，叔叔已经安慰过我了。”

棠宁无语：“所以你说那么多，重点是秀恩爱？”

“不过说到叔叔……”盛星来突然想到什么，又垂下眼，“我今天才知道，他也在养狗。”

“那不是正好，你们会有很多共同话题。”

“怎么说呢……其实还挺不一样的。”盛星来有些苦恼地揪住头发，“他在养的，是被收养人退回来的退役警犬。”

棠宁微怔，眼皮一跳。

“我听他的同事说，他和一个老训导员一起，把狗养在山上。”小闺密垂着眼沉默一会儿，突然语气沉重地问，“你说，我们什么时候才能拥有宠物保护法呢？”

棠宁张张嘴，不想在这里跟她议论国家大事。她思考片刻，认真地安慰她：“你可以挑个良辰吉日，跟他一起去山上看狗，也可以咨询一下，看能不能跟他们建立合作关系，大多数退役犬的身体都不太好，很可能带有伤病……无论最后能不能达成合作，他都一定会觉得，你是一个有爱心的小女孩。”

“我本来就是一个有爱心的小女孩，他今天已经夸过我了。”提到这个，盛星来又兴奋起来，喜滋滋地在礼物盒里扒拉半天，找到一顶造型奇特的毛呢帽，“这帽子挺别致呀！”

缝着一个立体的孙悟空紧箍圈，看起来很适合拍照。

“是的。”今晚已经吃够了狗粮，不想再看见小闺密的棠宁，在这一秒化身冷酷总裁，她面无表情地看着盛星来，一本正经地说，“戴上它，你就再也不是凡人，会化身齐天大圣，从此断情绝爱，人间爱恨与你无关。”

盛星来沉默半晌，小心谨慎地、慢慢地将帽子取下来……一脸郑重地戴到了棠宁头上。

与此同时，城市的另一头。

无星无月的夜，整座城市被包裹在稀薄的冷意里，路灯的灯光从窗外透进来，通明得似乎浸透了一切。夜色浓重，屋内安静无声，如同不见边际的绸缎包裹而来。

老老实实在家办公的蒋林野，正认认真真地坐在床上处理公司事务。

然而已经快十点了，棠宁还没有出现。

蒋林野终于发现自己的操作毫无作用，他沉默了一阵，然后掀开被子走下床，穿好衣服，拿起手机下楼接水。

手机仍然没有一点儿动静。棠宁今天给他发了消息，可他堵死了自己的路，说什么不好，竟然说手机是陈良骏在用……搞得他之后也拉不下脸再给她发消息了，毕竟他还“重病在床，无力发声”。

望着灯火璀璨但没有小娇妻的巨大豪宅，蒋总坐在沙发上，惆怅地叹了口气。

下一秒，手机屏幕突然一亮。

他微怔，立刻拿起来，旋即又感到失望。发消息的人不是棠宁，而是陈良骏，他来向蒋林野确认之后几天的日程。可蒋林野现在有点儿郁闷，不想办公，敷衍地回了句：“嗯，你看着办。”

陈良骏：“好的，蒋总。”

停顿一下，他状似不经意地问：“蒋总，我们最近跟 TJ 合作比较多，简薇拉我进了一个他们内部的员工群，您有没有兴趣，也加进来？”

蒋林野皱眉，直觉陈良骏这事儿干得不对：“你进去干什么，窥探别人的商业机密？”

陈良骏赶紧解释：“不，不，就是他们的一个员工私人小群，不谈工作的那种。”

蒋林野冷漠：“不谈工作，那你拉我进去干什么？”

陈良骏陷入沉默，他真的不知道自己还能为老板做什么，他已经把话说到这个地步了，又不能直截了当地告诉他：来吧来吧！来加群！群里有夫人的八卦！大家每天都在狂拍夫人的马屁！

陈良骏心如死灰，用最后的求生欲，提醒他：“夫人在群里。”

蒋林野看到，愣了一下，旋即勾起嘴角，冷笑道：“她在群里又怎么样？她在群里我就要加吗？我们已经离婚了，她是我的谁？她都不来看我，难道还想着让我关心她吗？”

他一边在嘴上自言自语，一边在手上飞快地打字：“拉我进群，就现在，快点儿。”

蒋林野注册了一个小号，在两个助理的帮助下，轻轻松松地混进了别人的内部群。

他看着群头像上的那个 TJ 标志，觉得自己像个间谍。思索片刻，蒋总矜持地向大家打招呼：“你们好。”

群里立刻：

“咦，有新同事吗？”

“薇薇最近拉了好几个人进来呢！”

“快来，大家欢迎一下。”

“恭喜你！从今天起，你就是棠总粉丝群的一员了！”

…………

蒋林野看不到之前的聊天记录，往上翻了翻，也不知道他们刚刚在聊什么。他特别想跟这群人说别欢迎我了……老婆呢，我老婆在哪儿？

好在这个简单的欢迎仪式结束得很快，大家聊着聊着，又转回刚刚的话题：

“圣诞节刚刚结束，我就想放年假了。”

“我刚刚回公司，看到总裁办还亮着灯。老板今天都还在加班呢，你放什么年假！”

“咦，棠总今天加班？她怎么年年圣诞不回家？”

“可能是家里有不想看见的人吧！”

群里沉默三秒，大家又七嘴八舌，开始疯狂地弹消息：

“仙女不该结婚。”

“不，不，不是仙女的错，是仙女的先生配不上她。”

“真搞不懂蒋是怎么想的，我要是有个这么好看的老婆，肯定天天跟她黏在一起……我和我的老婆，一刻都不能分割。”

“但是好矛盾啊——之前他们传婚变的时候，我一方面觉得棠总有点儿惨，另一方面又觉得，太好了，她终于摆脱这段连我一个外人看起来都很虚假的婚姻了。结果现在蒋真回 TJ 办公了，我更烦了——虽然他们是夫妻，但总感觉有猪在拱我们总裁这棵小白菜。”

蒋林野沉默着，不高兴地点开每个发言人的资料卡，发现全是女孩子。

蒋总无能狂怒，一群妹子大半夜的在这里觊觎别人的老婆是什么意思？！他张张嘴，强压住内心的愤怒，极其克制地问：“那个，你们怎么知道棠总不喜欢蒋总？说不定她婚后很幸福呢？”

群里又沉默了三秒。

“天哪，新人加群不做功课的吗？”

“你这问题问得……退群吧弟弟，这不是 TJ 官方员工群。如果你不是因为喜欢棠总才进来的，我建议你现在就走。”

“薇薇，群主干活了，来清人。”

蒋林野加进来还没三分钟，他赶紧补救：“我确实是因为喜欢棠总才加群的。”

他顿了顿，又不死心：“但，我之前看到的那些新闻里，在 CEO 峰会和慈善晚宴上，他们关系看起来还不错啊……而且最近我们跟棠氏谈合作，蒋林野回 TJ 来办公，也没见棠总赶他走。”

他消息刚发出去，就引发了一串海啸般的嘲笑：

“他那是因为婚变传闻玩脱了，只好回来哄老婆吧，说不定还是在图棠总的钱。我们都不知道他们到底签了什么样的婚前协议，万一离婚之后净身出户的是他呢，呵呵。”

“同意。不管婚变传闻是不是真的，都希望棠总不要原谅他，他配不上我的棠。”

“其实圣诞节时棠总的态度就很能说明问题了，他俩应该真的有矛盾，但具体是什么，我们还是得给他们点儿私人空间。不过我也不喜欢蒋林野，他前几年对棠总真的表现得很不关心。别跟我提那些新闻通稿，我们从 TJ 建立起看着棠总走到今天的，她前几年什么样，现在什么样，谁心里还没点儿数……不，我相信蒋林野他是真的没有数。”

“是的。所以如果蒋林野真的在追妻，那我希望他跪着追。”

“希望他哭着追，哭瞎了还追不到。”

…………

蒋总欲言又止，蒋总心如死灰。

他想撕掉马甲，真身下场，跟大家解释他从来就没有不关心棠宁，更没有不喜欢她，他只是不会经营婚姻，才会把一手好牌打成如今这副稀烂的模样。

可他现在很努力了，也不知道还能怎么办。

蒋林野有点儿委屈，开始编辑长长的解释文案。然而下一秒，突然有人点他名："新人，你现在怎么看？"

蒋林野望着手机屏幕，沉默片刻，面无表情地应和：

"是的。"

"放着这么好看的老婆不好好珍惜，蒋林野是一个蠢货。"

蒋林野在群里待了两个小时，成功解锁了"我骂我自己"的技能。

但没关系，他想通了，想追回前妻，就不能要脸皮。

何况这晚也不是完全没有收获。经他观察，群里基本都是高管，虽然大家都不在公司，可每个人都有很多眼线，随时掌握着老板的一切动态——明天棠宁没有工作日程，抽出了一天的时间去爬山。

在蒋林野的认知里，如果他的公司有这么个群，那可真的是太恐怖了，他一定会把所有高管全部重新清洗一遍。老板的动态随时掌握在员工手里，这群人还团结一致，每天都在群里八卦老板。不管从哪个角度听起来，都让人很有危机感，仿佛四面楚歌，群狼环伺。

可问题在于……TJ 的画风实在太奇妙了。

比如有人说，路过总裁办，无意间看到棠总头上戴着圣诞节礼物里剩下的孙悟空紧箍圈。

大家一定回复：

"好可惜没有图，光是听着就可爱极了。"

"好想捏捏。"

"今天也是棠总美貌营业的一天。"

或者有人说，现在已经这么晚，估计棠总今天又不回家了，要在公司加班一宿。

大家一定回复：

"唉，她好辛苦，我们集资去给她送点儿吃的吧！"

"为什么她不是我的老婆？如果是的话，我一定把她捧在手心，天天夸她，把她宠成废物。”

“搞得我都不好意思请假了，甚至想主动要求加班。”

蒋林野早就知道TJ的公司画风跟正常公司不太一样，但是不是太不一样了点儿？不然怎么能养出这么多情真意切的马屁精？

不过这倒不是现阶段最重要的问题。

现阶段最重要的问题是，他明天该找个什么由头，去山上“偶遇”前妻？

棠宁并不知道，前夫已经潜进她的员工群，正在暗中偷偷窥视她。

她加班到半夜。盛星来在公司没待多久就离开了，走之前拜托她务必、一定要陪自己去见叔叔的大狗狗，棠宁纳闷：“你要我这么个电灯泡去干什么？”

盛星来不好意思：“深山老林的，就我和叔叔两个人，我怕……”

棠宁面无表情：“人民警察很正义，他不会对你做什么的。”

“我怕我忍不住对他做什么。”

棠宁无语，盛星来是个想一出是一出的性子，就算棠宁不跟着她过去，到了明天她可能也会完全沉醉于与时川的二人世界。不过棠宁想了想，脑海中浮现另一个模糊的想法，干脆先答应下来。

这一觉睡得太晚，导致她第二天很没精神。时川直接开车来公司楼下接她，她拉开车门想打招呼，刚张开嘴，就是一个漫长的哈欠。

“警察叔叔早。”棠宁眼中浮起水汽，揉揉鼻子，蜷到车后座，“没想到我们这么快就又见面了。”

时川今天穿着常服，个头挺拔，他声音清淡地回应她：“开车到山上要两个小时，你可以先睡一会儿。”

棠宁点点头：“谢谢你。”

但她其实真不怎么能睡得着，因为盛星来一直在说话。

小闺密很照顾她，不仅给她准备了早餐，知道她要补觉，还给她塞了一条毯子，而且盛星来已经将音量降得很低，不过棠宁坐在后排，仍然听得一清二楚。

“叔叔，你今天不值班吗？”

“嗯。”

“我还准备了别的吃的，你要不要吃？”

“不用。”

“今天周末，不知道会不会堵车……两个小时真的能到吗？”

“你少说点儿话就能。”

盛星来不情不愿地闭上嘴。

可等车子驶上高架，竟然真的开始堵车，日光澄明，车辆首尾相接连成长龙，行驶缓慢。

盛星来歪倒在座位上，拿着手机噼里啪啦地查退役警犬的故事。时川不让她开口，她就真的不说话，可不知是看到了什么，脸上表情千变万化，一会儿很感动，一会儿又很愤慨。

车堵得太厉害，时川心里有点儿躁。他余光瞥向身侧，看到女孩子洁白如瓷的下巴，和向下压的长长的眼睫毛。

他心头那点儿躁意突然烟消云散。

想了想，他低声问：“你在看什么？”

这是重逢以来，时川第一次主动跟她说话。

盛星来噌地坐起来：“在看退役警犬的新闻。”

时川点头：“嗯。”

“那个……”她扯着他的衣角问，“警犬退役之后，真的会被卖给狗贩子吗？”

前方事故解除，时川重新开动车子，正想开口，又听盛星来紧张兮兮地说：“我看到新闻上说，退役警犬被卖给狗贩子之后，都被煮成火锅吃掉了……天哪，好可怜啊！功勋犬也会遭遇这些吗？”

时川的心情有点儿微妙，注意力放回路况，没有说话。

盛星来误会了他的意思，以为得到了肯定的回复，便感慨万千地说道：“这么说来，那你岂不是在做一件很好很好的事？警犬怎么也算是为国奉献了大好年华，一退役就被吃掉也太可怜了！这么多年不见，你果然还和过去一样善良可爱又……”

“盛星来。”时川终于忍不住，打断她。

“嗯？”

“你见过哪个警察退休之后，被枪毙了吗？”

盛星来蒙了一下，没反应过来：“什么意思？”

时川眼皮微跳，没有说话。

后座的棠宁“扑哧”一声，笑起来：“意思是，警犬和警察一样，是有编制的，不会被卖给狗贩做成火锅。你在哪儿看的谣言？”

盛星来愣了愣，耳根噌地红起来，抬头去看时川。

过了刚刚那个路段，前方畅通无阻。他开车时很专心，阳光透过车窗玻璃折射进来，将男人的下颌线条衬得清秀、漂亮。

她咽了咽口水，壮着胆子小声强调：“但、但你还是跟过去一样，善良可爱，又、又让人神魂颠倒。”

一口气说完，盛星来像一只害羞的小浣熊，迅速转过去假装什么都没发生。

时川心里好笑，转过去看了她一眼，很快又转回来。

许久，男人的唇畔浮起似有若无的笑意，像风一样。

山上空气很好。

北城入冬之后很难见到这么澄澈的晴天，阳光丰沛，光影倾斜，日头浓烈却不炎热，天空湛清，不见一丝云翳。

蒋林野的车开到半山腰停下，两手交叠搭在眼前，阳光从树林中一层层筛落，如同一支支小小的电筒。

他问陈良骏："车只能开到这儿了？"

"是的，蒋总。"陈良骏解释，"再往上没有车行道了，只能徒步。"

蒋林野点点头："行，那你在这儿等我，或者去山下等我吧。"

他连夜打听到了，棠宁要去山顶的退役警犬基地。那地方不难找，他顺着山道爬到顶应该就是。拿起背包和遮阳帽，蒋林野关上车门，最后跟助理交代了一下会合地点，嘱咐他保持通信设备畅通。陈良骏连连应声。

蒋林野刚打算走，一转身，视线内不急不缓地出现了几辆挨得很近的保姆车，正徐徐开进山腰停车场。他眼皮一跳，眼尖地瞥见车窗上巨大的"江城娱乐"标志，心里突然浮现出一丝微妙的不祥预感。

"这一排是什么车？"

陈良骏办事效率极高，几辆车刚刚停下，他就查到了："江城娱乐今天在这边拍一个冒险类的户外综艺，包了另外半边山头，应该跟您的路线不冲突。不过……"他停顿一下，不知道该不该提醒，"徐旻枫小姐，是这档综艺的嘉宾之一。"

蒋林野默默想了想，也不知道着了什么魔，鬼使神差地打开了"TJ 仙女养生会所"群。

今天是周末，大家都不上班，时间也还早，群里静悄悄的。

他想了想，问：

"请教一下各位前辈，我今天上午跟女朋友出门约会，在一家餐厅，本来气氛还不错。"

"可是她去洗手间的时候，我发现一个跟我传过绯闻的大学同学也在，就在我们隔壁桌。我女朋友现在还没回来，不知道她回来之后，两个人会不会撞见……这局还能破吗？"

群里没人理他。

他等了一会儿，就在他以为不会有人回复他的时候，手机突然连响几道提示音，接连弹出三条消息，是同一个人发的，大概不常在群里发言，蒋林野进群后没见过这个号。

“嘻嘻嘻嘻。”

“修罗场见。”

“等死吧你。”

蒋林野认出来了。

这是棠宁的小号。

上山的路有两条，其中一条有人在进行室外拍摄，被工作人员阻断了。

棠宁和时川、盛星来从另一条路爬上去，山中空气清新，连她的心情也跟着好起来。盛星来像一个春游的小学生，一路上嘴不见停。棠宁慢他们两步，拿着手机在后面偷笑。

时川不怎么搭理盛星来，盛星来便以为棠宁在嘲笑她：“你笑什么？”

“嗯？”棠宁很总裁地发出个鼻音，抬起头解释，“我加了个员工小群，昨天进来一个新人，也不知道是谁，太蠢了，竟然在群里问，跟现女友约会，撞见绯闻女友怎么办。”

盛星来感到新鲜：“你们还有员工群？”

“嗯……算是吧。”其实是个每天夸她的群，“不算很官方，一群高管建着玩儿的，我用小号加的群，平时也很少说话。”

盛星来受到启发，突然扯扯时川：“叔叔，我问你个问题。”

时川转过来看了她一眼：“嗯？”

“如果你有一千块钱，前女友找你借两百，现女友找你借四百，你还剩多少？”

这个问题最近在网上很火，用以测试男朋友的求生欲。棠宁也看到过，男孩子们的答案千奇百怪，她看到过最绝的一个是“只剩二十块了啊，宝贝！我给你九百八，自己剩二十块钱买个搓衣板，反思一下怎么还跟前女友有联系”。

时川想了一下，看盛星来的眼神变得有些古怪：“剩一千。”

盛星来无言片刻，不知道该从哪儿开始吐槽：“这么无情的吗，前女友、现女友都不借？”

时川移开目光，声音清淡：“我没有前女友，也没有现女友。”

微顿，他又带点儿怨念似的，低声强调：“有过一个对我撩完就跑的，我们没有确立关系。”

阳光一寸一寸地筛落，盛星来睁圆眼睛，在原地愣了几秒。

旋即，她像是反应过来什么，飞快地跑过去：“现……现在确立关系还来得及吗？我……我不是故意撩完就跑的！”

山林之中绿意繁盛，阳光从树木摇曳的枝头滑落，有风从指间吹过。

棠宁觉得，整个山头都回荡着小闺密的喊声：

“叔叔，你走慢点儿，回头看我一眼……”

“川川，我们再来一次行吗……”

“时川！你到底行不行啊？！”

三个人在半小时后抵达山顶。

山上住着几户人家，时川带着两人推开一户小院的门。棠宁不太记路，看到这个绿意环绕的院落才发觉这地方很隐蔽，刚走到门口，就能遥遥听见狗叫声。

而且不是一两条，她感觉应该是……一群。

“这里之前养了二十二条狗，现在还剩十三条。”仿佛看出她的疑问，时川主动解释，“有几条前几年去世了。”

棠宁点点头，立马又提出新的疑问：“可我记得，退役警犬都是送回原基地养老的？”

"嗯。"时川不否认，后半句一笔带过，"但原基地的养老环境也很一般，前几年还开放过市民领养，但因为……"他停顿一下，"因为退役犬身上伤病太多了，发生过被退回来的事。所以最后几个训导员商量了一下，还是决定自己养。"

盛星来还在为刚刚一千块钱的事情耿耿于怀，气鼓鼓的，不想说话。棠宁一边安抚她，一边跟着时川进小院。

走进小院才发现，里面别有洞天。尽管建在山顶，但院落内场地非常宽阔，退役犬退休后仍然会保持训练，所以时川和那位老训导员还在活动范围内，布置了跟之前一模一样的训练装置。

院子里没人，时川猜测老训导员应该在屋里。盛星来一直哼哼唧唧的，他干脆绕过她，嘱咐棠宁："我去跟老唐打个招呼，你们在这儿等我一下，好吗？"

棠宁目光在院子里绕了一圈，现在不是活动时间，每条狗都被关在巨大的狗舍里，她觉得没问题。

"好，你去。"

时川颔首离开。棠宁转身看到院子里一棵树上挂满木质小牌，用红线拴着，在风中微微晃动。她没有凑近，隔空数了数，刚好是九个。

她眨眨眼，心情有点儿复杂，突然很想去看看剩下的这几条狗，可还没靠近狗舍，里面就传出冲天的叫声。

盛星来小心翼翼地从棠宁身后探出一颗头："哇，这狗好凶！"

棠宁失笑："你不是宠物医生吗，怕狗？"

"我是宠物医生，又不是烈犬医生。"盛星来哼道，"我只能驯养那种可爱的、毛茸茸的、乖巧可人的小动物。"

棠宁心里也有点儿没底，但还是很想凑过去看看："你知道狗是从哪儿开始老的吗？"

"从牙开始呀！"

“对。”棠总循循善诱，“所以你不妨跟时川商量一下，明人不说暗话，我想跟他合作，做一个新型犬类磨牙棒的线上推广。你看，他有狗，我有产品；他有话题度，我有流量需求。”

盛星来“噫”了一声：“你又是来卖东西的？你眼里除了钱还有别的东西吗，史高治姐姐？”

棠宁乐了：“对他来说也不是坏事。跟我合作，我无偿提供狗粮和公司新上的这款产品，包终身。”

从智能项圈三代开始，她就在找营销点。可是能用的推广差不多都被玩完了，现在入局宠物综艺有些晚，浪费时间且回报率不高，找名人代言的话，她又很怕遇到像徐旻枫或傅采采那样的人，脑子不好还天天帮倒忙，想想就要崩溃。

“可以是可以……”确实不是坏事，可盛星来不明白，“你不是说要好好享受人生？为什么现在又开始拼命赚钱了？”

“为了打败前夫。”

——蒋林野刚踏进小院，就听见这么一句话。

棠宁半蹲在离狗舍还有一段距离的地方，小心地盯着那条趴在里面的看起来凶巴巴的德牧，认真地补充：“我最近想通了一件事，现在对我来说，钱是一切安全感的本源。”

蒋林野感到一丝丝心塞，他不能给棠宁安全感吗？

盛星来还要开口，突然听到身后传来一声低喊：“宁宁。”

宁宁吓得差点儿没蹲稳。

他这一声叫得实在太突然了。棠宁转过去，看到逆着光站在面前的高大男人，整个人有点儿蒙：“你从地底下冒出来的？”

“我秋游爬山，迷路了。”蒋林野撒谎，“鬼使神差，就走到了这里。”

他环顾四周，又谨慎地补充道：“没想到在这儿遇见你，大概是上天指引。”

这谎话编得也太假了，棠宁想不到除了简薇还有谁会对他透露自己的行踪。

见她还半蹲在地上，蒋林野主动拉她起来，僵硬地夸赞：“我刚刚听到你说的话了，我觉得这个策划特别棒。”

“哪里棒？”

“就……”蒋林野学习能力超级强，才刚过去一天，就在群里网罗到一堆夸她的方法。但那些夸奖全都是夸棠宁外貌的，又不能用在产品身上。他想来想去，只能说，“物尽其用，恰到好处，每一分每一毫都刚刚好。”

棠宁觉得这人怪怪的：“可你不是昨晚还躺在床上，不能动弹也不能说话吗？”

蒋林野沉默了一下，坐实陈良骏的锅：“助理拿着我的手机乱发消息，回去我就开除他。”

“那倒也不必……”陈良骏已经很辛苦了，放人家一条生路吧。

时川跟老训导员打过招呼，回来想叫两个姑娘进去坐，没想到却见多出来一个人。

他一怔：“这位……”

蒋林野主动作自我介绍：“你好，我是棠宁的前夫。”

时川沉默着，将三个人带进屋。

来之前，棠宁以为这个地方会很简陋，但现在看来好像也还不错，五脏俱全，屋子里光线明亮。

盛星来乖乖巧巧地在时川指的地方坐下。

老训导员姓唐，退休之后大半的时间都花在养狗上，每天一个人喂狗，给狗治病，带它们训练。时川和相熟的警察有时间的时候，会过来帮忙。

“你看，”蒋林野小声强调，“我就说你的策划很棒，这个退役警犬基地，处处都是可以做推广的营销点……”

棠宁示意他悠着点儿：“可以了，可以了。”

盛星来刚刚还说害怕烈犬，结果时川一出现，她就恨不得把自己作为兽医的毕生绝学都展示出来。老训导员很久没见过这么活泼话多的姑娘，说起养狗来也头头是道，越发觉得她可爱，忍不住跟她多聊了两句。

可棠宁是坐不住的，她看到屋子后面还有没装门的隔间，忍不住想凑过去看看：“警察叔叔，我可以进那间屋子吗？”

时川点头：“可以，但你小心一点儿，不要靠太近。”

棠宁蹿过去，小心地探出头，见里面趴着一条德牧，见到生人，它艰难地爬起来，警惕地盯着她。

蒋林野眼神一紧，下意识拽着她，往身后拉了拉。

棠宁的注意力在狗身上，一下子没想到挣脱，回过身问：“它生病了吗？”

“太老啦——”老训导员感慨，“牙口也不是很好，很多东西都吃不了。”

棠宁小声说：“那刚好可以试试我的新产品呀！”

回过头，她才发现自己的手还被蒋林野握在手里。

蒋总神情有点儿不自然，但棠宁的关注点永远跟正常人不太一样，她现在心情好，愿意多关怀一下前夫：“你的胳膊还好吗？”

“什么？”

“前几天不是说，被嘤嘤怪挠了。”

蒋林野微怔，捋开袖子给她看：“没有破皮。”

棠宁低头，望见他小臂内侧落了几道浅色的划痕，他皮肤很白，目光稍稍偏移，就能看到青色的血管。

“我那天有点儿生气。”她想了一下，主动解释，“大多数猫很怕水，不能直接拎着后颈往浴池里扔。”

蒋林野垂眼：“我不知道……但我现在知道了。”

棠宁没再说话。

盛星来是个话痨，跟老训导员聊得十分起劲。时川坐在旁边默不作声地听，听她说起宠物皮肤病，突然想起什么，发声打断："我给德牧带了药，放在车上忘拿了，我现在过去拿吧。"

盛星来噌地蹿起来："你记性怎么这么差？我跟你一起去。"

时川淡淡睨了她一眼："就是你话太多了我才会忘。"

"车钥匙给我，我去吧。"棠宁趁机挣脱前夫，情真意切道，"星星刚刚在院子里被虫子咬了，正好你给她看看。"

盛星来一脸茫然："我什么时候被虫咬……啊！"

棠宁在背后用力戳戳她。

盛星来转回来，一副大义凛然、慷慨就义的表情，顺势改口："是的，我被咬了，刚刚宁宁不说我都忘了，我好疼。"

时川看了她一眼，一言不发。

"我现在过去吧，应该能在中午之前回来。"棠宁接过钥匙，在小闺密耳朵旁边小声道，"记得讲正事。"

盛星来不自在地动了动："知道了……"

围观的蒋林野突然有点儿不明白，为什么别人的进度条打得这么快，他连摸摸前妻的手都会被对方假装不动声色地挣脱开？

"宁宁。"于是蒋林野忍不住，也跟过来，"我跟你一起去。"

"不用了吧……"

"我……""TJ 仙女养生会所"教会他一条人生道理，该卖惨时就卖惨，该服软时就服软，"怕狗。"

棠宁欲言又止，一下子竟然找不到拒绝他的理由。

天高云阔，风力不强，山中凉风飒爽，阳光带点儿朦胧的雾气，从浓密的树荫中透过，落下一地虚浮光影。

棠宁和蒋林野离开之后，时川回转过身，看着坐在小凳子上乖巧又忐忑的盛星来，在心里叹口气，半跪在她面前，像是想要捋开裤脚检查一下："被什么咬了？"

她今天穿着一条贴身的浅色牛仔裤，白色平底鞋上方露出细瘦白皙的脚踝，是很适合爬山的打扮。

"我也不知道……"盛星来略微停顿，为了真实，添油加醋道，"就，那种黑色的……长得特别恐怖的……腿很多的虫子……"

时川"嗯"了一声："咬哪儿了？"

她舔了舔唇，谨慎地指出："大腿上。"

时川的手僵在半空。

他停顿一下，若无其事地站起身："那没事，不用上药了。"

盛星来："啊？"

"跟父母打个电话交代一下吧。现在二胎开放了，让他们再生一个。"他立在面前，摸摸她的脑袋，语气温柔，发出恶魔的呢喃，"别怕，下辈子注意点儿就好了。"

下山的路不太好走。

棠宁不记路，原本想顺着大路原道返回，可老训导员说基地后方的果园有一条小道，步行到山腰只需要一刻钟，于是她还是选了这条。

蒋林野自告奋勇："我走前面吧。"

这坡有点儿陡，棠宁点点头："你小心一点儿。"

这是在关心他吗……蒋林野心里的小人重新活过来，跃跃欲试地跳啊跳。他思索半秒，转过去试探着伸出一只手："要不要我牵着你？"

前夫今天怪怪的，棠宁有点儿不自在："不用了吧。唐叔叔说这段路不长，我们走快点儿就……啊！"

她话音未落，余光之外的草丛里突然接连闪出两个黑影，蒋林野眼神一紧，来不及看清，将她拽到自己身边。

棠宁毫无防备，撞上蒋林野的手臂，而他被这股惯性带着，也一个趔趄冲向旁边的树木。古木在林中撑开巨大蓊郁的伞叶，草丛发出声响，枯叶簌簌地往下落。

阳光倾泻而下，耳畔安静一瞬。

棠宁等两个人都站稳了，才回头去看。

她听到声响，见不远处的草丛里噌噌跑过一群松鼠。它们拖着大大的尾巴，飞快地跃上树梢。

棠宁停顿了一下，再回过头，目光平视，正正对上蒋林野的胸膛。

他靠在树上，胸腔起伏，呼吸就萦绕在她头顶，属于男性的气息清淡温暖，像层浅薄的雾气，将她整个人包裹其中。

这个姿势和这个地方都透着点儿奇怪的暧昧，棠宁半个身子贴在他身上，离得太近，几乎感受到对方的体温。她有些尴尬，清咳一声，想假装什么都没发生："你刚刚是不是看错……"

话还没说完，她的手腕就被对方攥住，世界顿时天旋地转。棠宁蒙了一瞬，再回过神，被压在树上的人就成了自己。

蒋林野立在面前，垂眼看她，阳光从高高的树梢上落下来，在他肩头晕开一片暖光。

"宁宁。"他声音很低，像某种古典乐器，带着奇特的蛊惑，"这里只有我们两个了，我们……"

"你脑子里不能有点儿别的东西吗？"棠宁大骂，"你清醒一点儿，这是在郊外啊！"

"而且，蒋林野，"前夫被她吼蒙了，棠宁挣开他，反手攥住他的领口，"你老老实实告诉我，我们前几年婚姻不睦，到底是不是因为你不行？不然自从我失忆以来，你几次三番地妄图证明你很行。"

蒋总过去恶贯满盈，眼下难以辩解。沉默片刻，他缓慢地伸出手，拍拍她奓起来的毛："我是想说，不如我们……谈一谈？"

棠宁沉默三秒，默不作声地将脑袋埋下去。

蒋林野好笑："怎么了？"

"……在找地缝。"

这也太可爱了。

蒋林野眼底浮起笑意。

可棠宁想了想，又觉得不对，抬头指责他："明明是你前科太多了，总让人觉得动机不纯。而且……"她停顿了一下，后半句话声音不大且语速飞快，"而且你说话就说话，能不能别老是动手动脚，还把人按在墙上、树上、更衣间门上。"

蒋林野心里的小人被萌得倒地不起，现在她说什么就是什么，他只能低声安抚她："好，听你的。"

两个人一边向山腰走，一边有一搭没一搭地闲聊。

蒋林野记得高中的时候，年级也年年组织春游。那时候她和盛星来一个比一个话多，去的时候两个人可以不停歇地说一路，再手挽着手说回来。

可现在她跟他没什么共同语言，满脑子都想着怎么赚钱。

蒋林野努力找切入点，想来想去，问："你最近都在忙新型磨牙棒的事吗？"

棠宁点点头，旋即又摇头："不完全是。"

"嗯。"蒋总徐徐道，"还在为线下形象店选址，对不对？"

她又点点头。

他没话找话："那地址定下来了吗？"

"还没有。"棠宁觉得这些事无关痛痒，倒是可以无保留地告诉他，"最迟在年前，我想去临市参观一下别人的店。"

蒋林野颔首，搜肠刮肚地找夸人的成语，好不容易找到个“高瞻远瞩”，还没来得及开口，棠宁突然噌地抬起头：“对了，我问你件事儿。”

“嗯？”

“我……”棠宁皱皱眉头又松开，像是自己也不太确定，“我最近翻工作日志，发现我好像两年前就想在临市开线下店了……可是为什么，一直到现在都没有开？”

蒋林野的表情变得微妙，若无其事地移开目光，说道：“现在开也来得及。两年前的实体店并不会比现在的实体店更盈利，做推广的话，现在并不晚。”

这回复太可疑了，棠宁不满意：“所以你是知道原因的？那就不要避重就轻好不好，你不希望我想起更多的事吗？”

蒋林野眉峰微聚，脸上浮现出肉眼可见的犹疑。

他现在很矛盾，既希望棠宁能想起过去的事，又希望她忘记那些难过的往昔。现在的她比过去开心，如果可以选择性唤醒回忆就好了，他只想保留婚后第一年和棠宁喜欢他的那些时光。

林中安安静静，阳光透过高大的树冠，无声地垂落。

棠宁固执地望着蒋林野，他不得不跟她对视。他有时害怕棠宁这种目光，倔强认真又不服输，喜欢一个人时热烈得像火焰，不喜欢的时候干脆利落、从不回头，轻而易举地激发他藏在骨子里的破坏欲和占有欲，想折断她，想困住她。

可现在这种心情发生了变化，他更多的时候，感到无所适从。

“宁宁，两年前是因为……”

“因为你的项目，就是被蒋大哥亲手拦下来的呀！”

他的话还没说完，背后草丛传出窸窸窣窣的响声，棠宁回过头，看到从小山坡上利落地跳下来后落在两人面前的徐旻枫。

她穿着修身的运动装，衣服上挂着收声装置，逆着光，脸上挂着大大的招牌笑容。

蒋林野觉得刺眼，微微眯起眼，太阳穴突突直跳。

到底为什么，为什么他走到哪里，都会遇到这个人？

可棠宁只转过去一瞬，很快就又转回来："因为什么？"

蒋林野微怔，话不经思考，脱口而出："我以为你会先问她。"

"当事人就在面前，我为什么要去问她？"棠宁不想看见徐旻枫，催促蒋林野，"快说。"

"因为蒋大哥不看好你的项目，所以想办法叫停了。"可徐旻枫跳过来，快快乐乐地抢答，"这件事我是跟你说过的呀，你怎么又忘记了？"

停顿了一下，徐旻枫转头看蒋林野："是不是，蒋大哥？"

蒋林野微抿着唇，没有出声。

棠宁现在完全不想知道自己两年前有没有相信徐旻枫的话，她抖落徐旻枫落在自己肩膀上的手，仍然只看着蒋林野："我们要不要换个地方说？"

"不用。"蒋林野心里突然有些好笑，他觉得现在的棠宁比过去任何一个时候都更像总裁，以及他过去曾经想要，但一直没有得到的所谓的"最佳模式"，好像在这个时候，神奇地达到了平衡点。

"我当初确实不看好那个项目，但那时候我太主观了，做决策很独断，并不是你的错。"前一句话是对着棠宁说的，但后一句他转过去，对着徐旻枫。

蒋林野神色很淡，只是疏离，拒人千里，以至于看不出喜怒："没人教过你吗？当着本人的面造谣，会很容易被打脸。"

徐旻枫有恃无恐："你们早就没有在一起了，也不必再维持夫妻人设，我只是把事实告诉她而已，你又在害怕什么？"

"你告诉她的才不是事实。徐旻枫，从今天起，所有的事情，只有我告诉棠宁的，才是事实。"

“我们是离婚了没错，但这跟你有什么关系？”蒋林野看着她，一字一顿地回道。

他突然想起，自己在过去的时间里，从来没有这样明确地当着棠宁的面，说过这些话。

她夺走了他的勇气，可他同样抢走了她的安全感。

“另外，徐小姐，我是不是很久之前就说过类似的话？请你离我和我的妻子，都远一点儿。”

微顿，他像是突然想起什么，又纠正道：“虽然现在是前妻了……”

徐旻枫发怔，一时间没再靠近。以前也不是没被蒋林野警告过，可他从没有一口气说这么多话，何况是当着棠宁的面。在她的记忆里，蒋林野沉默，冷淡，不善言辞，还拥有一个脑子不太清醒的妻子。破坏这段关系比做任何坏事都要容易，何况他们自己本来就有问题。

在医院的那天，他说他不怕再追棠宁十年八年。可是徐旻枫觉得，他这辈子都不会亲口对棠宁说这些话，更懒得解释过去的事。

然而眼下，他们明明都离婚了，蒋林野却比过去更坚定。

徐旻枫不服气：“你不是很早就说过，不喜欢她吗？”

棠宁猛地抬起头，其他的事情她插不上嘴，但这事儿她有印象啊：“是的，你说过，在我十八岁的时候。”

一转回来面对可爱的前妻，蒋林野就瞬间陷入语塞：“我……”

他没说过！

他当时说的明明是，不想去她的生日宴会。可那句话也是假的，他说了太多违心的话，没想过自己有朝一日要付出代价。

“我没有说过这种话。”蒋总微顿一下，还是决定转回去骂徐旻枫，“而且，我也没有不喜欢她。我喜欢她。你是不是听不清？我再说一遍，我喜欢她。”

棠宁睁圆眼睛。

徐旻枫做梦都想不到蒋林野能这么干脆，她开始陷入“鬼打墙”：“可你们都离……”

“我追前妻不行吗？”他发声打断她，不可避免地浮起烦躁，“我不喜欢你。我在追前妻，离我远一点儿。你听清了吗？”

山林间寂静几秒。

徐旻枫还没反应过来，棠宁突然幽幽开口：“我没听清。”

“来。”她说，“你转过来，看着我的眼睛，再说一遍。”

她话音落下，林中陷入另一种诡异的安静。

蒋林野短暂地沉默，讨饶似的，低声叫她：“宁宁……”

棠宁现在心情很奇妙，蒋林野之前那些奇怪的行为好像一瞬间全都有了解释。她想起游乐园那晚的烟花下他欲言又止的话，原来都不是她的错觉，也不是幻听。

棠总眨眨眼。

当眼下存在外部矛盾时，内部矛盾可以次之，所以思索不到半秒，她决定暂时放过蒋林野，先把徐旻枫解决掉。

“你听到了吗？”这样想着，她转过去，面对徐旻枫，“我们两个的事，跟你没有关系。”

她从失忆后第一次见到这姑娘就觉得对方缺心眼，后来几次交锋，这种感受越发强烈。到现在，棠宁终于敢确定，这位被宠坏了的不食人间烟火的徐小姐，或许不只像蒋林野说的那样没有情商，她的智商也很成问题。

可徐旻枫无法理解：“棠宁，你怎么会这么跟我说话？”

“不然你还想我怎么跟你说话？”棠宁费解。

“但是……”徐旻枫对棠宁的印象仍然停留在初见时那个给她开门的长相出挑的傻白甜大小姐上，她像过去无数次一样，以为棠宁会在她和蒋林野之间，选择相信她，“我们不是朋友吗？”

哪个朋友会跑到别人家管人家老公一口一个“大哥”地叫？

棠宁又想起盛星来上次教训她的话，现在她自己也很费解，为什么就徐旻枫这种段位，也能影响到她的婚后生活？

“我没见过哪个正常人觊觎朋友老公的。如果我俩以前做过朋友，那我向你道歉。”棠宁很真诚，“是我眼睛瞎，对不起。”

微顿，她看到余光内的蒋林野，又忍不住，学着他的语气强调：“虽然现在是前夫了。”

徐旻枫脸色微妙，一时间没有反应过来。

棠宁和蒋林野的反应和她之前的预计完全不一样。过去五年，这两个人从来没有这么同仇敌忾地一致对外，而是一个不问，一个不解释，就那样在冰点上维持了很多年。

可几个月不见，这种局面好像完全被打破了。

棠宁眼神清凌，眼中仍然没有爱慕，可蒋林野主动走下了神坛。他们陷入不平衡，却又立刻在另一件事上达到了一种新的“平衡”。

徐旻枫恍惚了一瞬，想起自己人生第一次对一个女孩子产生嫉妒，是很多年前读大学时，深夜回家路过客厅，听到醉酒的蒋林野在睡梦中反反复复，喊一个人的名字。

第二次，就是现在。

邪门的是，这两次的对象，竟然是同一个人。

她低喃：“那真是让人难过。”

语气没有起伏，不知道是在针对那句“前夫”，还是那句“眼睛瞎”。

徐旻枫站在原地，脸上招牌的笑意终于瓦解。看着她千变万化的表情，棠宁心里除去“结束这件事，我终于就能摆脱这个讨厌的家伙了”的爽快，还升起一点点，她难以忽略的微妙的酸涩。

她觉得自己身体内也许还藏着另一个自己，是被困在五年婚姻里不见天日，没办法信任蒋林野、也没办法爱自己的她。

“宁宁。”见棠宁突然开始发愣，蒋林野心里一突。

这段时间，前妻脑子不太正常，时不时就要玩儿个记忆闪回跟他清算旧账，万一这时候她又想起点儿什么不该想起的事，那他真出不了这个火葬场了。所以，蒋林野赶紧上前一步，主动拉住她，低声道：“我们下山好不好？”

棠宁回过神，也不想多待：“好。”

蒋林野得寸进尺：“那可以牵手吗？”

她没说能，也没说不能，但一听见这句话，立刻就将两只手都藏了起来。

蒋林野失笑，干脆拉住她的背包带，将她整个人拖走。

从头到尾，他一眼也没有看徐旻枫。

甚至没有最客套的告别。

徐旻枫看着两个人离开，莫名想起大学时她第一次见到他。那时，他还是学生模样，俊秀挺拔，沉默但出尘，对一切与项目无关的事情都很没有耐心。

可回国之后，她才知道，蒋林野是有耐心的，不过只对棠宁有而已。

林中渐渐恢复安静。她在原地站了一阵，终于有人循着小路过来找她，后面还跟着两位摄像师，其中一个面露焦急的是负责跟拍徐旻枫的摄像，刚才他把人跟丢了。

综艺中跟她炒情侣的是一个最近人气很高的新晋小生，选秀出来的男孩子在徐旻枫眼中都长得差不多，拍摄开始几天，她一直搞不清楚对方的名字究竟是哪两个字。

可对方很热情，从山坡上跳下来，在背后拍了拍她的肩膀，清澈的声音中盛着满满的笑意：“我捉住你了！”

“好遗憾。”徐旻枫回过头，配合地露出无可奈何的笑容，“被你抓到，游戏就结束了。”

停顿了一下，她突然想起什么：“我刚刚没有关麦克风……”

徐旻枫皱眉：“所以我刚才说过的话，也已经全程直播出去了吗？”

第四章

芋圆火锅

“我对你很坏吗？那你把芋圆火锅还给我。”

蒋林野直接带着棠宁下了山。

“告白”和“恋爱”对他来说都是完全空白又陌生的词汇。他从小到大没什么朋友，没办法从同龄人那里得到科学的参考体系；父母的婚姻似乎是想先婚后爱，可直到父母去世后这么多年，他也不知道这个“先婚后爱”，到底有没有爱起来。

所以他有点儿紧张。

棠宁倒表现得很轻松，快到山腰时，甚至主动问他：“你最近有交新朋友吗？”

蒋林野不明白她为什么突然说这个，摇头：“没有。”

棠宁于是又问：“有遇到什么让你很有启发的人吗？”

他思考片刻，低声答道：“遇到一个很棒的合作方，对方的谈判技巧非常高超，如果你有需要，我也可以跟你分享一下经验。”

棠宁想问的不是这个。

可蒋林野的阅读理解从小到大就不怎么得分，她也不指望他能猜到她真正想问的问题。略微思索，她又问：“那书呢？最近有没有读什么书？”

这还真有。蒋林野老实交代：“有一本，是杂谈，但你应该也认识那个作者。”

“嗯？”

“段白焰的《如何科学追回前女友》。”

棠宁无语：“烧了吧，这书不值得看。”

棠宁知道段白焰的往事，是因为一个曾经在网上爆红的真人故事改编的小短片。片子不长，是破镜重圆的题材，讲述了知名文艺片导演段白焰先生如何作天作地地作丢前女友，再跪着将对方追回来的故事。

这年头连他都好意思出书忽悠别人用他的方法谈恋爱了，棠宁瞬间可以理解，为什么蒋林野的追妻手段蠢里蠢气。但她之前的疑问得到了解释，蒋林野是因为看了奇奇怪怪的书才变成这样的，没有交什么不会恋爱还乱指点江山的朋友。

那本书蒋林野已经读过三遍了，烂熟于心，烧掉也没关系。于是，他答应得很爽快："嗯。"

两个人很快抵达山腰，陈良骏在原地等他们，见两个人并肩过来，主动打招呼："蒋总，棠总。"

蒋林野很想纠正他的称呼，让他叫棠宁"蒋夫人"。

可棠宁还没表态，他不敢太贸然："走吧，我带你去吃午饭。你想吃什么？"

他帮她拉开车门，棠宁还在想刚刚段白焰那本烂书的事，也没多想就坐了进去，下意识地小声哼了一句："小火锅……"

话一出口，她愣了一下，立刻睁圆眼睛转过去看前夫的表情。

对上棠宁圆滚滚的眼睛，蒋林野有点儿心酸。他是不是在小火锅的事情上说她太多次，她已经出现应激反应了……

棠宁以为他又要教育自己，主动问："你知道我为什么跟你离婚吗？"

蒋林野不假思索："因为觉得离了还能找到更好的，你对木村拓哉没有死心。"

"不是。"棠宁有点儿无语，很认真地向他指出，"就是很多明明可以商量的事情，在你这里都没有商量的余地，我觉得你太霸道了，可明明我也是总裁。我不确定你高中时是不是也这样，但我车祸后你大多数时候确实是不怎么讲道理，然后……"

"你说得对。"蒋林野坐到她身边，不急不缓地抬眼看她，"我们还有番茄锅和清汤的选项，去吃哪家？"

棠宁短暂地愣怔，马上沉浸在挑火锅店的快乐中。

她的手机页面原本停在微博上，退出时看到傅采采发了新的微博，忍不住皱了皱鼻子。

就这么一个小细节被蒋林野注意到了，他忍不住问：“怎么？”

“没什么。”棠宁小声碎碎念，“看到一个不喜欢的宠物博主，以为她不会再出现，结果这家伙又开始营业了……”

蒋林野目光扫过她的手机屏幕，没有说话。

车停在市中心，两个人下车时，棠宁还没决定好去哪家店吃。

蒋林野耐心地立在她身边等，她埋着头，露出毛茸茸的发顶，走出去几步，他突然察觉到不对：“你手上拿的什么？”

棠宁匆匆看了一眼，注意力很快又转回来：“陈良骏的车钥匙。”

陈良骏跟他们保持着一段距离，在后面听见这句话，忍不住提醒：“我的钥匙我拿着的啊，棠总。”

棠宁脚步一顿，蒋林野也跟着他停下来。

两个人默不作声地交换眼神，在寂静里对视。

几秒后，棠宁尴尬地挠挠脸：“我……我们是不是把谁谁和谁谁，忘在山上了？”

蒋林野和她一起，一言不发地转过去，一动不动地盯住陈良骏。

陈良骏不明白自己做错了什么，才会遇到这样一对老板。他主动表示：“好的，棠总，我这就帮您把钥匙送回去。”

棠宁点点头，钥匙递出去的前一秒，突然心里一动：“等等，我还是先问问星星。”

她这个闺密的脑回路和她同频，都跟正常人不太一样。说不定，对方根本不希望她把钥匙还回去。

棠宁站在电梯旁打电话，商场内人来人往，现在已经过了饭点，人也不算很多。可蒋林野担心上下电梯的外卖小哥撞到她，还是拽着她往旁边挪了挪，棠宁抬头瞥了他一眼，没有说话。

山上信号不太好，她接连打了几个电话，盛星来那边才接通。

“怎么啦？你们怎么拿个药拿了那么久？”

“我们……”棠宁尴尬地揪住头发，“我跟你说件事儿，你别生气。是这样，我们下山路上遇到了徐旻枫，她好像在拍综艺，也好像是出来玩的……但那个不重要，总之，我俩遇到她，发生了点儿冲突，之后就……”

她咬牙道：“就把要回去给你们送钥匙的事情给忘了。”

电话那头沉默一阵，盛星来大骂：“这女的怎么这么阴魂不散？有病吧她？你们现在还在山上吗？等着，我现在就过去，我替你撕烂那个女人的嘴！”

时川把德牧牵到屋外给它擦身，听见这句，抬头转过来，看了她一眼。

他脸上没什么表情，眼神深邃，可目光轻飘飘的。

盛星来瞬间改口：“也不太可能……那、那我现在就先不过去了，我腿还疼呢，根本动不了。你把电话给徐旻枫，我文雅地替你骂她！”

“谢谢你，但是不用了，我已经教育过她了。现在主要的问题是，我忘了要帮德牧拿药，就直接跟着蒋林野回城了……”棠宁挺不好意思，“我让助理帮忙把药和钥匙给你送回去？就是可能会稍微久一点儿……”

盛星来沉默半秒，语气突然加重：“什么？你们打起来了？蒋林野还好吗？啧，他刚出医院就又要进医院？好可怜。”

棠宁自觉地没有说话。

“嗯，嗯。”盛星来一脸严肃，一边点头一边认真道，“没有关系的，你不用管我，先照顾好蒋林野吧……没事没事，叔叔一定也能理解的。”

时川手一顿，抬头，又轻飘飘地看了她一眼。

这个眼神盛星来看懂了：你有事吗？

都到这一步了，一不做，二不休，她决定装瞎到死：“啊？助理也滚下山坡来不了了吗？天哪，太惨了！那你快去处理他们的事情吧……我没关系的，我跟叔叔自己想办法就好啦！”

棠宁：“行吧。”

她从头到尾没能参与，小闺密自己就快快乐乐地把故事编圆了。

挂断电话，盛星来乖乖巧巧地坐在小凳子上，谨慎地瞅瞅时川。

“叔叔。”

时川几乎能猜到她接下来要说什么了，警惕地看过去。

“刚刚宁宁和蒋林野下山替德牧拿药，却不幸与老情敌狭路相逢，蒋林野被殴打成重伤，他们的助理也不慎滚下山坡，现在只有宁宁还活……不是，只有宁宁还能自由走动。”她严谨地点评，“真的好惨，是不是？”

时川面无表情地看着她，也认真地指出：“是很惨。要是让我撞见，我一定把他们全都带走拘留。”

盛星来劝他：“你冷静一点儿，叔叔。”

“但是现在怎么办呢？没有人给德牧拿药还好说，我们可以自己去，或者明天再来。可车钥匙还在宁宁手上，现在也没人可以过来送，我们怎么回去呢？而且这深山老林，连个灯都没有，入夜之后，肯定黑灯瞎火，伸手不见五指。”

盛星来眨着大眼睛，抢在他开口之前，殷切地问：“我怕黑，又被毒虫咬了，现在命不久矣，所以……今晚我可以跟你睡在一起吗，叔叔？”

与此同时，城市的另一边。

棠宁以一种虔诚的姿态坐在桌前，看着快要煮开的火锅，眼睛亮晶晶的，期待地搓着手。

坐在对面的蒋林野很想把她的手捉过来放在手心捏一捏，正想开口，路过的服务员热情地俯身，停在棠宁身边：“女士，需要擦手的毛巾吗？”

棠宁点点头，接过来：“谢谢你。”

蒋林野一言不发，将手收回去。

四宫格的火锅慢慢煮开，番茄汤底开始冒泡泡，酸甜的香气在空气中散开。

棠宁伸着手想去够放在蒋林野面前的汤勺，他刚要搭手，路过的服务员去而又返，热情地问棠宁：“女士，需要帮您盛汤吗？”

棠宁又点点头：“好呀，谢谢你。”

蒋林野又是一顿，第二次将手收回去。

喝掉小半碗番茄汤，棠宁觉得整个人都暖和起来了，看着桌上的菜蠢蠢欲动，最后将目光落在毛肚上。

蒋林野挑出一双公筷，想帮她涮食物，一直在附近徘徊的服务员立马以百米冲刺的速度赶到，笑吟吟地问：“这个烫一烫就可以吃。女士，需要我帮您烫吗？”

蒋林野：“可以了，你该干什么干什么去，行吗？”

他决定记住这家店的名字，明天就让它破产。

棠宁轻声笑起来：“谢谢你，不用了。”

服务员礼貌地退场后，蒋林野才觉得自在一些。他稍稍挽起袖口，将大衣脱下来挂在旁边，露出柔软的针织衫。

棠宁一边嚼着口中的毛肚，一边捧着脸问：“除了姜，你还有别的不吃的东西吗？”

蒋林野思索一阵，回忆道：“还有香菜、苦瓜、洋葱、茴香……”

“你怎么比我还挑食……”棠宁嫌弃道，但转念想想，他高中时就是这样，这么多年过去了，在讨厌的事物上倒是一点儿也没有改变，“我身边没有比你更挑剔的人了。”

蒋林野的动作一停，心里的小人警惕地眯起眼。

段白焰的追妻法则之一，是“女生的每一句话都有可能藏着很多种意思，千万不要以为她们只是随口一说，遇事多想想，你是个成熟的男人了，要学会自己脑补”。

他试着发散了一下思维：棠宁身边可能有和她一起吃过饭且不挑食的

人，都有谁呢？她前几年没什么朋友，现在好像也只和盛星来走得比较近，至于助理……她应该不会特意注意简薇吃饭时挑不挑食。

那就只剩下一个怀疑对象了——夏方觉。

一想到这个，蒋林野心里的小人就有点儿不开心了，可他非常珍惜眼下这难得安静的用餐时间，又不想表露得太明显，只垂下眼："我知道了。"

棠宁："啊？"

你知道什么了？

蒋林野闷声："我知道我比他挑剔，还有洁癖，毛病多，嘴还毒。"

棠宁带着疑问"嗯"了一声："比谁？"

蒋林野以为她这是在反问，神情一瞬更加正经："食物的习惯从小就养成了，一时半会儿可能不太能改过来……但是其他方面，我以后会注意的。"

棠宁一边吃，一边感觉蹊跷地挑起眉："哈？"

他在说什么？

"宁宁。"面前热气袅袅，蒋林野和她隔着半个饭桌，一本正经，声音低沉清澈，"过去很长一段时间，我都不知道该怎么经营一段关系，但我愿意重新学，你再给我一次机会，好不好？"

棠宁不是很懂，他一个理科生思维怎么能这么发散，可以从不吃的食物硬生生扯到感情问题上。

可她同样没见过他这副认真的姿态，学生时代也许有——在他面对难以理解的语文题目时。

离婚之后的这段时间，蒋林野好像发生了一些微妙的变化，她自己说不太清，但她觉得，自己现在可以做决定。

"好啊！"

她声音很轻，答应得愉悦而轻松，蒋林野心里绷紧的那根弦一下子松了下来。

“今天晚上想看电影吗？”他拿起筷子，假装随意地问，“可以让陈良骏先回去，我知道附近有一家汽车影院。”

棠宁皱了皱鼻子，自己也想不起来，结婚后究竟有没有跟他一起做过这些事。但她今天没有别的安排，也不想太早回去。原本以为这一整天都会在山上度过，没想到发生这样的插曲，且她的小闺密冷酷无情，助攻结束就不再需要她了。

“好啊！”

蒋林野提心吊胆，觉得自己心里好像有一个小小的记分牌，每当棠宁说一句“好”，小人就兴奋地在上面记一笔，鼓励他再接再厉。

他一边发消息让陈良骏帮忙做简单的安排，一边吃这锅他没怎么动筷子的火锅。番茄汤底酸酸甜甜，是他以前很少尝试的口味。

但因为坐在对面的人是棠宁，他现在觉得，这个锅味道不错。

不过……忍了又忍，忍到这顿饭快结束时，蒋林野还是没忍住。

“宁宁。”

“嗯？”

“你还是尽量离那种不挑食、爱吃葱姜蒜的人远一点儿，好吗？”

棠宁不太懂：“怎么？”

蒋林野眉头微皱：“他那人本来就心怀不轨，这么不挑食，迟早哪天把你也吃了。”

一直到走出火锅店，棠宁也没搞懂，他这么小心眼地斤斤计较，究竟在说谁。

两个人下楼开车，在停车场遇到陈良骏，他手上提着两个大大的购物袋，蒋林野接过来试探了一下温度，其中一个能感受到明显的凉意，袋子外结着一层水珠。

棠宁先上了车，陈良骏将电影票验证码发给他，蒋林野像一位当面批改学生作业的老师，站在助理面前检查。

不知是看见什么，蒋林野手指顿住，对着手机屏幕，眉峰不自觉地聚起来，思索一阵，又缓慢地松开。

棠宁没有注意到。她坐在车里，正低着头摆弄安全带，眼前突然出现一个购物袋。她接过来，好奇地扯开袋子朝里面望望："这是什么？"

蒋林野表情不太自然，像是从没为谁做过这些简单的事，低声："芋圆火锅的外卖。"

"电影院里面能吃这个吗？"

"是汽车影院，没有关系。"他说，"就算在里面煮有味道的火锅也可以，不会影响到别人。"

五年前国内还不怎么流行汽车影院，棠宁很久之前就有听说，但一直没机会去看。她想了想："每一帮观影的人，空间都是独立的吗？"

"对。"蒋林野微微一顿，想到别处，又压低声音凑过来，煞有介事地提醒，"如果你想做别的事情……也不是不能。"

棠宁微怔，指责他："蒋林野，你高中时不是这样的。"

她攥着芋圆火锅的外卖袋子，一副不打算放手的样子，可言语之中又充满痛心，仿佛真的很为他的改变而感到难过。

好可爱……蒋林野觉得，如果棠宁是一支草莓冰激凌或者一块乳酪小蛋糕，他应该把她吃掉无数次了。

"嗯。"他心情突然很好，坐上车检查了一下她的安全带，才启动车子，"我以前是什么样？"

棠宁一条一条地给他列出来："高冷，嘴硬，对我非常非常坏。"

竟然连用了两个"非常"。

蒋林野后悔了，不能吃，这么可爱，吃掉就没有了。

他虚心求教："那我现在是什么样子？"

"现在你在对待我的态度上，比过去更坏了。"

蒋林野云淡风轻："我对你很坏吗？那你把芋圆火锅还给我。"

"被我摸过就是我的了，哪有还回去的道理！"棠宁不打算放手，"你求求我，我分一半给你吃。"

蒋林野有些想笑，还没弯起嘴角，眼睛已经率先出卖他，深处浮起星星点点的笑意。

他好像又回到高中时代，那时的棠宁就是个无赖，继承了老棠总的传世绝学，明明不讲道理，可又让人感觉可爱到窒息。那时他常常觉得她在撒娇，她想要什么，想让他帮她什么忙，他也由着她去。可结婚后反而很少了，她还是她，但对待他时总是显得谨慎，多多少少有些拘谨，那同样是他不习惯、也难以应付的相处模式。

徐徐开车驶进汽车影院，蒋林野透过后视镜，装作不经意地偷看棠宁。

她垂着脑袋，还在认真地观察袋子里的芋圆，不知道是在计算甜品的热量，还是在计算冰块化掉的时间。

做个少女多好，蒋林野忍不住想，一辈子都别恢复记忆最好。

这会儿太阳还没完全落下，庭院内人不算多，稀稀落落地停着几辆车。汽车影院大多是家庭或情侣出游，其他人一般不会来看这个，社交需求的意义大于一般影院。

蒋林野挑了个靠中间的位置停下，转过去看她："还得一会儿才开始放电影，要不要下去走走？"

这家露天影院建在一个小庭院里，周围花草繁盛，绿意环绕。

棠宁摇头，比起跟前夫一起散步，她更好奇别的："另外那个袋子里装的是什么？"

蒋林野怀疑她已经猜到了，他没有说话，一言不发地将座位调后，把袋子窸窸窣窣地抱起来放在自己腿上，打开结扣，但并不朝她递出去，等着她自己来看。

棠宁像一只毫无防备地加速冲向猎人陷阱的小动物，扒拉袋子，扯开外面两层包装，里面全都是零食。

蒋林野垂眼，看到她毛茸茸的发顶。明明她什么都没有说，但他总觉得，她在看到那堆薯片、布丁、盒装爆米花的时候，整个人的气息都愉悦起来。

蒋总一瞬间心情大好，正打算伸出手摸摸，棠宁突然抬起头："你刚刚吃了火锅。"

蒋林野挑眉："所以？"

"你怎么还能吃得下这么多东西？"

蒋林野不知道自己能不能，但他觉得棠宁肯定可以。

"没关系，吃甜点和零食，用的是另一个胃。"

他这么主动地给她找台阶，棠宁十分受用，好心地说："那我把芋圆火锅分你一半。"

蒋林野失笑："谢谢老板。"

外面太冷了，棠宁不想下车。好在冬天的白天很短，日头落得快，夜幕在庭院内拉下时，巨大的露天荧幕慢慢亮起来。

棠宁抱着爆米花桶回头看，才发现庭院内已经陆陆续续地停满了车。

"我以为国内不会流行这个。"这是美国 20 世纪 60 年代的玩法，真正支撑产业的是那时崛起的汽车行业，棠宁小声道，"没想到还挺多人来看的。"

蒋林野从刚才起就一直在低着头看手机，不知道是在回邮件，还是在回消息。眼下听见她哼哼，他也很配合，"嗯"了一声："说不定是开不起房的恋人。"

棠宁对 20 世纪 60 年代的怀旧感一瞬间被击碎了："你脑子里都在想什么啊！"

蒋林野闻言抬起头，似乎还没完全从刚刚的状态中切换回来，目光带着些凌厉，落在最前方的露天荧幕上。

他思索半秒，竟然没反应过来：“什么？”

棠宁：“你连我说话都不听了。”

蒋林野想了想，妄图解释：“我刚刚回了个邮件。段白焰说，偶尔也可以表现一下自己忙碌工作的样子，然后……”

棠宁：“求你了，离段白焰远一点儿吧！我求你！”

电影开场时，芋圆火锅已经被吃掉了一半。

一份火锅分成两份，装在保温的外卖盒里。尽管是冬天，但车上开着暖气，放在最上面的冰激凌球也“存活”不了多久。棠宁拆开盒子后，两颗球已经显露出融化的迹象，她捡起小金属叉，迅速将它们“宰杀”入腹。

蒋林野甚至连开口问一句“你要不要尝尝我的，也让我试一试你的”的机会都没有。

可是……停顿一下，他转过去看她。前妻乖巧地坐在座位里，一边鼓着腮帮子嚼芋圆，一边一动不动地盯着电影屏幕，唇边带着一点点没有舔干净的冰激凌，他猜是草莓味的。

喉结滚动，蒋林野默不作声地往棠宁的方向挪了挪。

棠宁完全没注意到，她的注意力全集中在电影荧幕上。汽车影院一般不怎么放院线片子，这次播的也是一部老片，片名一闪而逝，她没看清，但从目前的剧情走向来看，应该是一部爱情文艺片——没钱但励志的灰姑娘女主角和有钱但不懂爱的总裁男主角因为一场意外在上流社会的舞会中狭路相逢，从此开始缠缠绵绵，纠缠不清。

棠宁不明白男主角为什么会对女主角动心，清秀的眉头拧成一团：“总裁为什么会喜欢灰姑娘？找个有钱人联姻不好吗？”

车内没有开灯，蒋林野借着庭院内的小灯和荧幕上微弱的荧光，正小心地凑近她——可她一开口，暧昧的气息烟消云散。他在心里叹口气，低声道：“也许总裁已经历尽千帆，就喜欢这种没被社会浸染过的天真小白花。”

“可他是冲着结婚去的啊，婚又不是光凭感情就能结的。”棠宁吃薯片时声音很小，但在讨论剧情的原则问题时音量一点儿都不低，“这不合理，如果是我，一定选门当户对的、有钱的。”

蒋林野微顿，突然想跟她讲讲道理：“你觉得钱比感情更重要吗？”

棠宁一本正经地转过来：“主要是我也没觉得男主角对女主角有感情，贪人家身子而已，你这个假设本来就不成立。”

蒋林野心想，这个梗到底还能不能过去了？

“你已经够有钱了，为什么还要跟更有钱的人在一起？”

“这样就算哪天分开了，也不会很难过……如果本来就没有很喜欢对方，也就不存在感情破裂的可能性了。”说这句话的时候，棠宁突然转了回去，没有看他，她的声音不轻不重，在狭小的空间里格外清澈，“分开之后还能有钱，总好过什么都没有。”

蒋林野微怔，眉头一皱，觉得事情并不简单。

棠宁必然话里有话。也许她真正想说的是后悔跟他结婚，如果没有跟他在一起，蒋林野就能在她的记忆里定格在少年时，永远不会改变，永远是立在升旗台下、在晨光里跟她对视的少年。

想到这个，蒋总心酸极了：“宁宁，你不要再想夏方觉了，好不好？”

棠宁：“啊？”

她什么时候在想夏方觉了？她想说的是钱，是钱啊！可不可以把棠氏的股权还给她？

“虽然有时候我也觉得，或许当初你跟他在一起……”会更开心。后四个字蒋林野再怎么咬牙切齿也说不出口，吞进嗓子咽掉了，“不，没有这种可能性，没有如果，你没机会跟他在一起的，所以不要想了。”

棠宁语塞：“你看电影吧。”

直到电影结束，蒋林野也没找到机会亲亲她或者捏捏她。

大家陆陆续续地离场，他驾车离开影院，企图神不知鬼不觉地将棠宁带回玫瑰半里，然而刚驶出大门，她就反应过来了：“你怎么走这个方向？”

“我——”蒋林野只好说，“我送你回家。”

“我家不往那边走。”棠宁无情地戳破他，“在反方向。”

蒋总张张嘴，故作淡定地卑微表示：“我掉个头。”

晚上十一点多，夜已经有些深了，星辉零落，街上仍车来车往。窗外光线明灭，路灯灯影重叠。

棠宁前一晚没怎么休息，大清早又被盛星来叫起来爬山，眼下精神松懈，肚子很饱，不受控制地冒出困意。她蜷成团打个哈欠，摸出手机给小闺密发消息，想问问她攻略叔叔的进度，谁知刚唤醒社交软件，对方的消息就接二连三地跳出来：

“你怎么又上热门话题榜了？徐旻枫真的好烦啊！”

“回消息呀！你跟蒋林野是在约会吧？你把我跟叔叔抛下，竟然一直跟前夫约会到现在！”

“大人的事情要做这么久吗？你怎么还没出现？不过……等等！”

“咦？话题已经消失了。”

“可徐旻枫那群粉丝怎么没完没了？他们好烦啊！”

“哎……等等，评论区也空了。”

棠宁拖着聊天记录从上往下看，盛星来这一串自问自答，每一段之间都隔着一两个小时，简单地估计一下，可以在心里拼凑出完整的时间线。

现在已经入了夜，对方发最后一条消息是在三个小时前，她点开微博，顺着热门话题榜看了一遍，天下太平，干干净净，什么都没有。

棠宁打开私信，潦草地浏览一遍，内容五花八门，有明显是徐旻枫粉丝的，在私信里骂她装模作样；有明显是不喜欢徐旻枫的人，在私信里夸她“小姐姐好酷哟，爱了爱了”。

棠宁挠挠脑袋，想，看来这里曾经经历过一场盛大的战役，只不过很快就消失了，彗星撞击地球，连一只恐龙的尸体都没留下。现在她私信里残留的这些，全都是幸存下来的化石。

“发生什么了？”棠宁干脆直接偏过头去问蒋林野，“徐旻枫又做什么了吗？”

“麦克风没关，综艺直播出去了。”蒋林野眉峰微聚，很快又散开。他其实不担心棠宁知道这些事，可他希望她能尽量晚一点儿知道，或者不要正面遇上这些人，“不是什么大事，现在应该看不见了。怎么？又出现了？”

“没有……不过，直播？”棠宁皱眉，“他们综艺都不剪辑的吗？”

“不知道，大概是追求真实感。”现在的综艺为了噱头和流量什么做不出来，蒋林野觉得策划脑子不好，遇到徐旻枫更是倒了八辈子血霉，“但这件事结束了，不必再往心里去。”

蒋林野看起来不打算再作解释。棠宁想了想，打开她的 TJ 仙女群。

如她所料，群消息再一次刷出了“99 +”，她往上拉，看到大家也讨论了这件事，七嘴八舌，说什么的都有：

“你们看到那个综艺了吗？我们棠怎么又上热门了？”

“我醒着吗？我是不是在做梦？棠总和蒋总真离婚了？”

“我的天，那女的哪里冒出来的，怎么这样跟老板讲话？”

“谁？徐旻枫吗？三线小明星，但她爸很出名，也算演员世家吧。”

“我受不了这三线小明星管蒋林野叫蒋大哥……蒋大哥？他听着不恶心吗？”

“所以我们棠跟蒋林野离婚了啊，哈哈哈，这种男的不分还留着过年吗？让他去和他的好妹妹恩恩爱爱吧，嘻嘻嘻。”

“CP（情侣）粉心碎在今夜。”

“把视频看完再心碎啊，蒋林野说他们离婚了，但他还说他在追棠总……我赌一百块钱，他追不到。”

“追不到更好，我们老板自己也可以过得很潇洒嘛！我看她最近心情都变好了，还一直奇怪是因为什么呢，原来是因为这个。而且看这视频的意思，他俩应该离婚挺久了，只是一直没对外公开。那不妨让我来大胆地猜测一下，说不定棠总车祸后这俩就离了，你们看棠总这几个月气色多好。”

“是啊！这明明是大喜事！老板有房有车有钱有猫，还长得这么好看！是我，我做梦都要笑醒，应该开个派对替她庆祝恢复单身！之前我就一直猜他们是不是离了，现在坐实了，心情有点儿复杂，但复杂里又藏着隐秘的小雀跃……话不多说，我发五十个红包庆祝仙女老板恢复单身！”

“我加码五十个。”

“我也加码五十个。”

…………

群内刷消息一向很快，一会儿说徐旻枫长得好看但气质不好，一会儿说蒋林野这个浑蛋结了婚还有个好妹妹。

棠宁飞快地向上浏览，拼凑出事情的大概经过。

徐旻枫在山上遇到他俩时，领口上挂着的麦克风没有关，而他们这个奇葩综艺又恰恰是直播，轻而易举就被拱上了热门话题榜。而且话题一口气就拱上来三个，分别是“蒋林野棠宁离婚”“TJ 综艺事故”“徐旻枫蒋大哥”。

这种事儿谁也讨不到好。

徐旻枫不敢在这个风口浪尖上发微博卖萌或者卖惨，她没来得及关评论区，有人在底下骂她破坏别人婚姻，有人骂蒋林野是个浑蛋不辨是非。

棠宁搜寻一圈没找到什么有用的信息，只好继续翻群里的聊天记录。

在大家快快乐乐地为老板恢复单身，脱离这段只有钱没有感情的协议婚姻而欢欣鼓舞、举群欢庆、不停加码抽红包的时候，一片喜气洋洋的红包提示中，一条信息不合时宜地冒了出来：

“你们有没有想过一种可能性，如果棠总和蒋总不是协议婚姻，而是互相相爱、你情我愿呢？”

棠宁微怔，下意识看看发消息人的 ID，果不其然，是群里那个新人。

可这回大家忙着发红包，连回他消息的人都没有。刷下去好几页，才冒出一条温柔的劝导：“这话你让蒋林野自己来说他都说不出口，别一天到晚做梦了，来抢红包吧，弟弟。”

棠宁再往下翻，那个新人就没再说话了。

不知怎么，她突然对这个人产生了好奇，忍不住扒拉着聊天记录往上找。翻了好久，终于翻到他早上问的那个问题，也翻到了自己当时的回复：“修罗场见”“等死吧你”。

那会儿时间还早，很多高管没有开始工作，她现在去看，除了她抖的机灵，底下竟然有很多人，一本正经地给他支着儿：

“你好好给女朋友解释一下啦，女孩子都很好沟通的，哄哄就行。但前提得是，你确实没跟绯闻对象不清不楚，也没有向女友撒谎。不然你会被反噬的。”

“如果你女朋友是那种可以讲道理的人，你可以试试跟她讲道理。但前提是你必须有道理，我不是让你强词夺理，更不是让你吼她。”

“你们换个地方约会吧。带她吃个火锅，然后一起去看电影，多给她买点儿零食……反正我女朋友挺吃这一套的。我知道最近新开了家芋圆店，她特别喜欢。”

前面都没什么。

看到最后一句，棠宁微微一怔，缓慢地抬起头，狐疑地望向蒋林野。

是她的错觉吗……可是会不会太巧了？

注意到她充满探究的目光，蒋林野分神看了她一眼，声线低沉清澈：“怎么？”

棠宁不太确定，但又不好打草惊蛇。犹豫了一下，她说：“我刚刚在刷微博，看到了棠氏的官方账号……那个 ID 现在是你在用吗？”

蒋林野误解了她的意图，摇头道：“官方账号是公司的公关团队在运营，我有一个自己的号，就叫蒋林野。”

他坦白：“我一般都用那个冲浪。”

棠宁眨眨眼，很轻易地在微博上搜到他。他不怎么发微博，在网上放出来的东西没几条，可大概是因为挂着棠氏总裁的简介，粉丝竟然也不少。

他最新的一条微博，是今年五月份的。棠氏的“长青”项目开始进行，他转发微博，预祝顺利。

棠宁盯着他的微博看了一会儿，思考了一下他的说话语气，再折回去，看看群里那个新人的说话语气。

感觉也不是很像……

他在微博明明是个老干部形象，可是群里的那个新人，分别是个不大聪明的“萌新”。

车内安静的时间里，车子已经驶进小区，蒋林野将她送到了楼下。

往常到了这儿，为了不让他跟着她一起上楼，棠宁都会飞快离开。可今天有些反常，她低着头盯着手机一动不动，表情纠结，又很专心，不知道在研究什么。

天色黑沉，今夜无月，星光隐入云层，天色泛着点儿森冷的蟹壳青。

小区内路灯林立，暖黄的灯光透过车窗映进来。

棠宁没有扎头发，长发散在肩后，侧脸被染上浅浅的颜色，连带着睫毛都好像涂上了一层金粉。她皮肤很白，鼻梁小巧挺直，在灯光的映衬下，宛如天然的美玉。

蒋林野怕惊扰到她，没敢开车内灯，就借着这点儿温柔的光默不作声地看着，好像连这段短暂的时光都是偷来的。

“蒋林野。”半晌，她皱皱鼻子，终于开口，“你平时用微博多吗？”

蒋林野思考了一下：“不是很多。”

他很忙，能分神出来冲浪找段子看相声，已经是挤了又挤的时间。

棠宁直觉他这句话说的是实话，他应该真的没那么多时间上网。

那群里的人很可能不是他……她发了一下呆，蒋林野垂眼瞥见她放在膝盖的手——她握着手机，屏幕正停在他的微博界面上。

他想来想去，想不出有什么不妥。他不常发微博，粉丝不算多，关注的人也都是同行……

等等——

蒋林野的思考突然停住。

关注的人？

“你是在意那个吗？”蒋林野眉峰微聚，悬空指指微博，示意道，“我可以删掉的。”

棠宁一脸蒙，没懂他指的是哪儿：“嗯？”

可蒋林野在误解的路上一去不回头，当即拿出自己的手机，当着她的面，开始……取关别人？

棠宁一头雾水，下意识低头，看到蒋林野的微博关注开始飞快地下降，短短几分钟，就少了百来号人。

棠宁蒙了：他在干什么？

可蒋林野竟然还很专心，不厌其烦地取关了几百号人，关注对象从556迅速降到0。他清空了自己的关注列表，删除掉最后一个关注对象。

棠宁还没完全反应过来，就看到自己的粉丝栏跳出来一条：＋1。

她愣了一下，点开那个小红点，发现蒋林野现在唯一关注的人，是她。

——当晚，微博炸了。

因为徐旻枫的直播事件，蒋林野和棠宁离婚的事本来今天中午就上了热搜，结果热度刚下来没多久，就又上去了。

只不过这一回的话题有些不一样，不是“蒋林野棠宁离婚”，而是“蒋林野追妻”——话题的尾巴上，挂着一个迷惑而灵性的“问号”表情。

蒋总平时更新微博太少，一副高冷到生人勿进的样子，而棠宁的微博是个私人账号，里面基本是与猫相关的内容，所以大家虽然一直好奇，但从他们微博的日常更新里，也看不出这对夫妻究竟是真恩爱还是逢场作戏。

直到今晚的事发生。

大家给棠宁发私信和评论，她一条也没有回。倒是蒋总的微博评论区里，每一条猜测“他大概是在追妻”或“说不定他跟棠总关系不算差，给人家一点儿私人空间”的内容都被他点了赞。

于是更多人涌入了他的微博：

“前排吃瓜，好奇这场离婚官司打了多久，两位离婚后每人各自带走了多少亿。”

“隔壁那个夫妻档创业后离婚的瓜太魔幻了，蒋总这个看起来是不是温馨点儿？”

“离婚后我重新关注了前妻，且只关注了前妻，哈哈哈哈。”

“蒋总是不是在追前妻呀？我很有经验，给你讲讲小说追妻法则呀！”

“离婚了又跑回去哄前妻，有必要吗？蒋总，放过我棠总吧，好吗？”

…………

蒋林野默不作声地蹲在屏幕这头窥屏，偷偷删掉那些提徐旻枫的以及骂他的评论，然后给自称很有追妻经验的那条评论点了个赞。

这个赞让大家瞬间兴奋了，纷纷在评论区给他出主意，内容五花八门，一夜之间盖起高楼。

当事人棠宁直到第二天中午，才看到这些消息。她从影院回家后就累得不行，看到日程表上的翌日行程里写着出差，觉得必须养精蓄锐，便干脆倒头就睡了。

一觉醒来已经是天光大亮，简薇提前几个小时发消息提醒她之后的日程，她起床后吃了点儿东西，拎着行李先去了趟星川宠物医院。

盛星来是上午回到市区的，陈良骏今天清晨开车到山上给他们送钥匙，将两个人接了下来。

“我觉得你前夫那个助理有点儿傻。”小闺密前一夜几乎熬了一宿，眼下却不见半点儿困意，“今天早上他去给我们送钥匙，我跟他打招呼说‘哟，陈助理，昨天才摔下山坡，今天就出院了呀’，他竟然一脸茫然地回了我一句‘我什么时候滚下山坡了’。”

棠宁乐不可支：“没关系，反正你那谎话编得那么假，时川肯定也知道不是真的。”

她揶揄地问：“进度条打得怎么样了？”

“能怎么样……”提到这个，盛星来有些蔫，“他又不可能对我做什么，我……我现在也不敢对他做什么。”

山上的基地有住处，应付一晚不成问题。

可盛星来是真有点儿怕黑，本来时川将两个人安排在了隔壁，就隔一堵墙。她半夜醒来，周围伸手不见五指，还是觉得不安，大半夜裹着被子跑去敲时川的门，问可不可以申请跟他同屋。

她愿意打地铺，保证乖乖的，什么都不做。

时川看了她一眼，什么都没说，一言不发地放她进屋了。

但盛星来从来是不讲信用的人，她不仅没有遵守诺言什么都不做，还把能做的都做了个遍，恨不得在时川面前跳脱衣舞。

但是……小闺密苦恼地捧着脸，烦躁地揪了揪头发：“他定力也太好了吧。”

山上的屋子太小了，就算两个人不同床，同屋也能察觉到对方的呼吸声。可他从头到尾，从她半夜进屋到天光熹微再到东方大白，却什么都没有说，什么都没有做。

盛星来不明白："难道四年前的夜晚，其实是我的一个梦？"

"这件事儿你慢慢想。"棠宁今天没空陪她聊天，"我今天下午要出差，特地拐道过来就是想问一句，推广的事情你跟他说了吗？"

"说啦，他没答应但也没拒绝，他说山上的基地是他和另外几个警察一起建的，必须得先问过那几个人的意见，才可以做决定。"

棠宁掐掐她的脸："宝贝，我有没有说过，我特别喜欢你现在的样子？"

盛星来眨眨大眼睛："有了爱情的滋润，我最近是不是变美了？"

"有了爱情的滋润，你现在变得像我离婚前一样愚蠢。"棠宁笑眯眯地补充，"但是可爱。"

盛星来气得想踢她。

"不管怎么说，谢谢你。回来的时候，我给你带礼物呀！"棠宁心情愉悦，"如果时川觉得没问题，我就找公司团队来拍小广告和宣传片，到时候还麻烦你帮忙转达一下。"

"让别人来？你怎么不自己来？没有诚意。"

"他可是你男人，我这不是跟他保持一下礼貌距离吗？"

这措辞听起来很受用，盛星来立刻偃旗息鼓："好吧，那你放心大胆地去。如果时川不答应，我就去吹枕边风。"

难不成盛星来觉得自己是个祸国妖姬？现在别说吹枕边风了，她但凡能近身时川一米之内，棠宁都要给她鼓鼓掌。

所以棠宁的眼神很是怀疑。

"别那么看着我。"盛星来哼了哼，"我们这种低调恋爱的人，跟你们才不一样。"

"你是怎么把自己和'低调'这个词强行扯上关系的？"

"跟你们比起来，我们是很低调啊。"她说，"我们才不会动不动就闹上热门话题。"

棠宁微怔，拿出手机，这才看到前一晚发生的事。

这个话题还在榜，棠氏的公关甚至趁机发了一堆两个人以前携手出席各种场合的通稿，企图借此侧面说明“总裁和夫人感情好着呢”。

她潦草地翻了几页，没兴趣再看下去。

盛星来好奇：“你连自己的八卦都不看？”

“就因为知道是自己，所以不用看都知道这个八卦不好看。”棠宁叹息，“为什么每次公司创始人离婚，要么造成股市动荡，要么带来市值蒸发？搞得大家战战兢兢，都不敢离婚。”

“钱越多的地方，别人盯得越紧嘛！”盛星来安慰完，又忍不住问，“不过你现在到底是怎么想的？蒋林野这已经算是在微博委婉示爱了吧，你这边一点儿动静都没有？”

棠宁想了想：“你觉得我应该有什么动静？”

“老实说，当时蒋林野会跟你结婚，就已经很让我意外了。现在你们离婚了，他又跑回来追你，更让我觉得不可思议。”思考一阵，盛星来谨慎地指出，“所以我觉得，你应该做梦都会笑醒。”

棠总头疼地扶住额头：“我现在还有很多事想不起来，不知道过去五年的婚姻里，他还有过什么别的操作……之前那些回忆，让我特别没有安全感。”

所以棠宁也根本不敢做出什么回应。

“不过没关系，”棠总说，“我可以趁着出差不在北城的这段时间，好好逃避一下现实。”

盛星来很赞成，然而她和棠宁都忘了一件事——棠宁出差，蒋林野不可能不跟着来的。

第五章

旧地重游

就算不知道该怎么做，也想尝试，想拥抱，想接吻，想要爱。

两个小时后，棠宁一踏进VIP候机室，就看到将财经报纸高举过鼻梁，假装在看报纸，其实一直在偷偷观察周围其他乘客，任谁远远地瞄上一眼都觉得很可疑的——蒋林野。

棠宁稍微一顿，然后径直走过去，大大方方地在他身边坐下："早知道你也要去临市，我就让你开飞机送我。"

蒋林野放下报纸，干脆也不再掩饰："我怕你不想让我跟着。"

"确实有一点儿。"但这个问题不大，她可以当他不存在。

两个人登了机，棠宁看蒋林野又是检查安全带又是帮忙拿毯子，情不自禁地想问十万个为什么："我能问你件事儿吗？"

自昨天在山上发生的事情之后，蒋林野心里的小人就做好了准备，无时无刻不在心里做练习，等着棠宁问第二遍"你是不是喜欢我"。

所以眼下，一听见这句话，他条件反射般的，立刻噌地抬起头："是喜欢的，我没骗过你，也从来没跟其他人在一起。"

棠宁："啊？"

他愣了一下，才反应过来她问的不是这个。

蒋林野企图保留住作为一个总裁的尊严，一本正经地沉下声："你说。"

棠宁轻咳一声，问道："两年前，你到底为什么不想让我做临市的形象店项目？"

"因为……"蒋林野不知道该怎么解释。

那时候他和棠宁的关系已经降到了冰点，两个人明面上撕破脸皮，项目上针锋相对，谁都不给谁留余地。他阻碍她不过是顺水推舟，恰巧撞到这个机会，就去做了。哪怕能给她添一点儿堵，他也是愉悦的——只不过这种愉悦没办法填补他真正的欲望，反而更容易带来巨大的空虚。

"因为……"蒋林野思考一阵，反问她，"旅途舟车劳顿，应该在飞机上多休息一下——为什么你还想着项目的事？"

棠宁完全不接他的茬："你昨天在山上时说，是你的问题。"

“嗯……”

“所以我去查了前几年的项目。”说到这里，棠宁认真地分析，“我发现，我和棠氏合作，你竟然还故意把棠氏的项目签给我的竞争对手。”

蒋林野：“这是另一码事了，我们一码一码地清算不行吗？”

“可是为什么？”棠宁不明白，“我俩前几年关系差成这样？你宁愿把自家的项目签给别人，也不愿意让我开心一下？”

“不是的。”蒋林野说不清楚，“是你前两年身体状况太差了。要不是你跟我吵架，我甚至想把TJ都交给别人去管理。”

棠宁赶紧让他打住：“等等，你说我俩吵架这事儿，我有印象。”

两年前临市形象店的项目黄了之后，她复盘时察觉到这事儿不对。前期明明好好的，到了中间就开始出各种问题，一定是有人从中阻拦。她轴劲儿上来了，追本溯源地往前查，查到最后，发现这个阻拦她的人，竟然是她的先生。

她想不明白，干脆直接去问本人。蒋林野那时候还没学会说人话，饭桌上瞄了她一眼，只轻飘飘地扔下一句：“你连回家吃饭的时间都没有，我觉得，你应该适当放弃一些项目。”

——然后抽出时间来陪陪我……跟我在一起。

可棠宁误会了他的意思，气急反笑：“别把恶心人说得这么温柔行吗？难道你每天都回家吃饭？我很早就不打算管你了，你跟哪个妹妹在一起都没关系，但为什么要来干涉我的事？”

后半句话激怒了蒋林野，他倒笑起来：“可是怎么办呢？不管在家里还是在公司，都是我说了算。”

棠宁被他气笑。他坐在那儿，还在嘴贱地继续：“棠宁，要是你这么热爱这份工作，不如试试看，先成为我，再把我拉下来？”

两年之后，这对终于离婚的怨侣坐在飞机上，一本正经地以学术研讨的姿态，一起回忆这段不堪回首的往事。棠宁现在总算明白自己前几年为什么那么拼命工作了，看来她前几年就想打倒前夫，但似乎一直没成功。

棠宁神情严肃："你这人怎么这样？"

蒋林野哑然，趁机捏捏她的手："我错了，对不起。"

棠宁把手收回去："你现在道歉倒是很爽快，两年前跟我说什么？"

掌心一下子空了，他不假思索："我有病才那么说。"

可就是这么个短暂的握手瞬间，蒋林野觉得，她比过去有肉了一点点。棠宁前几年实在太瘦了，他深夜抱着她，偶尔会生发一种"能将她折断"的错觉。偏偏她吵起架来还很有气势，点也踩得巨准，每次都能轻而易举地将他激怒。

"我们以前确实经常吵架。"蒋林野坦白，"但我经常输。"

棠宁不信，低头看手："你刚才摸我。"

蒋总恬不知耻："你想摸哪儿？让你摸回来。"

棠宁眯起眼，伸手碰了碰他的下巴，温热的气息一触即离："你没刮胡子。"

"刮了。"

"那就是没刮干净，不要反驳我。"

"……对，没刮干净。"

"你知道我们管这个扎手的叫什么吗？"

蒋林野："嗯？"

除了叫胡茬，还能叫什么？

下一秒，棠宁认真地指出："叫渣男。"

两个小时后，飞机破开黄昏的薄雾，在临市落地。

过完圣诞节，北城迎来断崖式降温。棠宁原以为北城已经够冷了，没想到临市在地理位置上明明更靠近南方，气温却比北城还要低。

踏出航站楼，她皱了皱鼻子，忍了忍没忍住，小声打出一个喷嚏。

在蒋林野的十级滤镜里，前妻打喷嚏的声音也可爱得要命，前来接机的简薇给她递上披风，他主动伸手接过来："我来吧。"

棠宁看了他一眼，抬起手。

他眼中浮起笑意，将她一整个人都裹了进去。

临市离北城不算远，支柱产业是旅游业，近年对外开放，经济也在飞快发展。

简薇没有给棠宁订酒店，而是订了一家偏日式的民宿庭院。棠宁在网上看照片时觉得这住处很漂亮，小桥流水，闹中取静，虽然不在市中心，但交通很方便。

可是等她到了地方，看到先她一步来到这里，坐在纸屏风旁守株待兔的蒋林野，才明白简薇姐姐的真实目的。

冷酷的棠总转过去，冷酷地指出："你等着，等我回去，一定要送你去非洲。"

简薇："这是个意外，真的……"

她没有刻意向蒋林野透露棠宁的行踪，但蒋林野现在也在那个群里，棠宁的动向，他一清二楚。

办完入住，棠总飞快地蹿进卧室，不打算给蒋林野尾随的机会。她知道前夫就住在隔壁，他刚刚凑过来想搭话，但她躲过去了。

蒋林野碰了一鼻子灰，他看着面前紧闭的卧室门，在门外喊："有事叫我！"

里面半晌没有回应。

他在门口沉默地站了一会儿，然后一言不发地回了房间。

棠宁回到卧室，来不及收拾行李，先开了个视频会议。

刚抵达临市，立马有当地的TJ高管听到消息跑来联系她。棠宁没有时间，把饭局给推了，只召集他们开这个线上会议。

她预计的会议时间是一个小时，可刚开始十分钟，就有人来敲门。

棠宁摘下耳机："抱歉，稍等。"

她起身走到门前，透过猫眼，看到一个身形颀长的男人。这家伙大概已经收拾好了所有行李，把衣服都换了，只松松垮垮地披着件浴袍，露出锁骨和大片胸膛。

棠宁开门，探头："干什么？"

"要不要去泡温泉？"蒋林野修长的手指上吊着个手环，"刚刚你走得太匆忙，落在前台了。"

棠宁思索半秒，将手环拿过来："谢谢你，但我现在没时间，晚上再说吧，嗯？"

最后一个鼻音反问把蒋林野都给问愣了，他现在有点儿搞不懂，棠宁身上这种言情小说男主角的气息，究竟是从哪儿来的？

"可是……"

他还想说什么，面前的门再一次"哗啦"一声关上了。

蒋林野站在原地，久久不能回神。原来有生之年，他也能体验到"说话到一半对方就不听了""被别人无情打断并关在门外"的感受。

蒋总默然地站了一会儿，第二次一言不发地回房间去了。

棠宁把门锁好，将手环放在床头，重新戴上耳机。

TJ在国内的一线城市都有分部，但并不是每个地方都有线下旗舰店。她此行不是来分公司检查的，可当地的负责人说起话来仍然战战兢兢的，让棠宁有点儿心累："你有话直说。"

对方停顿一下，还真的很耿直道："我怕说话太直接，棠总不高兴。"

棠宁面无表情："我不高兴也不会有什么严重后果的，大不了把你开除而已，也不是什么大事。”

说来说去还是形象店选址的问题。之前棠宁选的几个地方，负责人都觉得不太合适。可是把老板看了这么久的地方全否定了，他又不敢说得太直接。

棠宁之前没来过临市，她思考一阵，觉得明天还是得线下和负责人见一面：“我们……”

话没说完，房间门又响起来。

棠宁摘下耳机：“不好意思，稍等。”

她起身走到门前，瞅一眼猫眼，第二次探出脑袋，一脸谨慎地问：“干什么？”

蒋林野还是刚刚那副装束，手中多了一个小托盘。她潦草地扫了一眼，上面放着一堆甜点，是水果沙拉、草莓布丁、抹茶慕斯和柠檬挞。

“离晚饭还有一段时间。”蒋林野垂眼看看，“你饿不饿？”

“我……”伸手不打笑脸人，棠宁很想让他别再过来敲门了，可那头还有人在等她开会，她也不想再多说，飞快地将托盘接过来，“饿，太感谢你了，你真是个好人。”

说完，她飞快地缩回脑袋，重新拉上门，迅速落锁。

蒋林野不知怎么就落得两手空空，还莫名其妙被发了好人卡。心里的小人撑着脸唉声叹气：不争气呀不争气。

他第三次默不作声地走回卧室。

棠宁回到房间重新戴上耳机，怕蒋林野等会儿又来敲门，这次说话的速度提了两个倍速，迅速跟对方敲定了明天见面的时间。原本预计一个小时的会议，实际上半小时就结束了。

她坐在窗前，拿出罪恶的小金属叉，一个人吃掉了刚刚前夫送来的所有甜点。

这房间的落地窗正对水榭，此时夜幕刚刚降临，整片天空浸在幽深的蓝色中，透明玻璃外竹影倾斜，最后的天光映在水底，波光粼粼，在屋内投射出一道道斑驳的光影。

棠宁吃到一半抬起头想缓一缓，可看着看着，又觉得这地方好像……有点儿眼熟？

她皱着眉发了会儿呆，想不起在哪儿见过。

晚饭时间，简薇来敲门问她晚餐的意见。民宿内的食物偏日式，棠宁不怎么饿，何况晚上还有别的工作要做，干脆选了最简单的："叫到卧室里来吃吧。"

站在旁边偷听的蒋林野听见这句，不爽地捶墙："一天到晚，哪来那么多工作要做？"

棠宁："什么声音？"

蒋林野迅速躲回墙那边。

晚饭很快送到。

服务生推着小推车进门时，棠宁正在收拾行李。她从前天起就没好好休息过，打算大吃一顿，然后好好睡一觉："就放那儿吧。"

服务生点了点头，将小推车停在会客室："好的，棠女士，祝您用餐愉快。"

放下手上的东西，棠宁跳起来掀开推车上的盖子，简薇给她点了传统的拉面和寿司，香气顿时充满整个房间。

味道闻起来不错，可她并没有吃多少。十分钟后，这些食物怎么推进来的，几乎又原模原样地推了出去。

服务生前脚刚离开房间，蒋林野后脚就给她发消息："晚饭不合胃口吗？"

棠宁纯粹甜点吃太多了撑得慌，看见这句，敷面膜的手顿住，脑海中浮现出一个可怕的猜测：“那份拉面不会是你煮的吧？”

蒋林野：“……没，不是我。”

棠宁松口气。如果蒋林野偷偷在背后为她洗手做羹汤还不告诉她，她会觉得这家伙人设崩坏了。

蒋林野：“我只是恰巧撞见服务生从你的房间出来，晚饭看起来没怎么动……所以想问你要不要出去吃点儿别的。陈良骏说，这附近有不少卖夜宵的地方。”

“不用了……谢谢你。”棠宁吃拉面时就觉得胃里不太舒服，现下听他提到“夜宵”两个字，自然而然地联想到油炸食品，胃里顿时更不舒服了，“我不想吃。”

TJ仙女群给蒋林野支的着儿他全用完了，眼下他也不知道还有什么办法。棠宁以前明明那么黏他，现在怎么就变得无坚不摧？

蒋林野抿唇：“你可以不说谢谢的。”

棠宁非常果断：“好的，那不聊了，再见。”

棠总毫无心理负担地退出聊天，洗完澡，做完护肤，检查一下日程，结束今天最后的工作，快乐地躺到床上。然而两个小时过去了，屋内悄无声息，她一动不动地闭着眼，脑子仍然清醒如白天。

半晌，棠宁默默坐起来，从没想过，自己有朝一日，也会失眠。

更要命的是……她摸摸自己从晚饭时就隐隐作痛的小肚子，皱皱眉，爬起来给前台打电话：“你好，能给我送点儿止痛药吗？我住1007。”

生理期好像快到了，日子过得糊里糊涂，她自己也不太确定。

前台小姐姐动作很快，打完电话不过三分钟，就有人敲门。她跳起来冲过去，拉开门，正对上蒋林野的脸。

男人身形高大，微微垂眼，走廊上灯光柔软，从他肩膀后倾泻而下。他声音很低，她在他眼中捕捉到一点儿无可奈何：“又吃什么不该吃的东西了？”

棠宁抱住脑袋：“我只吃了你送给我的甜食，你在里面下泻药了？”

“没有。”蒋林野停顿一下，突然想到什么，“可能是水果沙拉。你生理期前两天不能吃西瓜，性寒，容易腹痛。”

“我不是故意的，我忘了。”

蒋林野哑然，垂眼看她。她现在穿着睡衣，衣服料子看起来很柔软，小腹平坦，让人想抱起来搓搓。

“你放我进去，我帮你烧一点儿热水。”

刚刚躺在床上，这种感觉还不明显，现在站在门前，小腹的痛意难以忽视。棠宁没力气骂他：“谢谢你，不用了，你把药留下就……”

她话还没说完，整个人被对方抱住，而后被一把提了起来。

突然两脚离地的棠宁：“嗯？”

“怎么就是不听话呢？”蒋林野叹口气，一手跨过她的膝弯，一手扶在她后背，但并不是公主抱的姿势，她坐在他的手臂上，两个人面对面。

棠宁睁圆眼睛，觉得这姿势应该很费力气，可蒋总臂力惊人，她竟然推都推不开：“你干什么……”

蒋林野没有说话，口袋里还装着他刚刚从前台那儿抢来的药。他就着这个姿势，将这个不听话的家伙抱进屋，“砰”的一声踢上门，才哑着嗓子，低声说：“以前不会发生这种事的……以前我特别清楚你的生理期。”

棠宁：“这是什么值得炫耀的事情吗？”

“现在好可惜。”蒋林野带她进卧室，抵住她的额头，眼睛对着眼睛，两个人呼吸交缠，“我们已经那么久，什么都没做过。”

距离太近了，棠宁心里咯噔一声，脑海中飞快地闪过一堆乱七八糟的小念头：“你……”

她那句“你冷静点儿”还没说出口，下一秒，背后一软，被人动作轻缓地放在了床上。

蒋林野垂下眼，看她的眼神好像在看一个宝宝，半晌，低声叹气："躺着不要动了。"

棠宁睁圆眼，看着他转身离开，去小厨房里烧热水。

房间里安安静静，暧昧的气息却没有散去。她躺在床上，愣愣地望着天花板，总觉得此情此景似曾相识。

为什么会觉得这个地方眼熟……棠宁想起来了。

她攥住床单，脑子嗡嗡响。

她和蒋林野第一次发生关系，不就是在这里嘛！

房间里安安静静，小厨房灯光柔软，没几分钟，水壶开始发出咕嘟咕嘟冒泡的闷响。

热水壶烧水很快，蒋林野站在旁边，趁着这个空当儿把冰箱搜刮了一遍，除去矿泉水、零食和冰激凌，里面还备有他最讨厌的生姜红糖，以及一罐蜂蜜柚子。

他想了想，放下药盒，走回卧室："你要不要喝点儿什么？"

棠宁蜷在角落里，背对着门的方向，没有出声。

蒋林野以为她疼得说不出话，凑过去轻轻戳了戳："要不要喝一点儿生姜红糖，或者蜂蜜柚子水？都不想的话，别的也可以，我们可以现在叫客房服务……"

他把整段话说完，房间里又静默很久，棠宁还是没有反应。

蒋林野心里蹊跷，试探着扒拉一下她的被子："宁宁？"

棠宁噌地转过来，一动不动地盯住他，整个人死死地裹在被子里，好像一只河豚。

蒋林野失笑："怎么了？"

怎么又奓毛了？

"我刚刚想起一件事。"棠宁蜷成一团，半张脸都挡在毛茸茸的被子里，说话軇声軇气的，“五年前你在国外，我问你能不能回来帮我，你冷嘲热讽我，可是冷嘲热讽完之后，你其实还是回来了，对吗？”

她探出脑袋，两撮头发也跟着落到鼻梁上。蒋林野帮她把头发拂开，低声：“嗯。”

“你刚回来的时候，因为一个合作案，在临市住了一小段时间，然后给我发消息，说如果想要你帮忙，就到这里来找你。我确实来找你了，但你跟我说，说……”

——也不是不能帮你啊，脱给我看看。

棠宁这段回忆完全被唤醒了，可她转述起来，仍然有些艰难：“然后我们五年前是不是在这儿……就……”

蒋林野坐在床头，眼神微暗：“嗯。”

停顿一下，他真诚发问：“你想再来一次吗？”

棠宁完全不想，而且她现在很搞不懂：“你都千里迢迢跑回来帮我的忙了，却为什么非要说那种话？好好讲话不行吗？”

“我……”蒋林野张张嘴，感到词穷，“我错了。”

棠宁卷着被子坐起来，声音很小，狐疑地瞄他：“你那时候是不是很不喜欢我？”

她坐起来，整个人都像颗毛茸茸的蛋。

蒋林野很想把她抱过来搓一搓，可是手抬起来又放下，最后也只敢摸摸珊瑚绒被子的边边，哑声道：“没有……我从来就没有不喜欢你。”

棠宁陷入“鬼打墙”：“那为什么要那么说？”

“因为……”蒋林野刚开口，听到厨房里咕嘟咕嘟的声音停了，热水壶发出“啪”的轻响，“水开了，你等我一下，我去给你倒点儿水。”

棠宁坐在床上裹着被子，一言不发地盯着他。

这家伙腿很长，在住处时总是穿柔软的家居服，整个人看起来没什么攻击性，像一条乖顺的大狗。

可棠宁对那一夜的回忆分前半场和后半场，前半场她印象深刻，后半场的记忆略显模糊。

蒋林野很快去而又返，他调了一杯温水，拆开药递给棠宁："要不要喝……"略微停顿，蒋总面无表情地卖萌，"甜甜的水。"

"不用了……"明明是在同一个地方，可这一晚和记忆中那一晚的蒋林野判若两人，棠宁双手将热水杯接过来，感觉幻灭又奇妙，"谢谢你。"

蒋林野一只手虚托着杯底，看着她把水喝完，才低声说："你记得余明远吗？当时知道你联系过他，我特别生气。"

尤其棠宁来找他的时候，正是夏天快要结束的时节，她穿着无袖的过膝长裙，手上拿着棠氏公司的文件。得益于他的刻意刁难，她没拿到他在国内的电话，只能在走廊上问服务生："会议结束之后，蒋林野先生会从哪个方向回来？"

他从走廊另一端折返，刚好撞见这一幕。他那时已经很久没见过棠宁了，可她一点儿都没变，说话语调温和，对待服务生永远礼貌又有耐心，神情里带点儿茫然，又带点儿少女的无辜。

蒋林野的火气是在那一瞬间燃起来的。

他产生一种错觉，她好像对这种事情毫无概念，也完全无所谓。

以至于他那时候好几次想开口问问她，是不是只要帮了她的忙，是谁都可以，是谁都没关系。可这种问题越想越生气，这股压抑的闷气憋到最后，蒋林野只剩下一个想法。

要让她长长教训。

"就为这个……"棠宁一言难尽地抬眼望他，"你让我哭了半宿？"

蒋林野张张嘴，心虚地移开目光："没有，你可能对自己的记忆有点儿误会。"

他一开始确实是那么想的，但见到棠宁的时候，他突然就心软了。

蒋林野其实很想安慰她，但安慰的话说不出口。

可他还什么实质性动作都没有做，棠宁眼里竟然慢慢地蓄起水汽。

蒋总突然慌了："不是，我这都还没……"

"蒋林野，"她两条手臂交叠盖住眼睛，挡住大半张脸，带着哭腔的声音从胳膊下小声地传出来，"别人都欺负我就算了……为什么你也欺负我？"

回国之前，蒋林野想象过一万种弄哭她的方法，但怎么都没想到，这一夜的故事还没开始就结束了。

都这样了谁还有心情干别的。他从没有安慰人的经验，何况是在两人坦诚相见时……蒋总手足无措，动作强硬地将棠宁挡住脸的小臂拉开，想安慰她，话还没出口，对方一对上他的脸，瞬间哭得更凶了。

蒋林野一句话也说不出口，只能躺下来，把她按在怀里，一下一下地顺着她的头发。

他那时候想，自己不在她身边的这段时间，她大概也过得不好。

棠宁一开始只是掉眼泪，没有声音，后来紧紧攥着他的手指，慢慢变成号啕大哭。

时隔五年，又从当事人口中听到这段过往的棠宁，陷入沉思。吃完药后小腹的痛意减轻不少，她裹着被子听蒋林野讲过去的故事，小心地问："所以其实那晚，我们什么都没发生？"

蒋林野抬起眼皮，坦然承认："不，发生了。衣服都脱干净了。"

停顿了一下，他神情不太自然，又补充道："你一直在哭。"

她没有经验，他也没有经验。到了后面他完全无法分辨，她到底是因为不舒服，还是因为委屈。

"你是禽兽吗？"棠宁问得很认真，"我都已经哭成那样了，你还不放过我？"

蒋林野乖顺得像条大狗："是的，我是禽兽，但现在不是了，我进化了。"

棠宁无话可说。

回忆完过往，蒋林野看了一眼墙上的挂钟，已经凌晨两点多了。

室内一片寂静，窗外树梢有寒鸦栖息，蟹壳青的月光映在水榭湖底，在光洁的地板上折射出干净的光。

他回过身，帮她将喝空的水杯放到床头柜上："你明天是不是还约了人？早点儿睡，我就在外面，你有事叫我。"

棠宁愣了一下："你不走吗？"

蒋林野从柜子里拿出备用的枕头和被子，毫无心理负担地铺到外间的软榻上："不走。"

"放心好了，我不会对你做什么的。"他迅速铺好被子，帮她把卧室的大灯关掉，只留一盏床头小灯，"睡吧，哪里不舒服叫我。"

内间的卧室和外间的客厅只隔着一道纸屏风，棠宁看不见他，但能清楚地听到他说话的声音。他飞快按熄了房间内所有大灯，迅速在软榻上躺平，刻意又小心，不想给她拒绝的机会。

棠宁有些不自在，可躺下来之后，屋子里静悄悄的，半晌，她又忍不住，小声叫："蒋林野……"

蒋林野秒回："嗯？"

他鼻音很低，游走在梦境与现实之间，像回响在黑暗宇宙中的遥远的应答。

棠宁整张脸都埋在珊瑚绒被褥里，小声道："我还是有点儿不舒服。"

"肚子疼？"

"没有……就是，就是睡不着。"

蒋林野思索片刻："我给你讲个睡前故事吧，我在网上看的。"

棠宁一听这个更不困了："你还会讲睡前故事？"

"嗯。但作为交换，你也得给我讲一个。"

棠宁点点头，旋即意识到他看不见："好。"

于是蒋林野先开始了："很久很久以前，森林里住着一群麻雀。一天早上，小麻雀出门，妈妈问她，你今天想梳什么发型？她说——"

棠宁屏住呼吸。

蒋林野声音低沉，卖萌似的，很轻很轻地说："鬏鬏（啾啾）。"

棠宁愣了一下，迅速拉高被子捂住脸，把自己的笑声埋在珊瑚绒底下。不知怎么，棠宁总觉得他这个样子有点儿人设崩坏，可又萌得让人心颤。

卧室里好一阵没有声音，蒋林野知道她肯定在躲着偷笑。绷紧的神经放松下来，他两手交叠，看着窗外如积水空明的庭院，叹息道："对不起，棠宁。"

棠宁微怔，从被子里探出脑袋，默不作声地竖起耳朵。

"你不要焦虑，也不要失眠……"停顿一下，蒋林野低声，"我会帮你的。"

不管你想去哪儿，只要你愿意。

棠宁睁大眼睛愣了一会儿，突然想到什么，说："前几天在山上，你说你喜欢我。"

"嗯。"

"是从什么时候开始的呢？"她问，"从结婚之后，还是从离婚之后？"

窗外的天色一片漆黑，水榭外的一汪清池铺着零碎的月光，落地玻璃外竹影交错。

屋内的气氛这样安静，清浅的月光从外流入，光影徐徐，自地板上淌过，空气好像陷入洪荒。蒋林野恍惚了一瞬，仿佛回到五年前，也是这样的情境下，也是在这个地方。

他好像一直在这里，等了很久很久，等一个人问他这样的问题，等一个人，给他这样的契机。

春夏秋冬，一季又一季，春日飞沙走石，冬日长街覆雪，他就站在这里，漫长地，固执地，等她来。

“从我第一次见到你。”

“棠宁，”蒋林野的声音突然有些哑，带着郑重，一字一顿道，“从我第一眼见到你，我就喜欢你。”

就算不知道该怎么做，也想尝试，想拥抱，想接吻，想要爱。

想用尽全力，披荆斩棘……想把我贫瘠的全世界，都给你。

第六章

失而复得

“宁宁，我们重新谈一次恋爱吧。”

棠宁这晚睡得很好，一觉到天明。

翌日是个晴天，醒来时东方熹微，天光刚刚开始转亮。

她有点儿恍惚，好像做了一个漫长的梦，但具体内容是什么，等真正醒了，又不太能想起来。

似乎是高中时代，她刚刚认识蒋林野的时候。

她那会儿跟他还不算太熟，沉浸在同桌的绝美颜值里无法自拔，每天都觉得这男生真是帅到不行，自从他转学过来，棠宁觉得学校的环境都一天比一天更好看。

棠宁逮到机会就扯着盛星来，说这位新同学真是好看得上天入地举世无双。盛星来被说烦了，忍无可忍地转过来，敲蒋林野的桌子："拜托你，适当遮掩一下自己的美貌，可以吗？"

教室就那么点儿大，棠宁每天小声念叨，以为当事人听不见，可事实上，蒋林野把每句话都听得一清二楚。她说今天食堂的蒸排骨没有前天的好吃，她说今天太热了不想上体育课好烦，她说她以后又不做数学家，为什么要做这种连题目都看不懂的题……

蒋林野写字的笔尖微微停顿，他放下笔，抬头看向立在盛星来身边的棠宁。棠宁没想到小闺密会这么直接地跑来跟他说这种话，立刻目光四处游移，装得若无其事，耳朵却不受控制，偷偷地烧起来。

冬天太阳升得很慢，小院里有小麻雀跳来跳去，啾啾啾地叫。

晨光穿庭，棠宁抱着被子坐在床上发了会儿呆，听见纸屏风后传来一声低低的询问："醒了？"

这场面有点儿熟悉，她警觉地眯起眼，想起几个月前，在医院里醒来时的场景。

也是这个样子，他醒得比她早，把电脑搬到外间去办公，不相信她车祸失忆了，冷漠地让她不要再闹。

然而眼下，蒋林野侧出半边身子，只低声问她：“肚子舒服点儿了吗？早餐想吃什么？”

棠宁微怔，轻咳道：“肚子好很多了，早餐……”

她停顿一下，不知道为什么，这间屋子明明坐北朝南，毗邻水榭，通风良好，可她就是觉得空气发烫。

“早餐我们去外面吃吧。”棠宁一边说着，一边掀开被子跳下床，拉开衣柜，“你稍等我一下，我换一下衣服。”

蒋林野回过来一道清淡的鼻音：“嗯。”

她飞快地洗漱完，换好衣服，跟蒋林野一起出门。刚踏出房间，就撞上一前一后过来敲老板门的简薇和陈良骏。

四个人面面相觑。

两位助理很默契，都在心里默默地想，这两个人从同一扇门出来，前一夜是不是也整宿都在一起？

两位老板也很默契，表面上一言不发故作高冷，心里都在想，大清早的这两个家伙一起出现，前一晚不会也整宿都在一起吧？

所以这顿早餐开始得格外沉默。

这个时节是旅行淡季，店内客人不多，但自助早餐仍然很丰盛。棠宁昨晚没吃什么主食，可是看到摆在入口处的甜品台，还是想把所有的草莓挞、柠檬挞先通通吃一遍。

她端着小盘子一个一个地挑拣小点心，蒋林野从她身后经过，借着身高优势，在她盘子上加码一个小碗：“吃掉。”

棠宁低头，小碗里装着五六颗水煮鹌鹑蛋。

她正想说我才不要吃这种东西，回过头，蒋林野不知从哪儿冒出来，又在她的盘子上加码一个小碗：“这个也吃掉。”

棠宁垂眼看看，这次是一小碗红枣粥。

“我不……”我不需要补血的！我只需要补糖！

她在心里呐喊，后半句话还没说出口，手中突然一空。蒋林野拿走她的小盘子，自说自话：“加码这么多，你应该拿不动了，我帮你拿回去。”

棠宁微怔，张张嘴，手抬起来又放下，最后落在微微发烫的耳根上。

棠宁不讨厌鹌鹑蛋，但她讨厌剥这种又小又碎的壳。她不喜欢吃鱼和螃蟹，也是同理，因为刺和壳太难处理。她从小到大被宠坏了，连这种事都有人代劳，家里出事之前，吃什么东西都要人一一剥好送到手边。

但当蒋林野真的坐在她面前，面无表情、云淡风轻地帮她剥鹌鹑蛋壳时，她还是忍不住想，这个世界是假的吧？

“我可以自己来的……”太夸张了。虽然两个助理都坐在旁边，跟他们不同桌，但棠宁觉得，他们肯定一直在偷偷摸摸地盯着这边看，“我又不是巨婴。”

“有什么差别？”蒋林野面无表情地剥完这几颗鹌鹑蛋，停顿了一下，好像很快察觉到不妥，又求生欲超强地抬起头，补充，“你本来就是宝宝。”

陈良骏路过时刚好听见这句，惊得差点儿掀翻手里的牛奶。

棠宁还处于震惊中没有反应过来。陈良骏拿着牛奶飞快地回到座位，压低声音，八卦地告诉简薇：“我有一种预感，我们的老板很快就要床头打架床尾和了。”

简薇：“嗯？”

一提到棠总，简薇立刻正襟危坐，无情地跟他撇清关系：“谁跟你是我们？你的老板是你的老板，我的老板是我的老板，不要一天到晚总想着来碰瓷我棠总好吗？”

陈良骏：“哦……好的吧。”

棠宁和 TJ 的临市分部负责人约在另一家宠物行业的形象店见面。

这家店之前跟 TJ 有过合作，就是那家深海少女系主题的店。跟 TJ 不太一样，这家店主打宠物粮，所以线下店开得更多。

负责人向她解释：“我们可以实地考察，参观一下他们的店。”

棠宁若有所思:“你特地带我来这里，是因为他们的店更有参考价值？”

“是的。”负责人真情实意，“这年头，但凡没有倒闭的线下店，都必然存在不得了的过人之处。”

蒋林野默不作声地跟着她走了一路，也听了一路，走到店门口，却突然停下：“我不进去了，我在外面等你。”

这家宠物粮店开在市中心，棠宁环顾四周，身居闹市，周围倒也有不少可以休息落脚的地方。

“你怎么不早说。”她猜到他大概是要办公，可这附近的店看起来都很吵，“早知道你就留在住处，不要出来了。”

蒋林野低头看了眼表，没解释：“你这边结束之后，给陈良骏发消息，我就在附近，应该不会走太远。如果有别的事要离开，会提前跟你说。”

棠宁：“好。”

略微停顿，她又忍不住，小声道：“那你自己小心一点儿。”

蒋林野微怔，心里半死不活的小人突然噌地睁大眼，垂死病中惊坐起，以百米冲刺的速度冲出去，点燃一大排烟花。

他缓了好一阵，艰难地抑住剧烈的心跳，低声说：“好。”

遵守和棠宁的约定，蒋林野没有走远，就在附近找了家咖啡店。坦白说这地方不适合办公，但他今天心情好，自带屏蔽功能，在什么地方都可以有百分之两百的专注度。

陈良骏坐在旁边，在心里感慨，果然，爱情不仅能让人致盲，还可以使人失聪。

等蒋林野把这几天积压的事情处理得差不多，该骂的人也都骂过了，捏着鼻梁在心里念清心咒的时候——

陈良骏掐着时间点，小声提醒他："蒋总，刚刚徐小姐找您。"

蒋林野一下子没反应过来："哪个徐小姐？"

"徐旻枫。"

蒋林野皱皱眉，看眼表，已经快中午了："棠宁没有打电话过来吗？"

陈良骏摇摇头。

蒋总思索一阵，有一点点不开心，沉默一下，才不情不愿道："徐旻枫有说找我什么事儿吗？"

"没有，她打了您的电话，我告诉她您正在忙，她说她晚一些会再联系您。"

这段转述云淡风轻，然而事实上，徐旻枫并没那么淡定。她打了很多个电话，每次都是陈良骏接的，他的语气一成不变的礼貌客套又让人挑不出错，从头到尾都只有一句疏离的话："蒋总在忙，我会转达。"

蒋林野大概能猜到徐旻枫找他是什么事，匆匆看一眼通话记录，这一上午电话竟打了不止二十个，但陈良骏谨遵之前蒋总"如果徐旻枫来找，让她给我等着"的嘱托，还真一个也没往他那儿转。

就他出神的这么几秒，徐旻枫的电话又打了过来。

蒋林野接起来，那头开门见山，声音听起来不怎么冷静："终于接电话了，蒋总？"

蒋总声音冷淡："说。"

"你要处理傅采采，没必要拉着我下水吧？"

蒋林野一听这话，倒笑起来："你俩不是好姐妹？"

他本来没打算在这两个人身上费这么多功夫的。

蒋林野很忙，公关上的事情大多交给团队处理，要不是为了哄前妻，他连微博都不会下载。可徐旻枫和傅采采给脸不要脸，一直在触怒他的边缘试探。

原本经历过之前虐狗上热门话题榜的事情之后，傅采采心灰意冷，消停了一段时间。那阵子舆论一边倒，她所有的广告和代言全没了，微博评论区都是骂她的。

也就是很短的一段时间。

没多久，傅采采的猫参与拍摄的网剧上映，一经播出，大获好评。徐旻枫给自己树爱猫人设，傅采采见状赶紧跑来抱小姐妹的大腿，靠着徐旻枫扶摇直上的好评，竟然还真把她和她那只猫也给带起来了。

送佛送到西，徐旻枫的团队见她有仰卧起坐的苗头，干脆就这么带着傅采采，又原地复活了过来。

蒋林野发现这事儿的时候，这位爱蹦跶的十八线小网红已经又开始在微博上卖惨了。他在棠宁手机上瞥到过一眼，知道前妻不喜欢这个人，所以他在背后做了一点点小动作。

徐旻枫有些急："你至于搞得这么难看吗？"

从徐旻枫的视角来看，这事儿是从昨天开始崩坏的。

综艺直播事故在网上沸沸扬扬发酵了很久，不仅因为牵扯进来的人多，也因为另外那两位疑似离婚的主角实在太有钱，动辄涉及巨大财产分割。

徐旻枫的公司团队花费了很多时间和精力，才勉勉强强地帮她压住了"徐旻枫到底有没有介入别人的婚姻"的质疑，想转移大家的视线，就把焦点放到了徐旻枫之前的仙女人设上，每天不停发通稿地说她天真善良、可爱热忱，还非常喜欢小动物。

大家都已经见过大风大浪，对娱乐圈的事儿见怪不怪了，这次也没怎么为难徐旻枫。按照正常的公关手段运营过一波，徐旻枫的评论区迅速恢复了正常。她以为这件事结束了，然而就在昨晚，深更半夜，微博猝不及防地连爆了三个话题："傅采采剧组虐狗""傅采采徐旻枫""徐旻枫爱狗人设崩塌"。

徐旻枫瞬间就疯了。

这时间点掐得很准，网络舆论迅速反扑。她昨晚彻夜未眠，想不通傅采采之前那些虐狗的消息怎么会又出现——而且声势浩大。

团队第一时间帮她联系各大营销号和媒体，可得到的回复出奇地统一："已经发了的我们撤不了""你想发的我们暂时没法发""不好意思啊，我们现在不是很方便"。

除了蒋林野，徐旻枫想不到第二个会这么干的人。她早就知道这家伙脾气不好，但总觉得对方会给她留面子，哪怕碍于徐家的家世，也不会太为难自己。

然而眼下，蒋林野风轻云淡地说："我喜欢。"

他不想再聊下去了，打算结束谈话："而且徐旻枫，我不差钱。"

徐旻枫的微博从昨晚起就沦陷了，这次的事情加上综艺直播事故，惊动了她的父母。

她咬牙："你不担心我爷爷来找你麻烦？"

"你爷爷？"徐老先生是国内有名的戏曲家，德艺双馨，被人称赞了一辈子，蒋林野敬重老人家，但话已经说到这个份儿上了，确实没必要给她好脸色，"我前段时间刚跟徐老先生一起吃过饭，他好像还不知道，你这些年在外面，都干了点儿什么事。"

这句话说得轻飘飘，却让徐旻枫突然感到羞耻，话卡在半途，一时间什么都说不出来了："你——"

蒋林野不打算等她说完。

他一副有恃无恐的语气，不自觉带着威压："徐旻枫，看在你爷爷的分儿上，我最后提醒你一遍，收敛一点儿。"

停顿一下，他说："不然你小姐妹的今天，就是你的明天。"

棠宁一直在那家形象店里待到午后才匆匆离开。

陈良骏给简薇发了蒋林野所在的位置，棠宁离那儿也不远，干脆跑过来找他。

蒋总高贵冷艳地坐在窗边，远远地就看到她兴冲冲地朝他跑过来。

他一动不动，默不作声地敞开怀抱，幻想着她会像炮弹一样冲进自己怀里。

然而没有。

他的怀抱敞开得太矜持了，棠宁甚至没有注意到。她一路小跑到他面前坐下，额角覆着薄汗，满脸满眼都是兴奋，只顾着解释耽误了午饭时间的事："我是不是来晚了？他们店主真的好热情，拉着我二话不说就疯狂送东西，什么猫粮、狗粮、小鱼干……我都让简薇拿走了。"

她喘气不太匀，蒋林野安静地听她说完，低声问："你渴不渴？要不要喝点儿什么？"

棠宁环顾四周，发现这家店只有咖啡。

"我想喝果汁。你吃午饭了吗？"

"没有。"

午饭怎么能一个人吃呢！当然要等可爱的小前妻一起。蒋林野一边在心里这样想着，一边站起身："那我们先去买果汁，然后去吃饭。"

棠宁点点头，也站了起来。

陈良骏已经帮他收拾好电脑和文件了，然而蒋林野站在原地，迟迟没有动弹。

这位置毗邻街道，街上车水马龙。今天天很蓝，万里无云，阳光安静地垂落。

棠宁不解："怎么了？"

蒋林野盯着窗外，平静地说："路上有很多车。"

棠宁："所以呢？"

下一秒，他转过来，阳光从窗外透入，倾泻到他白皙的脖颈间。

蒋林野神情有些不自然，说话时故作平静，甚至不敢看她的眼睛。

他问："你不来牵一下我的手吗？"

棠宁愣了一下，耳朵不自觉地烧起来。

只不过她今天的头发垂在脸颊旁，恰巧遮住耳根，蒋林野没有看出来。

她小声道："你都二十六岁了，还不会过马路吗？"

蒋林野转头看她，眼神沉默。他眼瞳很黑，阳光照进去时，像干净通透的琉璃。

下一秒，棠宁伸出手，学着他过去高高在上的语气，轻声道："那让你牵一会儿好了。"

她装得高高在上，可目光四处游移，心虚地不敢跟他对视。

蒋林野难得没有开口戳破，上前一步握住她的手，眼中的笑意星星点点，像江上漂浮的渔火，流离四散这么多年，总算归于一处。

陈良骏看着两位老板相扣的手掌，觉得自己快要被闪瞎了。

蒋林野表面上装得云淡风轻，然而从握手的那一刻起，掌心就开始慢慢出汗。棠宁很快注意到了，因为今天天气并不热。

她感觉蹊跷，抬起头，在他唇边捕捉到一抹来不及流逝的笑意，纳闷道："你笑什么？"

"没有。"蒋林野声音清淡，说完之后又移开目光，掩饰一般地迅速补充，"对不起，但我……忍不住。"

"没想到，年少时不小心丢失的宝藏——"他一边说着，一边转回来看她，阳光大片大片地落在他的肩头，在眼中漾开温柔的光，"还能有失而复得的这一天。"

两个人吃完午饭，蒋林野陪棠宁一起回了趟 TJ 分部。

棠宁没来过这边——也许以前有，可她现在不记得了。她像一只刚刚破壳的幼崽，对整个世界都充满好奇心。蒋林野一言不发地陪着她慢慢看，始终攥着她的手。

简薇和陈良骏不远不近地跟在后面，两个人从早上起就没再进行过语言交流，此时脸上的表情倒很默契，变幻莫测，欲言又止。

棠宁上楼时在门口花园驻足，指着绣球花说这个季节竟然还有花开，蒋林野立刻摸着她的脑袋低声提醒："家里的花园也种有绣球花，你跟我回去，一年四季都能看它开花。"

棠宁下楼时在走廊停住，指着大厅里的玻璃楼梯说这样从上往下看特别漂亮，蒋林野立刻捏着她的手温柔地说："家里的书房最近正好要重新装修，你挑个楼梯，我们把家里的楼梯也换掉。"

双总裁配置把公司里的小姑娘都看呆了，简薇经过前台，听到两个女生红着脸小声讨论：

"呜呜呜，蒋总好帅，棠总也好可爱，今天也是有糖嗑的一天，我太幸福了！"

"这是什么神仙夫妻，我以前一直以为他们只是表面恩爱！"

简薇姐姐冷漠："几百年前就离婚了，这些人都不上网的吗？"

陈良骏趁机提醒："你觉不觉得，棠总和蒋总很快就能复婚了？"

简薇没有说话。她以前也是"糖浆"的粉丝，在被这一对虐心的男女虐过之后，现在不在乎蒋林野，只想维护她的棠总。

所以她略微思索，严谨地表示："只要棠总开心，无论她做什么选择，我都会支持她的。"

陈良骏微默，几乎怀疑她是不是被棠宁下了蛊。

思索片刻，他循循善诱："你看，虽然他们两个结过婚也离过婚了，但现在的感情明显比过去还要好，不仅在餐厅、公司都形影不离，蒋总现在都会玩微博、会笑、会哄人了——你不觉得，他们复合的希望很大吗？"

他自以为自己的问题问得逻辑缜密，可简薇不仅立场清晰，脑子也很清楚。

"蒋总追棠总，是蒋总的事，跟棠总没有关系。"她短暂地皱皱眉，严肃地指出，"不要总是碰瓷我家棠总，可以吗？"

陈良骏："好的吧。"

蒋林野陪着棠宁逛公司，又参与了定形象店的选址和方案。两个小时内，他的手机响了五次。

他第六次挂断电话时，棠宁终于忍不住问："你是不是有什么急事？"

"公司的事，一个项目进展不太顺利，我上午刚刚骂过人。"蒋林野透露一半，隐瞒了一半，给他打电话的不只有棠氏公司的人，还有徐旻枫的爷爷，"上午刚被我骂过，现在还敢来找，可见棠氏的这几位高管，都不怕挨骂。"

"那你要不要先回去？"棠宁心里好笑，提议道，"反正我这里也没什么事了，最晚后天下午，我也会回北城。"

她还要在这儿再待一天半，蒋林野不太放心："不是什么急事，我可以后天跟你一起回去。"

"你有什么不放心的？"

蒋林野移开目光，脸上仍然没什么表情："怕有人偷狐狸。"

棠宁微怔，迅速反应过来，这个称呼比之前的"宝宝"还吓人，但又非常宠溺。她不明白这家伙的沟通技能怎么突飞猛进的："你最近为什么突然这么……思维灵活？"

蒋林野这段时间的理解能力和沟通技能成正比，立马理解了她的意思，解释道："你见过那种夸夸群吗？"

他一本正经："我最近学到很多夸人的技能，你想听吗？跟我回去，我可以一条一条地说给你听。"

"……可以，但没必要。"棠宁有一个马屁群就够了，不需要他也每天在身边碎碎念。

蒋林野抿住唇没再说话，牵着她的手，在心里偷偷地和小人生闷气。

棠宁有些不确定，思索一阵，小声补充："现在这样也挺好的……不用变成别人。”她声音很轻，“做现在的蒋林野，也挺好的。”

他现在已经比记忆中前几年的他讨人喜欢太多太多了。

蒋林野呼吸一滞，微微低头，看到她头顶毛茸茸的柔软碎发。半晌，他的心不受控制地加速跳动起来。

蒋林野本来做好了计划，打算在临市多陪棠宁两天。他把棠氏和徐旻枫爷爷的事儿都推迟了，可没想到另一个地方又出了问题。他半夜被电话叫醒，听着听着就皱起眉头，火气上蹿，哪怕顾及屋内的棠宁而强压着怒气说话，也还是将她吵醒了。

半夜听到外间有动静，棠宁抱着被子爬起来，从纸屏风后探出头，正看到怒气冲天的蒋总。

“我之前说过多少遍？我有没有提醒过你们提防余明远？”蒋林野真情实意地觉得费解，为什么这群人就不能消停两天，让他好好谈个恋爱？“我就出差两天，你们怎么能搞出这么多幺蛾子？”

那头的项目负责人连连道歉，这几天被蒋总骂得多了，到后面，他都不敢再吭声。

等蒋林野骂够了，气消得差不多，转过身才发现，纸屏风上映着一小团影子。她穿着柔软的棉质睡衣，安安静静的，好像一直在偷听。

蒋林野身形微顿，火气瞬间烟消云散。可看到还未挂断的手机，他又觉得心烦：“这事儿结束之后，你自己递辞呈。”

那头唯唯诺诺还想道歉，他已经挂断了电话。

棠宁默不作声地听完全程，从屏风后探出头：“‘长青’的项目不顺利吗？”

之前瓦斯爆炸的事情没有闹大，排查出事故原因之后，他们在第一时间对受伤的人进行了道歉与赔偿，事故处理得很快也很顺利。可眼下，棠宁听他骂的话里话外，这事儿好像还没完全结束。

“没有。”蒋林野将她抱起来，走到外间软榻上坐下，让她窝在自己怀里，“项目没什么问题，就是余明远趁我不在作妖……把你吵醒了？”

“没事，我现在回去也能睡着，我睡眠质量巨好……不过，”棠宁停顿一下，又抬起眼，“你要不要先回去？真的不用担心我。”

房间内灯光柔软，她眼神明亮，好像落着星星。

蒋林野摸摸她，叹息：“虽然我现在迫不及待地想去骂他，但回去再处理，也来得及。”

棠宁认真指出：“我也想骂他。你快回去，等你把战场处理得差不多了，我去帮你收尾。”

明明刚刚气得不行，可现在她在身边，蒋林野的神经放松下来，又觉得好笑：“我都处理得差不多了，你还收什么尾？”

“我帮你善后。”棠宁一本正经，“这笔债就算在我头上。”

蒋林野忍俊不禁。

她在临市的工作都处理得差不多了，中间也只相差一天……蒋林野思索一阵：“那我明早还是先回去，你自己住在这里，小心一点儿。”

一天到晚小心小心……棠宁小声吐槽：“说得好像这里有狼一样。”

蒋林野云淡风轻，正色道：“那是，狐狸贩子可多了。”

话是这么说，但第二天蒋林野离开临市的时候，棠宁还是跑到机场去送他了。

虽然现在两人的相处模式，偶尔显出一丝丝矫情——

蒋林野告别可爱的小前妻，跟助理一起坐上飞机，看着窗外一碧万顷的蓝天，心里默默地想——可是又很开心。好像重来一遍，从零开始，又谈了一场恋爱。

不久后，飞机降落北城机场。今天临市是大晴天，北城也是。

蒋林野一连几天心情不错，下飞机后的第一件事就是给棠宁发短信报平安。可从他离开登机口到他走出机场坐上车，对方也没回他的消息。

不知为何，蒋林野心头狂跳，甚至产生一种鲁莽的冲动，想要让司机立刻调头回机场。

为什么要为余明远这种无关紧要的人，特地早一天回来？他后悔了，想回去，哪怕多一天，也想跟棠宁在一起。

“蒋总。”下一秒，陈良骏放下手机，努力稳住声音，叫他。

“棠总、棠总她在回去的路上，跟一辆货车相撞，从高架上侧翻下去……简薇也受伤了，在医院，我现在也不知道……”

他艰难地咬牙：“我现在也不知道，那边情况究竟怎么样了。”

下午四点，医院走廊上安安静静的，阳光透过窗玻璃，投射在冰冷的地板上。有病人在午睡，护士推着装有药剂的小推车来来回回，发出清脆的响声。

面前刮过一阵风。

蒋林野按照陈良骏给他的地址，直奔VIP病房。

刚刚抵达北城就又原路折返，他在来的路上联系到临市负责人，迅速搞清了事故经过。

陈良骏这家伙把话说得语无伦次，事实上侧翻下去的是货车，而不是棠宁和简薇坐的那一辆。可他眼皮猛跳，仍然感到强烈的不安。他从别人口中确认了棠宁和简薇伤势都不严重，可还是联系不到她。

这种不安和焦虑像一种奇特的第七感，他不可避免地想起棠宁上一次出车祸。

几乎是一样的场景，一样的时间。那次他也在出差的路上，刚刚踏上飞机，又立刻被人叫回来，一样的太阳穴嗡嗡响，一样的脑子里一片空白，什么都不想做了，只想快一点儿回去，确认她是否平安。

可是……

快步转过走廊转角，蒋林野胸膛起伏，咬牙稳住身形，手停在病房的门把手上，脑海中浮现出一个念头——

上一次她失忆了，那这一次呢？

蒋林野嘴角苍白，突然间有些难以想象，如果棠宁就此恢复记忆，他该怎么办？

她失忆之后这段时间，两个人相处的每一分每一秒，都像碎片一样纷至沓来，雪花般将他淹没。

停顿之后，蒋林野艰难地推开门，走了进去。

简薇不在，房间里一点儿声音也没有。内间卧室的门虚掩着，窗帘紧闭，可窗外阳光灿烂，仍然有碎金的光芒从窗台下透出，倾洒在地板上。

棠宁一动不动，背对着卧室门的方向，蜷在病床上。她睡得很沉，简薇离开时帮她掖好了被角，也已经调整过点滴的速度。

室内光线昏暗，蒋林野放轻脚步向前走，他注意力太集中，以至于完全没看到横放在面前的凳子，走出去没两步就被绊倒，重心不稳，毫无防备，整个人扑向病床。

眼见要砸在棠宁身上，蒋林野赶紧朝旁闪避，肩膀一侧，用力摔在一旁空着的被褥上，发出沉重的闷响。

棠宁迷迷糊糊梦见恐龙迁徙，这一秒终于感觉彗星撞到了地球上。她嘟嘟囔囔地问："简薇，恐龙要灭绝了吗……"

蒋林野身形一顿，哭笑不得，她又在做什么奇怪的梦？

他稳住身形，张张嘴，正想说话，她突然慢吞吞地揉着眼睛转过来，睡眼蒙眬地抬头看他。

四目相对，空气陷入短暂的沉寂。

棠宁微怔，眼中浮起真诚的困惑："你不是回北城了吗？怎么又回来了？"

蒋林野垂眼盯着她看了好一会儿，情绪有些复杂，声音发哑地说：“我不放心你，对不起，我不走了……你还好吗？撞到了哪儿？”

他一边说着，一边探身去看。棠宁左手打了夹板，右手正在挂吊瓶输消炎药，额头斜上方贴着一小块创可贴，其余地方没什么明显的伤痕。

蒋林野犹豫着要不要掀开被子检查一下。

下一秒，棠宁乖乎乎地主动向他解释：“左手小臂骨折了，脸上有一点点擦伤，其他地方都没事……简薇比我严重一点儿，受伤的地方也是胳膊。但最严重的是货车司机，他从高架上翻下去了，我也不知道他现在怎么样。”

这些蒋林野都知道，长舒一口气，他摸摸她，低声问：“手臂疼吗？”

棠宁老老实实地鼿声道：“疼。”

蒋林野心里发酸，又觉得心疼：“对不起，我把你吵醒了。”他站起身，将外套脱下来挂在旁边，“给简薇放个假吧，我来照顾你。”

棠宁蜷在被窝里眨眨眼：“你不工作了吗？”

“我没有工作要做了。”蒋林野在路上时就很后悔，根本不该为了无关紧要的人放下她，没什么能比前妻更重要了，“我现在的工作是照顾你。”

棠宁微微抬眼，看着站在病床前的男人。

窗帘拉得很严，屋内光线不太好。他站在小沙发前，将自己的外套和她的放在一起，侧身时背影挺拔，更显肩膀宽阔。

她有些恍惚，脑子里的记忆完全不受自己控制。她想起更久之前，和蒋林野的另一段对话。

——可我明天要工作。

——现在你还有什么工作？

明明也才过去没多久，竟然已经像是发生在上个世纪的事。

用力闭一闭眼睛，棠宁想挥散脑海中的碎片。

蒋林野半晌没听到她的回复，迈动长腿走回床前，心头又浮起歉意。

“对不起，我太吵了是不是？你继续睡吧，我就在这儿看着。”

棠宁攥着被子，失笑：“为什么你从进门起，就一直在道歉？”

蒋林野沉默了一下，问：“你有没有想起什么事？”

根据他这段时间的观察，好像每次棠宁的脑袋被撞到，都会倒带似的回想起一段之前的事。他问过很多医生，医院的仪器检查不出问题，没有一个人能做出确切的解释。

可她藏在被子里，笑起来：“你希望我想起什么事？”

蒋林野身形微顿，转头对上她的眼睛。她声音很轻松，半张脸埋在被子里，露出明亮的眼瞳，好像还是早上去给他送机，在机场告别时的样子。

他自己也有些不确定，立在床前，像一条手足无措的大狗，也像一部复读机：“对不起……”他说得很慢，嗓子发哑，每一句话都很艰难，“对不起，我以前做了很多错事。”

“嗯。”棠宁毫无心理负担地接茬，“你之前说过了，我知道你是一个浑蛋。”

“可我……”

他停顿一下，忍不住凑近她。空气中散开清淡的乳木果香气，这是他最熟悉的棠宁的气息，从分别的那一刻起，他就清楚地知道，总有一天，他得站在她面前，用这种从没人教过他的，他一个人艰难而勉强学会的姿态，向她保证：“我不会再做错第二次了。”

这回不确定的人变成了棠宁。他越靠越近，她心里突然开始打鼓：“你说的是哪一次？”

“每一次。”蒋林野目光深沉，微微倾身。她根本没有地方可以躲，被他以一个壁咚的姿势，困在了这儿。

离得太近，棠宁清晰地听到他的心跳，头顶是他微突的喉结，她的目光稍稍向上，能看到他弧度漂亮的下颌线。他眼瞳很深，她在他眼中看到从没见过的铺天盖地的挣扎与压抑。

房间里光线昏昧，周围静得落针可闻。

他的呼吸打在她的颈窝，热热的，有些痒。棠宁想起自己上一次出车祸，那时的场景跟现在多像，呼吸交融，意乱情迷。

可现在的气氛比上次暧昧太多了，她不自觉地咽咽口水："我说，那个，你可不可以别总想着乘人之危，你不会是又想在这儿……"

"宁宁。"

下一秒，他气息凑近，棠宁睁大眼。

他俯下身，吻在她额头上。

这个吻轻若羽毛，一触即离，却很有仪式感。肌肤相触时，他停顿了很久。

"我有一种很奇怪的预感……"蒋林野声音发哑，喃喃道，"总觉得，你要走了。"

他看着她，额头抵着她的额头，看着她的眼睛，声音却很低很低，好像低进尘埃里——

"可我不想离开你。"

他最近日子过得太逍遥，要不是这场车祸，几乎都要忘记了，他们吵架吵了那么多年，好不容易有机会重新来过，如果她恢复记忆，是不是又要回到原点？

凭什么？

蒋林野在来的路上，一遍又一遍地在心里问自己。

他喜欢了棠宁那么多年，可从没一个人教过他该怎么表达喜欢。他这么努力地学了这么久，才勉强找到棠宁可以接受的恋爱方式。

她才刚刚开始愿意接受他，愿意与他拥抱，愿意为他送机。

他不甘心。

可绕回原点，造成这一切的源头是他自己。

蒋林野独自一人，发出漫长的叹息。

等他赶到医院，真正见到她，甚至不敢多问第二遍——你有没有想起别的事？

与此同时，心里又有另一个声音，自欺欺人似的，一遍遍地告诉他，没关系，就算以后不在一起也没关系，她受伤不严重，她没有出事，那已经很好了，不是吗？

——不是的，一点儿都不好。

真正地再一次面对这个问题时，蒋林野才恍然发觉，他的想法从来没变过。

从五年前和她结婚，到五年后和她离婚，他一直是这样想的。

——我要留在她身边，和她分享余生的快乐。除了我，谁都不可以。

所以——

“宁宁，无论以后你想起什么……我干的混账事，”蒋林野恳求，“都不要离开我，再给我一次机会，好不好？”

两个人还维持着刚刚的姿势，气氛暧昧，可他嘴里说出来的每一句话，语气都很压抑。

棠宁沉默一阵，纳闷：“为什么忽然向我忏悔？你是宇宙大反派吗？你到底还做了多少不为人知的坏事？就那么怕我想起来？”

蒋林野神情不自然：“你没有回我消息，我以为……”

我以为你恢复了所有记忆，彻底不想搭理我了。

尽管现在看来，好像并没有……

蒋林野这样想着，目光不由得又落回她身上。

现在的棠宁比过去狡猾很多，像一只真正的狐狸。

“我以前怎么没发现，你脑子里戏这么多。”而她没有肯定也没有否认，只飞快地眨眨眼，指指床头柜，解释，“我的手机屏幕被压碎了，现在看不到消息，也没办法接电话。”

蒋林野顺着她手指的方向望过去，如她所说，那里放着一部屏幕稀碎的手机。

他有些失笑，转念又立即确认了前一个念头：不要和棠宁分开。

想象分离已经让他这么难受又不甘了，如果以后真的看不到她，那他下半辈子一定过得比语文课本里失意的诗人还要凄惨，会成为一匹真正的孤狼，只能独自蹲在角落里寂寞地哭。

“这是小事。”他微微松口气，低声安慰，“回去之后，我给你买一部新的。”

棠宁点点头，还想说什么，又见他转过来，故作不经意地说：“宁宁，我们重新谈一次恋爱吧。”

明明语气装得很轻松，可是身体出卖了他——他的手心又开始出汗。

像一个第一次向喜欢的女孩告白的不知所措的少年。

棠宁不太能理解：“跟前夫谈恋爱？”

乍听觉得不对劲，仔细想想，还是觉得很不对劲。

“嗯。”但蒋总完全不这么觉得，短短一天，他感觉自己已经脱胎换骨，既然她现在不排斥他，那必须尽快把前妻叼回老巢，“反正我们结婚之前，也没有谈过恋爱。”

棠宁脑袋疼，突然就有些想不起来了：“我们好像确实没有恋爱过……可是，这样的话，那我们的故事是从哪里开始的？”

蒋林野温柔地提醒她：“是从我见到你第一眼开始的。”

第七章

一致对外

“如果你在这里的话，就没有别的事情比你更重要了。”

棠宁自己还没完全反应过来，前夫就这么搬过来住下了。

临市到底不如北城方便，她在医院待到身体情况稳定，还是转了院并打算回家。只是小臂骨折，定期复检也没问题，棠宁不想再住院。

“今年好像一直在往医院跑，过年应该去烧一炷香，祈佑家宅平安。”

蒋林野没有意见，只不过眼下，他更关心另一件事。

“回家的话，你住哪边？”

棠宁面色古怪：“当然是住我的公寓。”

蒋林野立马意识到这问题问错了，他应该直接接她回家，而不是说这种蠢话。

思索一阵，蒋总试图补救：“可我觉得你住的地方太小了，而且你现在手臂不方便，身边只有一只猫，它又不能照顾你……”

棠宁抬眼看他，表情更古怪了。

蒋林野突然反应过来，心里的小人掐着他的脖子问他为什么可以蠢成这样。

蒋总面无表情地转过身，拽住她的手：“对不起，我闭嘴，我来照顾你，我这就跟你一起回公寓。”

棠宁这间公寓是结婚时，老棠总送的新婚礼物之一，没有玫瑰半里那套房子大，但夫妻两人住绰绰有余。

两个人在医院收拾东西，棠宁第二次出车祸，已经有了经验：“弄坏的衣服和包都不用带了，原地扔掉吧。”

蒋林野点点头，表面上没有反驳，但背地里还是像上次一样，默不作声地把所有东西都收了起来——棠宁没有发现。

回到北城之后，公司里其他的项目和工作都在继续，简薇受伤比她严重，棠宁索性让她休假了。她坐蒋林野的车回家，上了车才发现他的助理不在：“陈良骏又没有出车祸，为什么他也休假了？”

“他不是带薪休假，他是请假、补年假，外加旷工。”蒋林野帮她关好车门，系好安全带，冷漠无情地指出，“等他回来，我一定要把他的年终奖扣光。”

“那你挺有人性的。”棠宁真诚道，“竟然没有打算直接把他开除。”

“人之常情，也不是不能理解。”该扣的钱还是要扣，但蒋林野希望棠宁能明白这个道理，“他旷工休假，和我放下工作来照顾你，是同样的逻辑。”

棠宁伸出手指，在他手心挠了挠。

今天是工作日，路上没有堵车，他们很快抵达了明郡公馆。

蒋林野提着棠宁的行李，和她一起进电梯。电梯到达门口，她下意识垂头看一眼，望见他发白的骨节。

“刚刚不是说能扔的就都扔掉吗……为什么看起来还是很重？”棠宁纳闷，“你在里面装了什么？”

电梯“叮咚”一声，蒋林野替她挡住门：“狐狸掉下来的冬毛。”

棠宁哭笑不得，走到门口才发现没带钥匙：“你刚刚收东西，看见我的家门钥匙了吗？”

“嗯。”蒋林野一手提着她的小行李箱，一手提着她的手袋，两臂抬高，示意她自己来找，“在我裤子口袋里，你摸摸看。”

“……那箱子里是有金条吗？你就不能放下来？”

“都到门口了，你快点儿。”

“你怎么好意思催我？我是个病人啊！”

棠宁一边小声吐槽，一边侧身伸出完好能动的右手，在他裤子口袋上尝试着拍了拍：“没有啊……”

“不在左边就在右边，你看看另一边有没有。”

棠宁毫无防备，真照他所说，摸摸另一侧的口袋：“好像也没有……你确定放这儿了吗？”

蒋林野垂眼，她微微躬着身，脑袋刚好到他的下巴——真的很认真地在找。

天哪，这也太可爱了——蒋林野心里的小人含泪捶地。

他屏住呼吸，试探着，压低声音问："还有个地方呢，中间，你检查过了吗？"

棠宁微怔，猛然反应过来："蒋林野！"

蒋总立刻站直，等待检阅。

"你正常点儿。"棠宁威胁，"不然我也保证不了，你哪天早上醒过来，会不会突然就——"

"嗯？"

"变得跟嘤嘤怪一样。"

蒋总微顿，默不作声地放下手中的东西，上前一步，卑微地旋转钥匙，打开家门。刚拉开门锁，一个黑影"嗷"的一嗓子，加速度飞蹿了出来。

蒋林野眼神一紧，下意识拽住棠宁往身后挡，黑影猛地扑过来，他伸手就想拂开它。

棠宁先一步反应过来："你轻一点儿！"

蒋林野放松手中的力道，黑影没能拨开，结结实实地扑到他身上，将他冲得一个趔趄。等他稳住身形，黑影也顺势落地，他这才看清楚，是那只猫——全身的毛都奓起来了，站在地上，气势汹汹地盯着他，很不欢迎他来的样子。

可是……蒋林野嘴角抽搐，这家伙也太小了，他单手拎着它的后颈就把它能扔出去。

蒋总居高临下地盯着这个小家伙，甚至有些想笑。

棠宁一只手不方便，用另一只手摸摸嘤嘤怪："'妈妈'回来啦！"

嘤嘤怪慢慢偃旗息鼓，围着她转了一圈，停在她左手的夹板上，用脑袋轻轻拱一拱。

棠宁笑起来："没事的，很快就会好。"

蒋林野跟着她进门，将小行李箱和她的手包都放在玄关处。

嘤嘤怪见他也跟着进来了，立刻龇牙咧嘴。

宇宙暗黑大魔王蒋林野有恃无恐，云淡风轻地捋开袖子："宁宁。"

棠宁："嗯？"

"虽然我手臂上的猫咪挠痕现在已经看不到了，但是——"他停顿很久，把自己想象成被欺负了也绝不还手的十级白莲花，语气平静、假装坚强但其实超委屈地说，"我直到现在，还觉得好疼。"

棠宁低头，看看他的小臂。

肌肉紧绷，线条流畅，因为皮肤很白，隐隐能望见青色的血管。

看起来很结实，但也极富观赏性。

她沉默一阵："你正常点儿，别总想着跟一只猫计较，好吗？"

尽管棠宁家里的另一位家庭成员非常不欢迎蒋总的到来，但他还是死皮赖脸地在她家住了下来。这边没人照顾起居，他本来想叫个阿姨，再叫个私厨过来，转念想想，只有两个人也不是不行。

棠宁友情提醒："我只有一只手能动，没办法做饭。"

蒋林野："没关系，我来。"

棠宁的记忆里，身边的男性都不怎么会做饭，她亲爱的父亲老棠总也是。所以听他这么说，她新鲜极了："你竟然会做饭？我们结婚五年，我都……"

棠宁突然顿住。

蒋林野侧眼看她，她停顿了一下，又若无其事地补充："我都不记得你做过饭。"

蒋总失笑："结婚之后确实没做过，但我煮东西不难吃。"

母亲去世之后，他常年寄宿在各种亲戚家，亲戚们都不怎么管他，加上后来留学在外，长年累月，做饭的技能也就一点儿一点儿培养起来了。

碍于棠宁骨折尚未康复，蒋林野这顿晚饭做得很清淡。菜色家常，卖相不错，闻起来也很香，四菜一汤，骨头汤炖了几个小时，已经煮出了奶白的颜色。

棠宁坐到餐桌前，深吸一口气："我听说，就算是不会做饭的人，留学几年，也会掌握很多做菜的新技能。"

蒋林野坦然道："我在国外那几年，附近中餐厅的价格不便宜，而且不好吃。"

他一边说着，一边给她盛汤。棠宁未受伤的手拿着勺子小口小口地喝汤，她吃东西很安静，偶尔嘴角沾上汤渍，便慢吞吞地探出舌尖舔掉。

蒋林野默不作声，喉结滚动。

"很好喝。"棠宁喝到一半，想起自己应该夸夸他，"请再接再厉。"

蒋林野微怔，短暂地开心过后，被巨大的郁闷淹没。

他突然有点儿想不明白，为什么前五年都没做过饭？早知道这么容易就能被她夸，他应该每周都花一点儿时间研究怎么熬汤。

二十六岁的蒋总像一个满腹心事的惆怅少年。

棠宁注意到了，可不知道怎么安慰他，因为她完全不知道前夫在惆怅什么。自从她第二次出车祸，这家伙像是变了一个人，看她的眼神总是欲言又止，欲说还休。

"所以我有时候简直觉得……"翌日跟小闺密碰面，棠宁向她描述自己的困惑，"这次出车祸的不是我，而是他。他撞到了脑子，才变成这样。"

盛星来两指捏着小金属勺，在刨冰里搅来搅去地寻找红豆："男人本来就是奇异生物，没人能说清楚你哪句话戳到了他哪个点。"

棠宁好笑地问："怎么，跟时川叔叔进展不顺利？"

盛星来在白色的小瓷碗里叮叮咚咚地翻来翻去，终于找到最后一粒红豆，表情郁闷地将它放进口中。

“不是进展不顺利，是根本没有进展。你说我是不是也要去出场车祸，他才能意识到他对我的爱天地不改？”

“你能不能稍微忌讳点儿，别瞎说！”

“唉——”盛星来捧住脸，“好想恋爱。”

棠宁忍不住：“可你这不是自己作的吗？这能怪谁……你当初为什么要对他始乱终弃？”

“我……”盛星来不知道该怎么跟她解释，那种情况，任谁都会想要逃跑的。

四年前她大学毕业，在谢师宴上喝多了酒，不知怎么，迷迷糊糊就将电话打给了时川，哭唧唧地求他来接自己。时川当时在集训，半夜接到电话还以为她出了什么事，立刻请了假跑来接她。

那晚之后的事情，盛星来自己都记不太清了。她好像跟时川说了很多很多话，也好像没有。

等她再醒过来，就已经躺在酒店床上。时川给她留了长长的短信来解释自己先离开的原因，他的集训还没结束，不能缺席太久——这不是最可怕的，最可怕的是，时川在短信里向她保证，会对她负责。

“一觉醒来，我睡了我的竹马……他竟然还说，要对我负责。”盛星来惆怅，“这种感觉和喝醉的猪拱秃了别人的菜地有什么差别，难道等你酒醒了，还有脸见那片地？”

棠宁感觉好笑，不懂她究竟在骂谁。

“我不知道你跟时川的关系到底怎么才能有进展，但是……我确实头一次见到女孩子把自己比喻成猪。”

盛星来并不在意，她现在像一只颓废的浣熊。沉默了一会儿，她沮丧地解释：“我二十二岁之前，从没想过要跟时川在一起。”

他们实在太熟，一起长大，两个人手上都掌握着对方最见不得人的黑历史。小时候，她爬树他在底下伸手接着，长大后，她偷懒不想做暑假作业让他帮忙抄答案。

“所以你懂吧，我看到他说要对我负责，第一反应就是太吓人了。”盛星来纠结，“一想到后半辈子都要跟一个这么熟的人在一起，我就觉得余生都会没有新鲜感。”

“那为什么现在又想挽回他？”

盛星来噌地抬起头：“他长得好看。”

棠宁张张嘴，艰难地把骂人的话吞回去：“吃完了吗？没吃完的话闭嘴继续吃，吃完了的话，也闭上嘴，然后跟我一起离开这里吧。”

盛星来：“好……好的。”

两个人吃刨冰的地方离市中心很近。

盛星来原本想吃完甜点之后再一起逛个街看个电影，但棠宁的手比她前几天在电话里听到的还要严重一些，她想让小闺密先回去休息：“你今天还有精力逛街吗？如果觉得累了，我先送你回去？”

棠宁环顾四周，想起棠氏的公司也在附近。不知道蒋林野最近在忙什么。简薇休假之后，她跟其他几个助理都不太熟，感觉有点儿自闭，索性每天在家办公，已经很多天没有回公司上过班了。

她犹豫：“我要不要去给蒋林野送一点儿吃的？”

盛星来没有多想，低头看看表：“时间还早，打包两份甜点吧。我们现在过去，正好能赶上公司下午茶。”

小闺密都这样说了，棠宁心里一松。她最喜欢的那家孙记就在步行街另一端，盛星来一手拎包，一手攮住她，和她一起往那边走。

市中心的商区和步行街连在一起，前几年老城区改建，将一些做家宴的私宅也划了进来。四合院小楼环境清幽，蓊郁碧翠，门口竖有石狮，常年关着门，一天之中只有短暂的时间开门迎客，价格明明高得令人咋舌，却也一座难求，预订都得排到半年之后。

棠宁完全没想到这么巧。她就单纯路过，竟然能在这里遇见蒋林野……和他今天的饭局对象。

她和盛星来从门前经过，一旁貌似低调但所有人都知道里面消费巨高的四合院小门突然咯吱一声开了，有服务员帮忙开道，重重交叠的花团树影里，蒋林野大衣挺括，虚扶着一位头发花白但背脊挺直的老人家，从门内走出来。

他好像在低声跟老人说什么，老人家脸上没太多表情，显得威严，周身气场却又和蔼清润。隔着一段距离，她听不清谈话内容。

棠宁微微眯起眼，看见了跟在两人身旁，落后他们半步、看起来没什么精神的女孩子。

是徐旻枫。

她停住脚步，突然就走不动路了。

前一天蒋林野确实告诉她，他中午有一个饭局，但他没说是跟谁一起。现在走过去会撞到他们，而棠宁自己也不是很确定他想不想让她知道。

她犹豫了一瞬，拽住盛星来："我们等一下再过去吧。"

然而下一秒，蒋林野抬起头，目光朝这边扫过，果然猝然定住。四目相对，他微微一怔，眼中浮起明晃晃的惊喜。

棠宁："嗯……"

好吧，被发现了。

棠宁站在原地没有动，蒋林野低声对老人道一句失陪，大跨步朝这边走过来。

也就几秒钟的时间，他停在她面前，胸膛微微起伏，垂眼看她，声音很低："你怎么在这儿？吃过午饭了吗？等会儿要去哪儿？带的钱够吗？"

他好像一条高高兴兴摇尾巴的大狗……棠宁刚才那一小股邪气，瞬间烟消云散。

“我吃过午饭了，跟星星一起吃的，没有碰辣椒。”于是她也乖乖地一条一条地回复他，“刚刚想去买甜点，路过这里，没想到遇见你。”

“孙记的吗？”这个方向只能是去那儿的，蒋林野对这家店有印象。他想了想，低声打商量，“我也要从那边回公司，我跟你一起去？”

棠宁看到徐旻枫和那位老人家还站在原地没有走，老人好像在教训徐旻枫，她听不到声音，但是在徐旻枫脸上，她看到了不甘心又无可奈何的灰败表情。

“你今天中午不是有饭局？不用去……”棠宁也不知道该怎么称呼他们，“不用去跟他们说一声吗？”

“饭局结束了。”

蒋林野看到她刚刚搓手指的动作，以为她冷，自顾自攥住她的右手，放进自己的大衣口袋。

天气预报不准，正月之后北城仍然没有下雪，可温度比之前低了很多。他在室内待得太久，开口时，有轻盈的白汽飘浮起来。

他握着她的手，声线低沉，轻声解释：“如果你在这里的话，就没有别的事情比你更重要了。”

天地俱静，棠宁微怔，有一个瞬间，耳边听不到风声，只剩自己和他的心跳。

她很快回过神，还没开口，盛星来已经大声：“噫。”

棠宁面无表情，假装若无其事地将手从他口袋里抽回来：“好啊，那我们一起过去。”

几个人短暂交谈的空当儿，那位老人家和徐旻枫的谈话好像也结束了。

棠宁不太想跟徐旻枫打招呼，好在蒋林野怕她尴尬，虚虚挽着她的手臂，先一步开了口。男人声音和缓，不疾不徐地介绍：“徐老先生，这是我的夫人。”

棠宁张张嘴想纠正，下一秒，他又像是突然想到什么，自己纠正道：“不，应该说，是已经离婚，但可能很快就能复婚的夫人。”

棠宁心里缓缓打出一个问号，这么长的前缀？现在的重点是复婚吗？而且，谁说要跟你复婚了？

可她从来不在外人面前拂蒋林野的面子，一时间不好回绝，也只能笑着打招呼：“徐老先生好。”

圈子里姓徐的有名有姓的人本就不多，何况这人跟徐旻枫一起出现，棠宁猜，这人是她的爷爷。

果不其然，蒋林野也这么介绍：“这位徐老先生，是徐旻枫的爷爷。”

对方一直一言不发地打量她，棠宁也不知道该说什么，于是老老实实地又补了一句：“爷爷好。”

老人家先叹了口气，才将一旁神情别扭的徐旻枫拉过来：“来，旻枫给人道个歉。”

徐旻枫睁大眼：“为什么？我……”

“做错事要认。”老人家打断她，语气不轻不重，莫名带着威压，“我没有教过你去介入别人的婚姻，你父母应该也没有。”

刚刚教训她的时候，爷爷也没说得这么直白。尽管清楚他的想法，徐旻枫脸色还是一阵红一阵白。她个子不矮，现在低头，才更显得狼狈：“对不起。”

棠宁没有说话。

徐旻枫咬牙继续：“我不该在明知道你们已经结婚的情况下，还总约蒋林野出来，总是告诉你很多他没有告诉你的事……”

“徐旻枫。”棠宁有点儿纳闷，打断对方，“虽然很意外你竟然愿意道歉，但你这个歉，是不是道得有点儿不太对？”

她声线清澈，近乎温柔地提醒：“无论我和蒋林野离婚还是复婚，都跟你没什么关系。你约过蒋林野很多次，但如果我没记错，他从不赴约。而且，我并不在意他有多少事没告诉我，他想说的都已经说过了，他不想说的，我可以等他以后再说。”

这话除了徐旻枫，其他几个人都听懂了。

——你也太把自己当回事了。

蒋林野眼中的情绪有些复杂，但仍然不自觉地浮起笑意。

徐旻枫微怔，求助地望向爷爷。

可老人家错过了这个眼神。

他没怎么接触过这一代的小辈，听棠宁这么说，忍不住第二次打量她。

徐旻枫没有办法，只好换个角度：“我还……不该骗你。其实我就没想过跟你做朋友，一开始接近你就是为了挑拨你和蒋林野的关系，我……”

“可以了，可以了。”一提这段棠宁就头疼，“我原谅你了。”

徐旻枫立刻停下，转头看爷爷，等待下一步指示。

三言两语没有硝烟但已经输得彻头彻尾，老人家第二次叹气，和蔼地拍拍徐旻枫的手背，说了一句很真诚的话：“旻枫，回去之后，多读一点儿书。”

“啊？”徐旻枫没懂怎么突然扯到这个。

而棠宁现在脑子里想的却是，这姑娘如果没有家里人撑腰，大概早就在娱乐圈待不下去了。

“那我就先带旻枫回去了。”小辈的事情，他本来也不好掺和太多，当着外人怎么也不能让孙女脸上太难看，老人家打算结束这件事，“你们慢慢玩。”

“好。”蒋林野微微抿唇，客套地点头，“您路上小心。”

司机在另一头等他们，老人家不再赘言，牵住徐旻枫的手一起往那边走。蒋林野也牵住棠宁。棠宁走出去几步，忍不住回头：“徐旻枫！”

徐旻枫停下脚步，有些困惑地望向她。

“这话轮不到我来说，但是徐旻枫，既然你爷爷和父母都没教过你介入别人的婚姻，那就离你那些不三不四的朋友远一点儿。”

棠宁话音落下，看到徐家爷爷明显愣了愣，像是没想到她会这么说。

可她心里的恶趣味已经被勾了出来，停顿一下，眼中的笑意明晃晃，几乎像是在挑衅：“可别再被人带坏了。”

挑完事就跑，棠宁有点儿兴奋，又有点儿紧张。

盛星来不想夹在她和蒋林野中间当电灯泡，随便找个借口就跑了。

棠宁和蒋林野穿过整条步行街抵达孙记，他好笑：“你紧张什么？之后徐旻枫不会再来找你麻烦了，该紧张的是她。”

“不是，我在想徐老先生。”幸好没什么业务往来，不然她肯定不敢说这种话。最后那句“不三不四的朋友”，简直就是照着人家脸上打，骂她没人教。

徐家爷爷话不多，句句护短。棠宁没觉得老人家护犊子有什么不对，可既然都这样了，那棠宁嘴上回一下，也没什么吧。

蒋林野捏捏她的手，低声解释：“徐家家学渊源，到这一代只有徐旻枫这一个姑娘，也不怪爷爷宠孙女。”然而他自己也有点儿不高兴，“不过，我也不喜欢他今天的语气。”

徐旻枫是有爷爷、父母宠着的，难道棠宁没有吗？

不过棠宁没想到这一层。

站在孙记的柜台前，她东看看西看看：“你今天约他们吃饭，就是为了这件事儿？”

“是，也不全是。徐老先生好像真的不知道徐旻枫这些年都在娱乐圈干了点儿什么，我跟他分享一下孙女的日常。”

——其实就是告黑状。

蒋林野摸摸下巴，他不是很喜欢现在的处理结果。

但她现在的注意力明显不在这件事情上，他上前一步，转移话题："你想吃什么？"

棠宁刚刚吃过午饭，还跟盛星来一起吃过刨冰。她不太好意思说，这东西本来就是买给你的，我没打算吃。

"我想……"棠宁不知道前夫喜欢什么，"就……"

蒋林野干脆替她做决定："不如都要吧，每样来一份。"

半小时后，助理帮两人提着大包小包的甜点，出现在总裁办。

棠宁一路沐浴着或惊奇或八卦的目光上楼。她太久没来过棠氏，这间办公室之前是老棠总在用，他退居二线之后，蒋林野倒也没有无情到将他的东西全扔出去，大件儿全都留着，小件儿诸如书、盆栽和摆饰，不占地方的都没怎么动，占地方的都贴好标签收了起来。

她在书柜前驻足。

最显眼的地方放着一张她的照片，木相框，大概经常有人擦拭，玻璃上面没有落灰。镜头里她十七八岁的样子，高马尾，穿着背带长裤，背后是家里后院的草坪，有人在给草地浇水，她跑过来对着镜头笑，水珠和阳光在余光之外四散。

棠宁恍惚一瞬，突然感到难以分辨——这究竟是父亲留下来的，还是蒋林野自己放上去的？

蒋林野没往这边看。

他将沙发收拾干净，把最软的抱枕揪起来塞进棠宁怀中："我下午开个会就能走了，你在这儿等我一会儿，还是出去玩一会儿，或是……"

第三个选项他不喜欢，纠结一下，才不情不愿地说："先走？"

"我在这儿等你吧。"棠宁今天没有别的工作，也不急着回去。

"好。"蒋总摸摸她，折过身将桌上的电脑拿起来放到沙发前的小茶几上，然后打开摄像头，准备开会。

棠宁奇怪地问：“你人就在公司，为什么还开视频会议？”

“有几个高管出差了，在国外。”蒋林野松了松领带，把外套脱下来，“而且会议室太远了，空调也坏了还没修，我不想过去。”

棠宁无言以对。

下一秒，蒋总若无其事地拍拍旁边的沙发：“来，坐这儿。”

棠宁皱皱鼻子，磨磨蹭蹭地坐下。她起初有些不自在，后来发现他的摄像头离自己还很远，干脆也放心地拿起他的平板，戴上耳机开始看综艺。

看综艺是不可能不吃东西的。

棠宁的注意力全集中在屏幕，看到一半，几乎是下意识地将助理放置在小茶几上的坚果盘拿起来放到自己膝盖上，然后开始剥坚果。

蒋林野没说两句话，就听到清脆的破壳声。他让其他人先讲，目光稍稍偏移，见棠宁比他开会还专心，目不转睛地盯着屏幕，一下一下地撬果壳。

可她左手活动不方便，连小臂都不太能往上弯曲，只能艰难地伸直一只手握着小坚果，另一只手配合这个距离，费劲地撬壳，再费劲地塞进口中。

她吃东西仍然没有声音，像一只默不作声偷偷加餐的狐狸。

不仅可爱，而且身残志坚。

他叹口气，将坚果盘拿过来。

一集都还没看完，怀里突然空了……棠宁微怔，抬眼看他，不敢发出声音，只有眼里写满问号。

蒋林野比了比口型：我来。

他一边说着，一边将撬壳的小工具也抢了过来。

感谢网络将人类的身体从开会这项无法避免的社会活动中解放出来，蒋林野只需要动嘴，甚至不需要露出肩膀以下的部位。

棠宁蜷在旁边安安静静的，他一心二用，一边听在国外出差的高管汇报工作，一边“咔嗒”“咔嗒”地替她剥壳。

可电脑收声未免太好，他每“咔嗒”一声，那头正在说话的高管，身形明显就跟着停顿一下。

几次三番，蒋林野终于忍不住，凉凉地抬起眼皮：“你卡带？”

“不是……蒋总，”老板这么理直气壮，高管有点儿怀疑，“您有没有听见什么奇怪的声音？”

蒋林野：“说正事，别废话。”

高管沉默了一下，屈服于老板的威严，只好继续刚才的话题。

然而蒋林野一心二用，剥壳剥得有些上头。他跟下属交流，语速越来越快，手上的动作也越来越快。等棠宁回过神，还没吃的夏威夷果果仁已经在手中堆成了小山。

她赶紧扯扯蒋林野，小声哼道：“可以了……”

她话音落下，蒋林野的会议室瞬间陷入尴尬的安静中。

一群高管脑袋上顺着弹出问号——

这好像是女孩子的声音？

难道蒋总开会的时候，在做什么奇怪的事情吗？！

当事人蒋林野先生完全没有反应过来，他停下动作，顺势往棠宁手上摸了一把。

这一系列动作宛若行云流水，只花了几秒钟，再抬起头，他仍然是没有感情的蒋总：“继续啊，别停。”

其他高管不约而同地陷入沉默。

他们什么也不知道，什么也不敢问，沉默之后只能加快语速，尽快结束这场会议。

所以这个会并没有开多久。

棠宁开着二倍速，综艺刚看到一半，就见蒋林野退出会议界面，摘下了耳机。

她戳了戳“暂停”键，抬起脑袋：“开完会了？”

“嗯。”他伸手拍拍她，站起身倒水，“你晚上想吃什么？回去还是在外面吃？”

棠宁目光偏移，望望窗外，最近天黑得很早，现在才下午五点多，天空就已经变得阴沉沉的。

“回去吃吧。”她从蒋林野手中接过热水，发现他已经将水温调好，喝起来并不烫口，“外面太冷了，想早一点儿回去。”

“好。”蒋林野等着她慢慢地喝完水，慢慢地撬开最后一颗坚果吃掉。

他帮她保存了综艺观看进度，提醒道：“我的平板电脑一般都放在左手边的抽屉里，下次你过来，直接翻抽屉就好。”

棠宁愣了一下，认真地点头：“好。”

两个人一起下楼。陈良骏不在，另一位助理非常沉默，少了一个人在旁边喋喋不休，棠宁总觉得自己忘了什么事，走到停车场，突然想起：“家里没有盐了。”

蒋林野低头看了一眼表：“时间还早，我们先去趟超市？”

他每句话都要转过来咨询她的意见，她一时间有点儿不习惯，小声道：“好。”

出门时棠宁裹上了围巾，眼下整个人看起来小小一只，圆滚滚、毛茸茸的。蒋林野忍不住将她裹紧的围巾稍稍拉松一些：“里面有暖气，不需要裹这么紧了。”

他的指尖还带着外面的寒气，所以很小心地维持着距离，没有碰到棠宁的脖子。

她屏住呼吸，目光落到他手指上——骨骼分明，修长而匀称，中指末端扣着一枚小小的戒指，像是婚戒。

棠宁眨眨眼：“你怎么还戴着戒指？”

“你说我现在的这个？”蒋林野收回手，将她的手袋取下来挂在购物车上，不解其意，“就没摘过。”

“可我们都离婚了。”

“是啊。”蒋林野理直气壮，“就是戴着这个，我才能幻想自己没有离婚。”

棠宁：“……好有道理。”

大概是快要过年的缘故，超市里人员密集，广播一遍又一遍不厌其烦地放着喜庆的歌曲。蒋林野已经很久没有逛过超市了，更何况是和棠宁一起。两人在生鲜区转了一圈，购物车已经填了一半。

棠宁站在水产区盯着两只打架的螃蟹发呆，蒋林野凑过来问：“你想吃这个吗？”

她摇摇头：“我只是没见过螃蟹打架。”

蒋林野懂了：“那就把这两只都买回去吧。”

“不用吧？”棠宁提醒他，“我不吃。”

蒋林野云淡风轻：“买回去，让它们打架给你看。”

离开水产和生鲜区，两个人一起上楼。

棠宁到另一侧去拿盐，蒋林野站在原地回忆她喜欢吃的东西，把能买的零食全放进了购物车，末了，还加上了她今天在公司吃过的那款坚果。

等到棠宁去而又返，购物车已经被塞满了。她哭笑不得：“也不用买这么多吧……”

“冬天是狐狸换毛的季节。”蒋林野振振有词，“要多吃一点儿，才能熬过冬天。”

棠宁小半张脸埋在毛茸茸的围巾里，露出一双明亮的眼：“噢，我是狐狸，那你是一只什么？”

蒋林野不假思索：“狼。”

棠宁脑子转得飞快：“我们品种不一样，不能生活在一起的。再见，蒋总，各自珍重。”

“不是，别。”蒋总赶紧伸出手，卑微地拽住作势要走的棠宁，“你见过草原上那种……家养的孤狼吗？像牧羊犬一样，跟人类和其他食草小动物一起生活。”

“家养”和“孤狼”本就不沾边，棠宁心里好笑：“没有。”

“那你长见识了。”蒋林野一本正经，“我就是。”

搁在半年前，棠宁怎么也想不到会有这一天——她竟然能跟蒋林野心平气和地一起逛超市，他还扯着她撒娇似的开玩笑，说自己是一匹孤狼。

棠宁搓搓脸，觉得有点儿幻灭，有点儿不真实，可是又有一点儿……说不清楚的开心。

蒋林野被她萌到，凑上去牵她的手。

这时，手机微振，棠宁从口袋里掏出手机，见屏幕上弹出一条新消息，是最新的热门话题：“徐旻枫宣布退出娱乐圈继续学业。”

她微怔，转过来，举着手机屏幕给前夫看：“徐旻枫退圈了？”

蒋林野瞄了一眼内容，立刻变得兴味索然：“她家里人本来就不想让她混圈子，走了也好，少个祸害。”

棠宁好奇：“跟你有关系吗？”

蒋林野脚步微顿，坦白道：“有，但最终选择是她做出的。”

尽管家里人多多少少会护着她一些，可这事儿捅到徐家爷爷那儿，徐旻枫怎么也落不着好。她家里人从一开始就不想让她混圈子，何况出了这样的事，再加上蒋林野已经明确表示过，如果她还要留下来，无论如何都不会让她好过——

“这件事没提前跟你商量，是我的问题。”蒋林野思索片刻，“我保证以后不会再出现徐旻枫这种人这种事了，如果非常不幸地又出现第二次，我会预先跟你商量，再做处理。”

棠宁眨眨眼，没想过他做保证的样子能这么认真。上一次见到这样的神情好像还是在五年前刚结婚时，哪怕婚礼匆匆忙忙，他依旧亲力亲为，将每个环节都安排得细致妥帖，当着所有来宾承诺时，表情认真而虔诚。

这人活着活着，怎么就又活回二十出头的样子了……

可棠宁有点儿开心。

“这种事情，可以不跟我商量。”她想了想，又纠正，“也不是什么事情都非得告诉我。”

两个人一边说着，一边往结账的方向走。

“会告诉你的。”蒋林野声音很低，目光向下，手指向前，试探着去勾她的小拇指，“以后所有事情，我都会主动告诉你的。”

小拇指传来暖意，棠宁有点儿难以招架。

中学时代她曾听老师说，第一次失恋与第一次在婚礼上接过新娘的手，都能令男孩子成长。

可她现在觉得，蒋林野进步这么神速，如果没有上什么神仙课外补习班……那这种“成长”的冲击，大概来自人生第一次离婚。

蒋林野跟着棠宁回家，走到门口，忍不住，又低声叫她：“宁宁。”

她回过头：“嗯？”

蒋林野想了想，开始追忆过去：“我们之前没谈过恋爱，是先结婚后补票的。”

“我记得，所以呢？”

“但是这次，我俩重新恋爱，走的是正常人的顺序。”他语速很慢，每个字都咬得清清楚楚，企图循循善诱，“你觉得，牵手，拥抱，接吻——下一步是什么？”

棠宁心情复杂，飞快地眨眨眼，正想开口，两人面前的门，突然咯吱一声开了。

家门缓缓打开，老棠总毫无表情的脸，一点儿一点儿地出现在眼前。

“接吻的下一步，是见岳父。”停顿了一下，他转头看蒋林野，不带一丝丝感情地问，“这个顺序，你喜不喜欢？”

楼梯间一片静默。

棠宁愣愣的，发了半天呆后慢吞吞地喊出一句：“爸爸……”

蒋林野张张嘴，一时语塞，下意识也跟着她叫：“爸爸……”

老棠总面无表情：“不要叫我爸爸。”

嘤嘤怪跑过来在他脚边蹭啊蹭，他躬身抱起猫，微顿，对着蒋林野强调道：“我没有你这样的女婿。”

蒋总有苦说不出：“我可以解释……”

他的话还没说完，老棠总已经抱着嘤嘤叫的小猫咪，头也不回地进屋去了。

棠宁沉默了几秒，转过来，认真地指出：“看来我爸爸不想听你解释。”

蒋林野张了张嘴，正想说话，棠宁又有点儿期待、有点儿兴奋地补充一句：“怎么办，怎么办，你完蛋了。”

第八章

好喜欢你

像他从以前到现在，都这样沉默地、
热烈地喜欢着我一样。

老棠总是下午过来的。

蒋林野进屋换掉衣服，将各种食材一一归位，闪身进了厨房。

棠宁拉着爸爸在沙发上坐下，帮他烧了水倒了茶，才小声问："爸爸怎么突然到北城来了？"

老棠总正襟危坐，看看在厨房里做饭的蒋林野，再看看一脸乖巧的女儿，心中的火气消去一半，低哼一声，解释道："一个老同学，约我来北城聚一聚。"

棠宁亲密地挽着他，努力转移话题："那爸爸在这儿待多久？要在北城过年吧？太好了，我们今天还在讨论说过年要回去看爸爸呢，爸爸就过来了……"

"过年的事先缓缓，你先跟我说说你的事。"然而老棠总完全不吃她这一套，逻辑非常清晰，"你离婚多久了？为什么我完全不知道？"

"还有，"他停顿一下，视线扫过她打着夹板的左手，"你的手是怎么回事？"

要不是来北城一趟，他做梦也没想到，女儿离婚的消息，他竟然是最晚知道的。退居二线之后，老棠总两耳不闻窗外事，过的是神仙生活。他同样没想到，身边所有人会全部联合起来瞒着他，不让他知道棠宁已经离婚的事实。

瞒了那么久还是没瞒住，不管这次老棠总是从谁那儿知道的消息，棠宁都觉得，这是蒋林野的错。

"手……是个意外，不严重的。"她把受伤的那只手藏到身后，心虚地撒谎，"我俩离婚也没多久，您知道这个消息是什么时候呢？就差不多那会儿。"

"你看，你出车祸不跟我说。你离婚，我也是先知道了那个姓徐的十八线小明星的事，才知道了你的事。"老棠总一句话就戳穿了她，"如果没记错，她那综艺爆出来那会儿，你俩都离婚挺久了吧？你确定，是爆出来的时候才离的？”

棠宁尬笑：“看来什么都瞒不过爸爸……”

“我有没有跟你说过，可以离婚，但必须让爸爸知道？”小猫咪在旁边嘤嘤地小声叫，老棠总叹了口气，一手撸猫，一手撸女儿，“这么大的事你都不告诉爸爸，如果不是我自己发现了，你还打算瞒我多久呢？”

“我这不是怕您担心我……”

“你过得不好还不让我知道，我才更会担心你。”

棠宁嘀咕：“我没有过得不好啊。”

“过得好你为什么还要离婚？”

棠宁无话可说，仔细想想，爸爸的逻辑……好像也没错。

“而且，”老棠总很快发现更重要的问题，“你俩离婚了，为什么现在还住在一起？”

“没住在一起。”棠宁对天发誓，“这房子是您给的，是我的，跟他没关系。”

“噢，那我知道了。”老棠总云淡风轻，懂了，“就是离了婚他还骚扰你嘛！”

蒋林野给厨房留了条缝，一边做饭，一边偷听客厅里的谈话内容。听到这条，他觉得棠宁应该是撑不下去了，只好拉开门，坦白：“对不起，是我离婚之后还在纠缠她，跟她没关系。”

微顿，像是觉得这样说不太礼貌，他又低声叫了一句：“爸爸。”

老棠总：“不要叫我爸爸！”

嘤嘤怪蹲在他怀里，狐假虎威，有恃无恐，跟着喵呜喵呜叫。

老棠总现在看到他就来气，深吸一口气，问：“婚都离了，你还在这儿纠缠她做什么？”

蒋林野低眉顺眼，声线很沉：“宁宁手臂受伤了，我来照顾她。”

说到手臂受伤，老父亲的怒气直接上升："你还好意思说？她怎么又出车祸了？当时你也在临市，为什么你没事？"

蒋林野实在无法辩解："因为我……提前走了，不在那辆车上。"

老棠总气喘得不太顺，听他说完这句，呼吸更加急促了。

棠宁不懂蒋林野这家伙怎么这么诚实，什么该说不该说的都说。她被吓了一跳，赶紧转过去给父亲大人拍背："爸……爸您冷静点儿，别跟我们一般见识。"

蒋林野站在一边也不知道该怎么办，想凑上去帮忙，又怕老父亲气急攻心。

他默不作声地等着，许久，老棠总终于艰难地顺下这口气。

"我要带宁宁回去。"知道这俩小孩儿偷摸离婚的事情之后，他开始是不解和心疼，后来找人查了查棠宁这些年的生活，最后一点儿困惑也消弭了，只剩下心疼。

他抬头看蒋林野，目光中写满不信任与不喜欢："你答应过要好好照顾她，可你没有做到。我带宁宁走了，公司也会另外找人来管理。"

其实换人又有什么用，现在公司里，有实权的人是蒋林野。但是在强烈的求生欲望的驱使下，蒋总只是抿唇说道："可是宁宁的公司也在北城，她未必想走。"

话茬烫手山芋似的又抛了回来。

见爸爸转过来看她，棠宁骑虎难下："是这样没错……"

"那爸爸来陪你住。"停顿一下，他看着女儿的"断臂"，意有所指地强调，"我可以照顾你，不需要外人。"

不需要。

外人。

蒋林野觉得自己膝盖中了两箭——他怎么就成外人了？

家里空间够大，别说住一个人，住一群人都没事。可棠宁还是觉得别扭，具体哪儿不对劲，又不太能说上来："住下来是没问题，但……但是爸爸，我觉得离婚的事情，您可能也有点儿误会……"

老棠总一听这话，云淡风轻地放下猫，正色道："婚后关系不好，是不是真的？关系不好还装给我看，是不是真的？"

"是……"

"离婚之后不告诉我，让我身边所有人瞒着我，是不是真的？"

"是……"

"还有，"突然想到什么，老棠总眼睛微微眯起来，"刚刚你们俩在门口说什么？先结婚再补票？"

"啊！爸爸！"棠宁赶紧道，"我突然想起刚刚还熬了汤，我们赶紧去吃饭吧，再不吃晚饭，天都要亮了！"

这顿饭吃得格外沉默。

蒋林野前半辈子没这么憋屈过，想想自己前几年在棠宁家要风得风要雨得雨的日子……就更觉得，现在真是卑微啊。

吃完晚饭，蒋林野一步三回头，企图找个什么理由，赖在棠宁家不走。但显而易见的是，老棠总没有棠宁那么好糊弄，所以蒋林野站在家门前，十分恋恋不舍："我现在走了，之后还能见到你吗？"

棠宁很认真地想了想："那要看我爸爸在家里住多久。"

"如果他不走了呢？"

棠宁一脸遗憾："那应该是见不到了。"

两个人对视片刻，棠宁被对方悲怆的眼神逗笑了。

"过几天再说吧……"她低头看看自己的手臂，反过来安慰他，"或者，等我回公司。"

反正现在蒋林野有一半的时间都在 TJ 办公，如果她回归，两个人一样每天低头不见抬头见。

门敞开一半，楼道里冷风萧瑟。棠宁穿着厚厚的家居服，下巴淹没在毛毛里，蒋林野摸摸她，想让她赶紧进去：“那我先走了，你别站在这儿，会着凉。”

“好。”

蒋林野帮她关门，屋内的暖意和灯光从缝隙漏出来，大门合上的前一秒，他又停顿一下，突然低声道：“对不起。”

楼道里光线昏暗，棠宁的视线被挡住，看不到他的脸。

听见这句话，她微微一怔。

“我知道自己过去做了很多错事，但我会想办法，努力挽回爸爸的心的……”

他声音很低，回荡在冬日的冷风里，也被裹挟上一丝寒气。

棠宁张张嘴，想说什么，客厅里传来一道中气十足的吼声：“说了不要叫我爸爸！”

蒋林野心里缓缓打出一个问号——怎么，岳父耳朵这么好的吗？

“我，我知道了。”棠宁回过神，趴在门上压低声音，把门重新扒开一条缝，“你走吧，安安静静地走，不要发出声音，会被我爸听到。”

蒋林野微微垂眼，看到她毛茸茸的发顶。她半趴在门上，像一只软绵绵的小动物。

一只热乎乎的小狐狸。

心下微动，他指尖有些发凉，却突然笑出声：“棠宁。”

她抬起头：“嗯？”

蒋林野勾唇，尾音微微上翘，莫名就勾出点儿暧昧的意味：“你说我俩现在这样，像不像是高中生啊？”

棠宁有些恍惚。

蒋林野离开之后，她回到客厅，蜷到爸爸身旁，脑海中还回荡着这个问题。

她性格好、成绩好，家境相貌样样一等一，从来不缺喜欢她的人。就算撇开蒋林野的一号情敌夏方觉，也有不少其他男生喜欢过她。

但是为什么……自己从来没想过跟别人在一起呢？

电视里在播一部棠宁没看过的青春偶像剧，爸爸把嘤嘤怪放在怀里，一边撸猫一边看剧，看得还挺起劲。

半晌，他侧过来问她："把你那前夫送走了？"

"嗯。"

嘤嘤怪坐在爸爸怀里，探着头要过来蹭棠宁，她伸出一只手，挠挠小猫咪的下巴。老棠总看到她的胳膊，停下撸猫的动作，忍不住又叹气："为什么不告诉爸爸呢？"

"也没有受很严重的伤，怕您担心。"

"你明明知道，我说的不是这件事。"

棠宁看着他，停顿了一下，眼中的狡黠散去一半。许久，从旁边揪个抱枕抱住，莫名有点儿惆怅："不知道该从哪里开始说。"

该从失忆开始说，还是从恢复记忆开始说？

"五年前，我拜托蒋林野帮您找医生，拜托他帮忙想办法，看能不能救一救公司。他开出的条件，就是让我嫁给他——我答应了。"棠宁转过来，脑袋靠在沙发上，不疾不徐，"我一直以为您不知道，以为您被蒙在鼓里。"

后来才慢慢发觉，她还是太天真了，就算她和蒋林野都不说，爸爸也不可能不知道的。老棠总本来就是人精中的人精，更何况，天下父母对子女的关注永远细致入微。

老棠总心情复杂："我是后来才知道的。我知道的时候，你们已经结婚很久了……"

中风后他在病床上躺了很久，等到身体艰难地恢复过来，又休养了很久。前前后后这么长一段时间，怎么也够蒋林野策划完一场婚礼。他完全没想到，等他能够以健康的姿态重新出现在大众视野内，第一个出席的场合，竟然是女儿的婚礼。

可他不喜欢这个男孩子，过去是，现在也是。棠宁一直以为爸爸和蒋林野的第一次见面是在她十八岁的生日宴会上，可只有老棠总自己知道，不是的。他认识蒋林野的时间远比女儿早，这个男孩尚在襁褓时，老棠总还从蒋林野父母手中接过他，温柔地抱过他。

可他从一开始就清楚地知道，蒋林野的家庭环境，未来会让他成为什么样的人。

女儿生日宴会上那场意外的相遇证实了他之前的猜测，也许蒋林野能成为一柄利刃，可他的锋芒同样伤人。少年眼里每一分隐藏的、燃烧的迷恋，都让作为父亲的老棠总畏惧。

“坦白地说，我一直都不太喜欢他。”时隔五年，他仍然不知道该怎么跟女儿说父辈的陈年往事，只能第二次向棠宁重复，“所以五年前，你结婚的时候，我问你，你爱他吗？”

“当时，我告诉您。”棠宁平静地与他对视，也重复自己五年前说过的话，“爱。”

爱啊，我爱他，从见到他的第一眼开始。

最开始觉得他好看，后来觉得他温柔，哪怕是伪装的皮囊，也要命地吸引我。

“所以后来，哪怕知道你答应了蒋林野的求婚，我也没办法再向你提要求，要求你们离婚。”他也只是希望棠宁能快乐，如果蒋林野能做到，他可以说服自己接受对方。

“可是，”停顿一下，老棠总有些难受，“你现在也不快乐，不是吗？宁宁，我后悔了，应该早点儿让你们分开。”

棠宁笑起来，捏捏爸爸的手，小声道："我没有不快乐……过去五年也是。"

有时开心，有时不开心。有时觉得蒋林野很好，有时觉得这人脑子里除了废料还是废料，讨厌死了。

"我不知道怎么跟你说……"棠宁犹豫了一下，还是决定坦白，"半年前我出了那场车祸之后，就很多事情都想不起来了。"

老棠总微怔，立马意识到："难怪你上次回家，我觉得你有点儿不太一样。现在呢？现在还好吗？"

"得益于这次车祸，我想起不少旧事。"棠宁哭笑不得地摸摸手臂，嘤嘤怪还在担心她，趴在她的膝盖上一拱一拱的。

"可是怎么办……"她无可奈何地叹息，"现在能想起来的，全都是蒋林野做过的好人好事。"

想起他们吵架，她大半夜夺门而出，走出去很远才发现，蒋林野急急忙忙，连外套都没带，一直默不作声地在后面跟着她；想起她刚刚被查出过敏时，蒋林野一言不发地跑去跟中医学针灸，"祸害"完所有的助理之后，又在他自己身上做实验；想起她创业初期，蒋林野嘴上说着一定不会帮忙，可每次出了事他都第一时间来帮她收拾烂摊子；想起每次在公开场合，他都一定会坐在第四分之一排的位置，让她一眼就能找得到——

"过去五年，我总是跟他吵架，明明知道他爱吃醋又很会抬杠，让他自己冷静一下也就好了……可我还是每次都跟他吵得不可开交。"她停顿一会儿，搓搓脸，小声问，"爸爸，我是不是也挺任性的？"

"怎么会！"老棠总心情复杂，"你妈妈去世得早，我一个人这么努力赚钱，就是希望你以后跟先生吵架的时候，底气可以足一点儿。"

棠宁被逗笑。

"那宁宁，"沉默一阵，老棠总把热乎乎的猫咪重新抱回怀中，"接下来，你怎么打算呢？"

“我也不知道，我什么都还没想好。”棠宁说，“走一步看一步吧。”

老棠总点点头，觉得得给年轻人一些时间和空间：“那爸爸在你这儿住一段时间。”

“好呀！”

“我明天要去老朋友家里吃饭，你的司机借我用一下？”

“好啊，您朋友家在哪儿？”棠宁亲密地凑过去，看老父亲调出的地址，“这地方不是很远，我陪您一起去？”

这些年两个人分隔两地，难得有这么融洽的亲子时间，何况这是家宴，带家属也没关系。

老棠总答应得非常爽快：“当然好。”

经过这晚短暂的洽谈，父女俩高高兴兴地达成了共识。

然而城市另一端的蒋林野完全不知情，离开明郡公馆之后，他觉得自己失去了灵魂。

偏偏接近年关，公司里工作还很多。

他太难了，一边被岳父骂，一边还要帮岳父管理公司赚钱。蒋总忍啊忍，忍啊忍，忍到翌日下午，终于忍不住，给棠宁发消息：“我今天可以回家睡吗？”

棠宁正坐在车上昏昏欲睡，收到消息，她抬起眼皮回复：“应该可以吧？爸爸今天不在家。”

“他这么快就走了？”

棠宁斟酌了一下，回道：“不是，他今天去老朋友家做客，晚上可能不回家。”

蒋林野顺势继续提问：“那你今晚想吃什么？我回家的时候，把食材带上去。”

棠宁心里好笑，突然想捉弄他：“倒也不必，我今天跟他一起出门了，可能也不回去。”

蒋林野沉默一下，心里的小人絮絮叨叨、骂骂咧咧，被他伸手死死按住。

下一秒，棠宁揉揉眼：“到地方了，我先不跟你说了，晚点儿聊。”

收起手机，她环顾四周，见车七拐八绕，驶进一条小巷。

走到巷子尽头，视野豁然开朗。还是熟悉的四合院，门口安安静静地蹲着石狮，大门古朴，处处低调。

门童过来开车门，棠宁下意识地想伸手拿礼物盒，抬手的动作被老父亲一个白眼堵回去：“手都那样了，我提着吧。”

棠宁莫名心虚，眼观鼻鼻观心，跟着老棠总从正门往里走，一路小桥流水，曲径通幽。越往里，她越觉得这房子身上写满了“我超有钱，但我不想让别人看出来”。

步行过石桥，她正垂眼看地上的鹅卵石，耳畔响起一道清越的男声：“叔叔好。东西给我吧，我来拿。”

棠宁微怔，抬起头。

四目相对，夏方觉身形微顿，朝她露出友善的笑容：“好久不见，小棠。”

棠宁有挺长一段时间没见到夏方觉了，自从上一次，她当着蒋林野的面拒绝他。

没想到爸爸之前说的老朋友，竟然是夏家的……

老棠总没有推辞，把手里的东西递给他，笑道：“好多年不见了，小夏什么时候回国的？”

三个人一起往宅子内走，夏方觉也笑着回：“没多久，半年前才回来。”

“现在在做什么？”

“在大学里做物理研究。”

老棠总问了些简单的问题，夏方觉不疾不徐，有问必答。

这里离主屋已经没几步路了，夏方觉的父亲站在檐下，看到一行人，笑着迎过来。

最后一个问题，老棠总话锋一转，问夏方觉："你这些年，跟宁宁还有联系吗？"

"有。"他说的是实话，"但我前几年太忙，跟她联系不多。"

他声音很轻，意有所指道："不过，我现在有时间了。"

停顿一下，夏方觉下意识地转头去看棠宁。

可她没有看他。

棠宁像是完全没有听见他刚刚说的话，眼睛发亮，嗓音清亮，大声向夏爸爸打招呼："夏叔叔！"

"宁宁。"夏爸爸笑吟吟地引他们进屋，像对待小孩子一样给她塞糖，"晚饭还要等一会儿才能开始，你饿不饿？"

"我们也好多年不见了。"在长辈面前，棠宁永远是乖巧的样子，"您都不问我最近好不好，一上来就问我饿不饿。"

夏爸爸笑起来："噢，那你最近好不好？"

"不好不好。"棠宁像模像样地摇头，"我受伤了，左手到现在还不能动。"

夏爸爸之前从儿子那儿也听说了这件事，儿子接到消息立刻扔了手上的项目，风风火火地想去临市看望小女孩，可后来还是被项目拖住，未能成行。

儿子这些天一边做项目一边在他耳边絮絮叨叨，他被迫了解了小姑娘的伤势，也知道她伤得不严重，于是笑着打趣："那宁宁很可怜啊，岂不是很多东西都不能吃？今天晚上的菜有点儿辣，要不要叫厨房单独给你做……"

棠宁连忙打住："不，我能吃的，我的手一点儿事都没有。"

几个人笑意飞扬。

屋内的气氛轻松下来。

离晚饭确实还有一段时间，夏妈妈和爷爷奶奶出门了，要稍晚一些才会回来。晚饭之前，夏方觉带棠宁逛宅子。这座宅子是夏方觉爷爷奶奶在住，寸土寸金的地段，外面看起来不显眼，里面每一寸都别有洞天。

他引她出月洞门，看来看去，忍不住问："你的手还好吗？"

棠宁摇头："现在还不能动，但是不疼，过段时间拆了夹板应该就没事了。"

他思索了一下，提醒她："最近确实需要注意饮食。"

全世界医生的说辞就那一套，多喝水多运动，少吃辣椒多睡觉，棠宁什么道理都懂："我知道我知道，我会注意吃清淡一点儿的。"

夏方觉失笑："说多了你又嫌烦。我最近忙项目，一直在学校加班，爷爷奶奶的住处离学校近，所以晚上经常会回这边住。"

他好像是在解释，为什么最近都没有出现在明郡公馆。

"嗯。"可棠宁觉得他没必要跟自己解释这个。

"你的左手不能动，又一个人生活，"夏方觉脚步微顿，"会不会很不方便？"

"不会啊。"棠宁不喜欢他试探自己，"最近蒋林野一直在照顾我，我觉得他比医院的护工还要细心一点儿。"

虽然没有报酬，但是风里雨里随叫随到，任劳任怨。

夏方觉眉峰微聚："他到现在，仍然在纠缠你吗？小棠，你可以报警告他骚扰。"

棠宁觉得，这人阅读理解也做得不太好。她叹气："夏方觉，我不喜欢你。"

他微怔，不太自然地点头："我知道。可蒋林野的事情跟这个没关系，我只是担心你的人身安全。”

周围草木繁盛，两个人不知不觉步行到水榭。正是黄昏时分，凉亭下水面粼粼，赤色的光芒荡漾着铺开，却没人关心当下的美景。

“你担心人的方式真是特别。”棠宁停了停，低声说，“近半年我发生了两次车祸，脑子像是被撞坏了一样，记忆颠三倒四，判断力好像也跟着下降。你记不记得？前几个月，你告诉我，一个朋友拍网剧需要两只猫，所以想借用一下我的。”

夏方觉垂眼看她：“嗯。”

“我跟着你去了剧组，你说只是想带我出去玩，因为看我在社交平台上的动态，觉得我好像一直不怎么开心。”棠宁平静地与他对视，“可是夏方觉，我社交平台上所有的动态，都是不对任何人可见的。”

夏方觉身形一顿。

自从四年前她和蒋林野婚后闹掰，她就锁了自己的空间。那些消息除了她自己之外，其他人都不可见。所以连时时刻刻关注她动态的蒋林野也不知道她在空间里有多少碎碎念，不知道她背着他每天都不开心，不知道她有一肚子黑泥无处倾吐。也许隐隐感觉到了，可她在朋友圈表现出的姿态永远岁月静好，蒋林野每一次想问，她都拒绝跟他交流。

水榭上冷风吹拂，额前刘海被风带起来，扫得眼睛发痒。

棠宁转过身，望着一片火红的水面，低声说：“过去五年，我曾经有过一位愚蠢的枕边人，他暗恋我很多年，但一直不肯开口说出他的喜欢。连他都不知道的事，你又是从哪里知道的呢？”

夏方觉沉默片刻，挣扎着：“是他没有观察到。”

棠宁点了点头，说道：“你不在国内，也不在我身边，却比他观察得还要仔细。”

她语气这样平静，让夏方觉有些难以开口。

斟酌一阵，他找到切入点：“很抱歉，前几年不在你身边……但从今往后，我不会再错过你的人生了。”

他一直在回避话题，棠宁笑了笑，问道：“蒋林野的确也做过很多不合适的事，但你觉得，盗用我的信息，登入我的社交平台后台，就非常光彩吗？”

“我——”夏方觉一时语塞，旋即意识到，自己掉进了棠宁的圈套。

他没必要跟蒋林野比较，两个人的优势完全不一样。稍稍平复了一下情绪，他冷静地指出：“这件事是我不对，是我关心则乱……但你不能因此就认为蒋林野是好人，逻辑不该是这样的。”

需要什么逻辑？棠宁想，她不喜欢夏方觉，仅仅这一条，就够驳倒他的每一条逻辑链了。

“既然你已经离婚了，就应该离蒋林野远一点儿，你不知道当初他是因为什么才跟你结婚的。”

见她毫无反应，夏方觉感觉从没像现在一样糟糕，口不择言：“除了觊觎你背后的棠家，棠叔叔和蒋林野的爸爸以前……”

“曾经是合作伙伴，甚至是很好的朋友。”棠宁语气不改，轻松地接话，“可是后来蒋林野父亲的企业出问题，我爸爸怕被牵连，毫不犹豫地举报了他。”

停顿了一下，她轻声补充：“甚至直到现在，都有传言，说他爸爸后来死在狱中，也和我爸爸脱不开关系。”

夏方觉这回是真的愣住了：“你全都知道？”

“也许我知道的不是全部。”她搓搓脸，觉得蒋林野最大的问题在他与他父母的关系上，而不是他的父母与外界，“说不定还有别的。”

夏方觉微微皱眉，这段往事他知道的不算多，传进耳中最后只剩三言两语，说不清哪条真哪条假。可他现在看不明白棠宁。

“你从没想过，高中时他接近你，也是有目的的吗？”

棠宁终于忍不住，笑了起来。

她的高中回忆实在太丰富了，可过去这么多年，一帧帧一幕幕，能留下来的记忆，几乎全都与蒋林野和盛星来有关。

体育课老师喊解散之后，她左顾右盼地偷偷找蒋林野，不小心撞到当事人背上，被对方揪着胳膊叹气提醒“你走路就不能看着点儿路吗”；期末考结束之后，班主任请班上的同学喝奶茶，他握着加冰的饮料，面无表情地说“行吧，当我行善积德，帮你暖一暖”。

如果这家伙真的不喜欢她，对她别有用心，那在发现她是老棠总的女儿之后，更应该蓄意接近，而不是一脸冷漠地转身走掉。

“我……也不知道为什么，”棠宁望着水面，不知想到什么，自顾自地笑起来，“过去在一起那么多年，从来没想过这些事。”

一直到兜兜转转绕了这么大一圈，她才想明白。

“怎么会是蓄意接近？世界上没有比蒋林野更蠢的蠢货了。”

可是怎么办？我喜欢这个蠢货。

像他从以前到现在，都这样沉默地、热烈地喜欢着我一样。

日暮西沉，碎金的阳光在水面上星星点点地铺开。

两人沉默良久。夏方觉词穷，半晌，才开口道：“这里风大，我们先回去吧。”

不知道为什么，从棠宁口中得知她对蒋林野的心意，他最大的感受不是郁闷或难过，而是无话可说。他在过去很长一段时间里以为棠宁什么都不知道，以为自己手上握着的消息是底牌，可她什么都知道，仍然与蒋林野互相吸引，从遥远的青春期，直到现在。

晚饭时分，夏妈妈和夏方觉的爷爷奶奶也回来了。

漂亮奶奶还是漂亮奶奶，棠宁觉得她肯定有指定的设计师帮忙定做旗袍，一年四季都有最新款。对方大概早就知道小姑娘今晚要来家里做客，早早地给她准备了小礼物和大把大把的糖果。

棠宁哭笑不得："为什么刚刚夏叔叔也给我塞糖……虽然的确是快要过年了，可我不是小孩子了呀！"

夏奶奶摸摸她，笑："小夏说你喜欢糖果和小零食，女孩子的喜好从小到大不怎么会变，所以给你准备了这个。"

像是怕棠宁不好意思，夏奶奶又像哄小孩子一样强调："没关系呀，我也很喜欢。要不是现在医生不让我吃，我也想每天嗑糖。"

棠宁怔了一下，不自觉地抬起头，望向站在檐下的夏方觉。

他原本立在门口，好像察觉到她的目光，身形微顿，也转过来。

四目相对，他微微笑了笑，很快又移开目光。那笑容清淡温润，如同一阵一吹就散的薄雾。

棠宁的心情突然有点儿复杂，可注意力很快便被夏奶奶吸引走，她做了新的发型，迫不及待地想跟小辈分享。

一群人絮絮叨叨地叙旧，夏方觉没再怎么开口，晚饭结束时，夜色已经很深。

老棠总之前和夏爸爸说好，要在夏家老宅留宿一晚。这地方离棠宁的住处说远不远说近不近，他跟棠宁商量："你明天还有没有别的事？要不要也留下来？"

"可以呀，我在这里陪您。"她陪着爸爸散步，一边说着，一边拿出一整晚都没看消息的手机。

她习惯性地点开社交软件，瞬间被前夫刷了屏。

最早一条消息，是她进夏家门之前发的：

"嗯，你先去吧，好好陪陪爸爸。"

过会儿，蒋林野又一副突然想起什么的样子，发消息：

"不对，如果你今晚也不回家，那嘤嘤怪怎么办？"

“那只猫好像脑子不怎么好，要是饿坏了，会不会挠你的沙发？”

“不行，我得回去看看。”

“你的备用钥匙是放在门口的花盆里对吧？”

棠宁没回复，他便渐渐消停了。

又过了一会儿，他突然沮丧道：

“看了日程表才想起来，我今晚得去参加一个饭局，估计要很晚才能去你家。”

“看来那只猫要很晚才能吃上饭……希望它不会把你的沙发抓烂。”

“抓烂了也没关系，我陪你再买一个新的。”

参加饭局或是在别人家做客，棠宁一向不看手机，蒋林野的消息积压了一整晚。她扒拉着屏幕往下滑，差不多是他开始吃晚饭的时候，他又碎碎念道：

“你什么时候才会回我消息呢？”

“不想跟这些人吃饭。”

“我看他们的脸看烦了。我这么努力地帮岳父赚钱，岳父还不喜欢我……”他的消息停在这一条，棠宁的手指也跟着停住。

夜风沁凉，她看着手机屏幕，顿了顿，突然笑起来。

这家伙现在怎么老是委屈巴巴的……像一只没有攻击性的毛绒大动物，满怀惆怅。

“爸爸。”她脚步微停，轻声问，“您今晚跟朋友叙旧，我可以先回家吗？”

老棠总向来尊重她的意见，一边答应，一边又好奇：“怎么突然又想回去？”

棠宁撒谎：“回去喂猫。”

老棠总心知肚明：“记得把痕迹清扫干净，别让家长发现。”

棠宁乐了：“爸爸，你喜欢夏方觉吗？”

老棠总不置可否，给出老狐狸的答案：“我喜欢宁宁喜欢的那个。”

夜风清冷，天边一轮冷月，光芒如银倾泻。

她两眼弯成桥，笑意飞扬，伸出手臂，给了他一个大大的拥抱：“你一定是全世界最好的爸爸。”

第九章

坦诚相待

Dream

“你到现在，也仍然喜欢我，对不对？”

棠宁在零点之前回到了家。

对门的夏方觉今天不住公寓，这一层楼静悄悄的，只她一户有人。走出电梯，如她所料，门口的男人在电梯前投下阴影。

蒋林野坐在门前的地毯上，一动不动，抱着那一小盆花盯着看。他身上还穿着规规矩矩的正装，大概坐得太久，衣角已经有些皱了。

她缓步靠近，走路的声音点亮楼道里的声控灯，可他还坐在那儿，一点儿反应都没有。

棠宁半躬下身，拍拍他的肩膀：“蒋林野？”

蒋林野停顿了很久，才缓慢地抬起头，目光有些失焦，嗓子哑得厉害：“宁宁？”

他脸上的颜色看起来很正常，可耳根和耳朵周围的皮肤红得厉害，一开口，空气中弥漫开清淡的酒气。

棠宁叹口气，将手包放在地上，低着头翻钥匙：“你喝了多少？”

蒋林野抱着花盆，皱皱眉，有些艰难地说道：“也没有多少……”

她打断他：“你每次都这么说。”

高大的蒋总立马闭嘴，不吭声了。

在棠宁的记忆里，他以前也有很多饭局。饭桌上推杯换盏，有些酒能推掉，有些推不掉，她创立TJ之后，才更深刻地体会到这一点。但蒋林野不常喝醉，他酒量很好，一般人根本喝不倒他，今晚不知道是遇上了哪路神仙，把他灌成这样。

打开门，棠宁按亮玄关的灯，暖光充盈，一室亮堂。

嘤嘤怪听到声音，轻手轻脚地从窝里小跑过来，围着蒋林野喵喵叫。

棠宁摸摸小猫咪：“不要欺负他哟！”

嘤嘤怪仰起头：“嘤！”

也不知道是听懂了还是没听懂。

蒋林野现在不太清醒，可棠宁也只有一只手能动。她试着拽了拽他，发现还是拉不起来，无奈道："你能不能自己起来走？我拽不动你。"

话一出口就发觉有些耳熟，那次他发烧瘫倒在这里，好像也是类似的情景。当时他虚弱地摇头，被她一路拖进了屋。

然而这一次，蒋林野放下花盆，哑声道："没事，我能走。"

他一边说着，一边单手撑地，有些艰难地站起来。酒精麻醉神经，连带着视线内的世界也忽明忽暗。

棠宁小心地盯着他，下一秒，他身形微晃，她赶紧伸出一条手臂，稳稳地接住他。

"对不起。"蒋林野倒进她怀里，脑子反而清醒过来三分，有些抱歉地说道，"我好像确实喝得不少。"

他意识尚在，只卸了一小部分力量在棠宁身上，她也不至于搬不动。

"那下次少喝一点儿。"她没多说什么，关上门，转身带他进屋，将他放在沙发上。

屋内暖气盈盈，蒋林野的意识和周身体温一起回升。他看到棠宁脱掉外套换了衣服，转身打开厨房的灯，猜测她是要去煮醒酒汤。不知怎么，他突然觉得委屈，小声说："我以为你走了。"

他嗓音格外低哑。

棠宁把汤煮上后，出来给他倒了杯热水，哭笑不得："我能去哪儿？"

蒋林野看着她，很认真地想了一会儿，摇头："我也不知道，我以为你不要我了。"

棠宁提醒他："在临市的时候，你就这么说。"

"对啊！"蒋林野失笑，好像也觉得自己的想法很蠢，可还是说，"我记得你以前都把钥匙放在花盆里，所以我这次也在花盆里找，可是找了很久，怎么也找不到……一直找不到，又怕弄坏那朵花。"

棠宁好笑："备用钥匙已经不在花盆里了，我怕被人发现，就放到了别的地方。”

蒋林野握着热水杯，有些失神地盯着雾气发了会儿呆，迟缓道：“这样啊……”

“不过，”微微一顿，她又轻声说，“我给你配了新的家门钥匙，你不用再找备用的了。”

已经过了凌晨，四下空寂，房间里安安静静，窝在旁边的嘤嘤怪也昏昏欲睡，只有厨房里的锅在咕嘟咕嘟地冒泡泡。

蒋林野晃了一下神，棠宁飞快地蹿进了厨房。

他有些恍惚，想起两个小时前饭局结束时，他本来想给棠宁发碎碎念，却不小心手抖切错账号，全发在了那个员工群里：

“为什么我的合作对象永远比我还要能喝？”

“遥想当年，山城不倒我不倒，雪花不飘我不飘。”

“我不想回家了……家里一个人都没有，连条狗都没有。去你家好吗？”

“你拒绝也来不及了，我已经在你家门口了。”

“你小区的门卫果然还是一如既往地难缠，幸好我有卡。”

“备用钥匙在花盆里对吗……不是一直放在花盆里吗？怎么没了？”

“啊……钥匙呢？”

他一个人坐在门口，抱着花盆，想到无数种可能性。

明明只是喝醉，却好像生了一场重病，也像是回到更早之前，某个被关在门外的冬天。

明明已经过去十多年，也已经不是当初无所适从的少年了，可他指尖发凉，仍然感到无处可去。

心里的小人委屈得说不出话，一开始只是不管不顾地想要撒娇、无理取闹，到了后来，变得想要捶地爆哭：

“宁宁不要我了……一定是不要我了才把钥匙藏起来。”

“你不想让我来你家，对不对？”

大半夜的，群里本来就有很多人在潜水，看他连发了一大串消息，纷纷冒泡：

“小伙子喝多少啊，怎么醉成这样？”

“太可怜了，跟女朋友分手了吧。”

“没事的，想哭就哭吧，你看看隔壁蒋总，他那么有钱都没有老婆。”

“蒋总那是活该没有老婆，关我们这儿的新人什么事。”

“不是，问题是，我们这位新人好像也一直不太聪明，不怎么会谈恋爱的样子……”

…………

群里的消息五花八门，蒋林野握着手机，瞬间清醒了，这才猛地反应过来，他这一堆消息都发错了地方。

正想全部撤回，一大片“哈哈哈哈”的回复里，突然有个人，一本正经地回他：

“你坐在那儿等一下，我马上就回来了。”

他的脑子混混沌沌，当时没有意识到，现在坐在屋内，体温回升，才后知后觉想起来……

那应该是棠宁。

所以——

蒋林野呼吸一滞，他这是被发现了？

棠宁煮好醒酒汤，已经是半个小时之后了。

蒋林野一直默不作声地坐在外面没有发出任何声音，她觉得嘤嘤怪变乖了，没有再跟前夫进行猫狗大战。

然而等她端着小碗走出厨房才发现，蒋林野已经睡着了。他斜靠在沙发上，头枕着扶手，呼吸均匀，衣角有些皱。客厅里灯光明亮，他的皮肤很白，棠宁凑近了，看到他眼睛下方淡淡的青色。

棠宁将醒酒汤放在小茶几上，转身去卧室给他拿毯子。

她动作很快，拖着厚厚的毛绒毯子走回来，软底拖鞋踩在地板上没有声音，可毯子覆盖上身，蒋林野眉头微皱，还是醒了过来："……宁宁？"

他半梦半醒，头有些疼，声音里带着不确定。

棠宁起身关掉客厅里的大灯，只留一盏落地灯，光线霎时昏暗下来，只有厨房尚有一些明亮的光源。

她指指小茶几："醒了？把醒酒汤喝掉再睡吧。"

蒋林野有些茫然地坐起来，明明也没睡多久，梦里的世界却颠三倒四、光怪陆离，好像已经过去了一整夜。

他坐直，伸手去拿桌上的小汤碗。

汤已经不怎么烫了，温度刚刚好，他试着尝了一口，鼻腔中散开清爽酸甜的气息，有青梅、山楂与雪梨的味道。

棠宁盘腿坐在铺着厚厚地毯的地板上，安安静静地望着他。

蒋林野把汤喝完，一抬头，正对上她的眼睛。他心里顿时软成一片，低声道："谢谢你，你很久没给我煮过这个了。"

他甚至有点儿怀念。

棠宁想了想："也许是因为你很久没有喝醉过了。"

蒋林野微怔，脑海中那个念头重新浮现出来，比上一次更强烈。他停顿了一下，摸摸尚有余热的汤碗，没有反驳："你今晚的饭局还好吗？不是一开始说要跟爸爸在别人家住一晚，怎么突然回来了？"

又是这种钓鱼问题，棠宁似笑非笑地回道："因为看到有人在我的员工群里哭。"

蒋林野张张嘴，又闭上。

棠宁低下头，不紧不慢："我想如果今晚不回来，世界上就又要多一个流落街头的人了，所以我好事做到底……”

蒋林野声音有些哑，垂眼看着她，突然打断：“谢谢你。”

棠宁手一顿，不说话了。

“我今天一整晚，脑子都不太清醒……现在也是。”他坦白，“太阳穴突突跳，心里很烦。”想找个可以藏起来的地方，打滚撒娇。

后面这句话，他没好意思说出口。

“我不是故意潜伏在那个群里的，也没有妄图窃取商业机密，是陈良骏跟我说你在群里面……”蒋林野低声说着，“今晚也是一个意外，本来想给你发消息，却不小心发错了地方。不过我没在群里说自己是谁，你那群员工应该也不知道……”

“蒋林野，”棠宁抬起眼，“你为什么总觉得我会离开你？”

“因为……”蒋林野自己也说不清，自从棠宁第二次出车祸，这种感觉就很强烈。世界上不可控的事情实在太多了，可无论发生什么，他都希望她能留在他身边。

他想来想去，也只能说道：“因为我们已经离婚了，你随时可以走。”

棠宁好笑：“没有离婚的时候，我也随时可以走。你以为婚姻是什么？你真的以为能靠它困住一个人吗？”

蒋林野微怔。

下一秒，她又轻声道：“你已经是奔三的人了，为什么这么没有安全感？”

蒋林野愣了一会儿，苦笑：“因为……年少时，遇到过很喜欢的人。她让我感受到爱，可我不知道该怎么爱她。后来我们在一起了，事情又被我搞砸……我们总是在吵架，我希望她能有多一些时间，跟我在一起。”

“但就算是夫妻，也不会每分每秒在一起啊！”

我们不需要拥有时时刻刻在一起的爱人，爱情能留给我们的，只是“被世界上某个人爱着”的感觉。

蒋林野可怜巴巴又一本正经地说："可是她不跟我在一起的时候，我就会觉得，世界上没有人爱我。"

"怎么会？"棠宁不懂，"你的员工一定也很爱你，就算一开始不爱你，也一定会因为爱你的钱而爱屋及乌，喜欢上你。"

蒋林野被她逗乐，眼中不自觉地浮起几分笑意。他抱着毯子站起身，走到她身旁将她裹住，却还是摇头："不一样的，棠宁，你有没有被父母讨厌过？"

棠宁被从天而降的毛绒毯子裹住，往前蹭蹭，露出完整的脑袋，摇头。

"我想也是，你父母一定很爱你。"她这么可爱，她的父母怎么会不喜欢她呢？

他贴着毛毯坐下，叹气："可我妈妈不喜欢我，妈妈的家人也是。爸爸……爸爸以前对我很好，可他去世得很早，他离开之后，我觉得世界上唯一一个喜欢我的人也消失了。"

直到后来，十七岁时，他在升旗台下，遇到拥有明亮眼神的棠宁。

她像横冲直撞的毛球，永远活力满满，看他的眼神里盈满不加掩饰的喜欢。

他那时候就想把她抢回去，藏起来，不给别人看。

"爸爸去世后，我和妈妈生活了几年。她会尽母亲的责任，一日三餐，管我保暖……但在其他地方，对我很冷淡。"

大多数时候，她喜怒无常，发火毫无征兆，他小心翼翼，逐日沉默下去。

棠宁不明白："为什么？"

"因为她不喜欢我爸爸，也并不想生下我。"这些事蒋林野过了很多年才知道，时隔十几年，那时母亲的迁怒已经不能再影响到现在的他，可他仍然感到沮丧，"你知道吧，世界上有很多我们控制不了的事，其一就是出生在什么样的家庭里……他俩可能相爱相杀了十几年，可他一言不发地就死了，只给我妈留下一屁股债，和一个她从一开始就没想要的儿子。"

他后半段话语速飞快，棠宁微微动了动眉头，心想现在是不是该按照电视剧里演的那样安慰他一下，把他抱在怀里顺顺毛。

可顺毛之前，她还是觉得得先讲道理。

于是正当蒋总还沉浸在往事里酝酿难过时，小姑娘却一本正经地教育道："但是蒋林野，这不能成为你犯错的理由。很多杀人犯都有悲惨的过去，你见谁因为比惨赢了就被减刑吗？"

悲伤的情绪瞬间消散。

不知道是刚刚的睡意被打散了，还是她那碗醒酒汤真的有奇效。

蒋林野飞快地认错："我错了，对不起，我保证以后再也不犯了。"

棠宁："你也没机会再犯了……脑子清醒了？清醒了就去睡吧。"

她说着，抱着毯子站起来，把自己卷成一只毛球，打算回卧室。

"宁宁，"可她刚站起来，突然听他说，"对不起。"

这道歉她听得太多了，但蒋林野声音低低的，有点儿哑，在深夜里，带着奇异的蛊惑性，让人不自觉想停下脚步。

他坐在地板上，仰头看她的背影，哄小孩似的，试探着捏捏她并不存在的大尾巴："我好喜欢你啊……从认识你起，就喜欢你。当你说想亲我的时候，我已经在脑子里进行完所有流程，把孩子的名字都取好了。"

棠宁心头一跳。

"我一直不知道该怎么恋爱，怎么经营关系，所以这么多年，连个关系好的朋友都没有……我以前特别怕把一段关系搞成我爸妈那样，可是怕什么来什么，走着走着，又走回他们的老路上了。"

他以为自己忘记了，可与家庭有关的每一分每一刻都溶在骨血里，让他成为现在的蒋林野。

"宁宁……"蒋林野这辈子没这么坦诚过，借着三分酒劲，也借着深夜的隐蔽性，他低低地、缓缓地问，"你全都想起来了，对不对？"

棠宁没有回身，听见这句，攥着毯子，睁大眼。

下一秒，他哑着嗓子，轻声说：

“可是哪怕想起来了，也没有跑掉……没有离开我。

“宁宁。

“你到现在，也仍然喜欢我，对不对？”

客厅里光线很暗，墙上的钟无声跳动，长夜寂静。

棠宁站在原地沉默了很久，想让前夫不要这么自作多情，嘴唇翕动，却开不了口。

蒋林野停了停，站起身，朝她走过来：“宁宁。”

她身上松松地披着刚刚那条毯子，他伸出双臂，从背后拥住她，低声叹息：“我们坦诚一点儿，好不好？”

棠宁听见这句，如梦初醒，转过去看他，纳闷道：“我什么时候不坦诚了？明明是你，你还有多少事没有告诉我？”

蒋林野垂下眼，看到她白皙的脖颈：“还有三件。”

“什么？”

他一本正经，闷声指出：“第一件，我昨天很喜欢你。”

蒋林野嘴上这样说着，手上的动作也一点儿没停，轻手轻脚地将她抱起来，放到沙发上。

“第二件是，今天比昨天更喜欢你。”

棠宁蜷在毯子里，眨眨眼，手臂碰到沙发柔软的靠垫。

四周灯光昏黄，高大的男人倾身下来，半跪在身边，将她一整只困在怀里。

“第三件，”他慢慢靠近她，声音低而轻，“我中了名字叫棠宁的魔咒，明天会比今天更喜欢你。”

男人的气息铺天盖地，他的呼吸近在咫尺。

棠宁耳朵发烫，这种距离和这种夜晚都让人意乱情迷，两个人挨得太近，她一时之间竟然分不清楚，黑暗中扑通扑通的心跳声，究竟是从谁身体里传出的。

可他的动作就停在了这里。

“宁宁。”蒋林野两只手撑在她背后的沙发上，像只大狼狗，难以控制地低头碰碰她的脸颊，“可以亲吗？”

棠宁猛地反应过来。

“你别……不是。”她赶紧往后撤，拉开一点点距离，“我，我没有恢复记忆。”

蒋林野不信：“小骗子。”

“没骗你，真的。”她皱皱鼻子，“我只想起了一部分，没有完全恢复。”

蒋林野沉默一阵，狐疑道：“那你记起了什么？”

棠宁清清嗓子，一一数给他听：“想起结婚之前你问我，想不想嫁给你；想起我俩结婚之后老是吵架，每次都是你无理取闹；想起几年前同学会上，你当着其他人的面说我……”

她的话还没说完，蒋林野就俯身吻了下来。

这个吻混着酒气，在鼻息之间，漾开熟悉的气息。

他吻得并不深入，小心谨慎，很快便又放开，眼中浮起笑意：“那你有没有想起来，我俩每次吵架的时候，你怎么骂我？”

棠宁飞快摇头：“那么难听的话，谁会一直记得。”

蒋林野眼中笑意更重。

棠宁瞬间反应过来，脸颊飞快地蹿红：“我……是你先找碴儿跟我吵架，我才骂你的。”

“嗯，是我的错。”蒋林野不想再计较这个了，亲亲她的脸颊，低声说，“我以后再也不找碴儿跟你吵架了，我们有什么话都直说，好不好？”

棠宁盯着他看了一阵，声音很轻：“好。”

停顿一下，她又忍不住推推他：“你怎么突然变得这么好说话？”

她的气息热热的，蒋林野抱着她，额头抵额头：“离过一次婚之后，想通了很多事。你是什么时候恢复记忆的？第二次车祸吗？”

“嗯。”确切地说是车祸醒来后的一段时间，脑子里那个尘封记忆的盒子好像突然被打开了，前几年的事情一点儿一点儿地浮现出来，“确实不是全部……不过也八九不离十，每天醒过来，都会多想起一些事。”

蒋林野贴着她叹息：“希望你多想起一些好事，把不开心的都忘记。”

棠宁突然好奇：“我以前经常骂你吗？”

“对。”

“那你真可怜。”

蒋林野失笑，捧住她的脸，第二次覆唇上来。

和刚才的浅尝辄止不太一样，这个吻缓慢而深入，他吻得很郑重，像捧着一件失而复得的宝物。

棠宁被他抱在怀里，感觉周围的空气燥热不已。蒋林野轻缓小心地完成这个吻，又碰了碰她的额头，盖章似的：“再亲一下。”

这家伙以前从来就不讲道理，现在突然变得这么温柔，棠宁有点儿不习惯。

可她的脸颊还是不受控制地发烫。

“你困不困？”时间不早了，蒋林野问，“我抱你去睡觉，好不好？”

棠宁小心地问：“回我的卧室，还是去你的客房？”

蒋林野摸摸她，将她抱起来，轻声道：“你想去哪儿？我听你的。”

棠宁想想，也对，她才是“霸道总裁”。

“回我的地盘！”

蒋林野没有留下来的打算，将她塞到床上，一条龙服务，调暗床头灯，临走前才又折过身回来，小心地给她掖好被角：“晚安，宝宝。”

棠宁被这个称呼喊得头皮发麻，叫他："蒋林野。"

"嗯？"

"你记不记得，我还欠你一个睡前故事。"

蒋林野身形微顿，想起来了："记得。"

"你想现在听吗？"

蒋总不解风情，眉峰微聚："今天太晚了，下次吧。"

下次，就可以躺在他的床上说。

棠宁慢吞吞地缩进去："好吧。"

蒋林野想了想，又躬下身，用商量的语气，说："你知不知道，上次我给你讲的那个睡前故事，还有个小续集？"

棠宁重新探出头："嗯？"

"妈妈问小麻雀，想要什么发型。小麻雀说，鬏鬏。妈妈说——"

他停顿一下，俯身吻在她的额头上，声音轻盈："鬏鬏就'啾啾'。"

棠总已经睡下了，但她的员工群并没有消停。

棠宁发完那条消息之后，她和蒋林野都没再看群，可群沸腾了一整晚。

"嗯嗯？办公室恋情？"

"妈呀，看看我捉到了什么，群里竟然有人谈恋爱！"

"这新人什么来头，薇薇拉进来的？女朋友在群里还天天问我们怎么追女朋友，缺心眼吗这是？"

"那个'宁宁'好像也是薇薇拖进来的。"

"宁宁没怎么说过话吧，我对这个号完全没印象，你看她群发言等级也很低。"

"天哪，我好想知道是谁啊！好久没见过年轻人恋爱了，有点儿变态的激动。"

"这挺容易的，看看 TJ 哪个高管名字里带'宁'。"

“等等，我这里有名单，我搜搜看。”

“不是……那个……如果我没记错的话，我们公司高管里名字里带‘宁’的人……”

群里沉默三秒。

那个说要去查名单的妹子，难以置信道：

“说出来你们可能不信，但别说高管了，我们整个公司，名字里带‘宁’的……就只有——棠宁。”

这话一出，群里陷入诡异的沉默。

突然有个人冒泡，小声说：

“这是不是也意味着，另外那个，一直都不怎么聪明……天天让我们支着儿，让我们教他追女朋友的……新人，就是传说中，弄丢了老婆的大作精……蒋林野？”

“嗯？”

“嗯？！”

群里再次陷入诡异的安静。

下一秒，众目睽睽之下，群主简薇突然上线，默不作声地为蒋林野的账号，授予了“总裁夫人”的头衔。

——所有碎碎念都发生在深夜。

棠宁这晚睡得很沉，蒋林野同样一觉到天明，也没有看到群消息。等故事中的霸道棠总醒来后，天光已经大亮。

家里没有声音，她没急着起床，蜷在床上看手机。刚打开锁屏，就弹出来两条消息。

第一条是老棠总发来的，说要跟老朋友再玩一会儿，估计下午或者晚上才会回家。第二条是蒋林野发来的，说他早上要出门处理一点儿事情，早餐在桌子上，很快就回来。

尽管前一晚什么都没发生，可棠宁还是有一种“新婚夜丈夫就自愿请缨去修长城”的感觉，习惯性地捶了捶枕头：“渣男。”

骂完之后心满意足，她掀开被子跳下床。走出卧室，最先吸引她注意力的却不是厨房里的早餐，而是客厅沙发上一只大大的孤狼玩偶。

明明昨晚还没有的。

棠宁好奇地走过去，抓起来看了看，然后发消息给蒋林野：“这玩偶是你放在这儿的吗？”

蒋林野秒回：“是啊，我不在的时候让它陪你。”

这是什么小学生玩法，她嫌弃地说：“好丑。”

蒋林野笑起来：“你捏捏尾巴试试。”

这匹狼尾巴很大，她试着捏捏尾巴，发现除去棉花填充，里面好像还有一个小开关。棠宁微怔，按下开关，大尾巴狼肚子里突然发出声音：“我好喜欢你啊，宁宁。”

她被吓了一跳，旋即认出，这是蒋林野的声音。

见多识广的棠总有些失语：“……天哪！”

她难以表达现在复杂的心情，不懂这种莫名其妙的定制产品怎么能上市。可是她盯着看了一会儿，又忍不住，再捏捏。

大尾巴狼立刻又说道：“我好喜欢你啊，宁宁。”

蒋林野声音低沉，带点儿轻快的笑意，像是在哄一个小朋友。

她坐下来，把这只巨大的狼抱在怀里，抱着尾巴捏来捏去。一整个早上，客厅里都回荡着“我好喜欢你啊，宁宁”。

我好爱你啊。

我的棠宁。

第十章

正式告白

“我爱你。”
过去，现在，将来，到生命与时光的尽头。

棠宁抱着这匹孤狼玩了一上午。

回北城之后，虽然小闺密盛星来追夫进度仍然停滞不前，但时川答应了之前的推广合作，棠宁把案子交给公司的团队，自己在家养伤，逍遥自在。

可眼下前夫出门不在家，她玩了一阵，又觉得无聊。发了会儿呆后，她打电话给简薇，询问其养伤情况。

简薇受宠若惊："我没什么事了，棠总，应该很快能回去工作……您还好吗？"

"我挺好的。"但重新开始谈恋爱了，就还想再休息一段时间。

棠宁戴着耳机，一边打电话一边刷群里的聊天记录。蒋林野昨晚之后没有再出现过，头顶却平白多出一个"总裁夫人"的头衔。

简薇不知道她在看群，可老板迟早会看到的，于是她主动交代："昨天蒋总好像在群里被发现了……"

"我知道。"棠宁问，"你把他拉进来的？"

"嗯。"

"什么时候的事情？"

"就……"简薇自己也说不太清楚，"您跟他离婚之后一段时间吧……我不是故意把他拉进来的，陈良骏骗我！"

棠宁乐了："他怎么跟你说的？"

"他说他有个弟弟，仰慕棠总很久了，明年想来公司工作，希望能提前感受一下公司文化。"

棠总摸摸下巴："我知道了，你等着。"

简薇："啊？"等什么？

"我现在就去告诉蒋林野，陈良骏背地里管他叫弟弟。"

虽然棠宁只是表面威胁，并没有打算真的去告黑状。但是……跟简薇聊完天之后，她蠢蠢欲动，还真想再去打扰一下蒋林野。快到年底了，他好像每天都很忙的样子，也不知道他在忙什么。

棠宁坐在沙发上，嘤嘤怪趴在她怀里。她正盯着手机纠结要不要联系前夫，手机突然振动起来。棠宁眼睛一亮，定睛才发现，不是蒋林野，而是夏方觉。

她微怔，接起来："您好？"

"你好。"夏方觉声音依旧清澈温和，可这次没叫她小棠，"棠宁，你昨晚走得太匆忙，有东西忘了拿。我过几天给你送过去，还是邮寄给你，会比较方便呢？"

"什么东西？"

"高中同学聚会的邀请函。"这次聚会的发起人是夏方觉，他向来很有仪式感，认真地给每位同学和每位老师都准备了邀请函。停顿一下，他轻笑，"我昨晚跟你说过，你是不是忘了？"

棠宁有些不好意思："没有……没有忘。"

只是她昨晚确实走得很急，感觉再晚一步，蒋林野就会在家门前号啕大哭。而且刚刚拒绝了夏方觉，两个人怎么相处她都尴尬，就没好意思再去找他。

"你还回明郡公馆吗？如果回，可以带回来给我。"

"回，但最近学校那边事情很多……我可能下个月才会回去。"同学聚会就在这周末，夏方觉思索一阵，温柔地说，"我给你闪送过去吧。"

棠宁握着手机，心情突然有些复杂。高中时班长脾气就很好，一直到现在，也委婉而温和。她沉默了一下，情不自禁道："谢谢你。"

夏方觉倒笑起来："没关系。"

"我……"棠宁皱了皱鼻子，忍不住，小声补充，"我不喜欢吃糖果和小零食，但还是谢谢你。"

夏方觉声线清和："我知道。"

高中毕业已经快十年了，这件事他青春期时没有想明白，一直到现在，才真正地想通。

棠宁在抽屉里塞小零食的习惯是高二才开始的，他想不起那年发生了什么，如果一定有，那大概只能是她认识了蒋林野。

——十七岁时寄宿在亲戚家，领学校的奖学金和助学金，偶尔在假期给别人做家教打工的蒋林野。

她那时候像只到处藏零食的仓鼠，可事实上，每一句“你要不要也吃一点儿”“没关系，不会被老师看到的”，都是说给蒋林野，也只是说给蒋林野听的。一直以来，她用这样的方式，小心地维护着少年的自尊。

夏方觉觉得不能这样，明明他也一直在她身边，可她眼里的人从来都不是他。

前一晚棠宁离开夏家，夏家父母和老棠总都休息了，夏方觉一个人工作到深夜，之后驱车前往江边透气。

跨江大桥车水马龙，夜深也有车辆往来。他在大桥中央停车，夜风卷起风衣衣角，靠近大桥围栏，桥下江面不见灯火，深浅难测。

他低头向下望，沁凉的夜风迎面扑来，莫名让他想起一个人在旧金山那些年，金门海峡的海水。

好像没什么不一样，开头是一个人，最后还是一个人。

风从指间翻涌而过，他伸出手，将星空对表的另一半，从桥上扔下去。

江面水波汹涌，拍到岸边，激起白色的浪花。手表落水甚至没有发出响声，顷刻便消失在夜色中。

“没关系。”思绪拉回现在，夏方觉只字不提，仍然只是笑了笑，“下一次来家里做客，我给你准备别的零食。”

可他自己也知道，应该不会有下一次了。

那你记得快乐——

我的日月星河。

明明是挺短的一次通话，棠宁却有些恍惚，觉得好像打了很久。

她刚从与夏方觉的通话界面退出来，蒋林野的消息就不紧不慢、一条一条地跳了出来：

“吃完早饭了吗？”

“我问的什么问题……都这个时间，肯定吃完了。”

“乖一点儿呀，我很快就回去了。”

刚刚棠宁在打电话，这条消息发进来了，可她没看到，自然就没回。隔了一刻钟，蒋林野完全忍不住，又问：

“你是不是没有看消息？那你在干什么呢，工作吗？”

“受伤就专心养伤，不要工作了，我会帮你把工作做完的。”

棠宁乐了：“你着什么急？”

蒋林野一本正经：“查岗。”

棠总：“你是我见过的总裁里，最闲的一个。”

蒋林野立刻不说话了。

棠宁把手机扔到一边，去给嘤嘤怪喂吃的。陪它玩了一会儿，直到午睡时间，她才又拿起手机。

蒋林野隔了很久，慢吞吞地发来消息：

“我不闲……真的。我现在连陈良骏的消息都没空回，他昨天就跟我说想回来工作，我到现在都没搭理他。”

“我就是……”

“好想你啊！”

蒋林野在黄昏时回到家。

早上离开时为了通风，他特地给客厅的落地窗留了条小缝。眼下窗外晚霞千里，白色的窗帘也被带得一起一落，室内安安静静，赤色的阳光在地板上一道一道地铺陈开。

风中飘来冬樱清澈的冷香。蒋林野在玄关处换了鞋脱掉外套，看到躺在沙发上盖着毯子睡着的棠宁。棠宁呼吸平稳，睡觉时习惯性地蜷成一团，黄昏寂静，她怀里抱着一只软乎乎的猫，小猫咪同样昏昏欲睡，每一根毛都在橙红色的阳光里发光。

蒋林野呼吸微微一滞，走过去躬下身，看看猫，再看看棠宁。他怕惊扰到她，屏住呼吸，揪住嘤嘤怪的后颈，将它从棠宁怀里薅出来。

突然被人攥住了命运的后颈，嘤嘤怪半梦半醒，费劲地抬起头："嘤？"

可不等它做出反击，蒋林野已经手疾眼快地把它连猫带窝扔进了客房。

棠宁迷迷糊糊听见嘤嘤怪的叫声，揉揉眼睛翻个身，一抬头，正对上蒋林野的脸。他已经飞快地换好了家居服，躺在她的背后，手臂环在她的腰腹，将她一整个抱在怀里。

棠宁思维有些迟缓，愣了愣才反应过来："你怎么这么快就回来了？"话一出口，又察觉到不对，"等等……现在几点了？"

"下午四点多。"蒋林野帮她把毯子角掖好，替她抬头看了眼表，"冬天天黑得早，黄昏也来得早。"

他像一个会发热的巨大抱枕，这个角度，刚好替她挡住窗口吹来的风。

棠宁忍不住往他怀里缩了缩，脸颊蹭在他的胸口，针织衫材质柔软，还有他的体温。

"我原本没打算睡这么久的。"棠宁甩锅，"我定了闹钟，没响。"

"没关系。"他亲亲她的脸颊，"我等会儿去做晚饭，你还可以再睡一会儿。"

棠宁被亲得有点儿蒙，拍拍脸，一把揪住他胸前针织衫上的毛："我刚刚做了个梦，你猜是什么？"

"嗯？"

"前几年同学会，那时候我俩已经结婚了，当时夏方觉在国外。我去了趟洗手间，回来就听到几个男生说……”

“宁宁，”蒋林野求生欲旺盛，赶紧捧住她的脸，“过去的事情就让它过去吧。我今天见到爸爸了，你想不想知道，他跟我说了什么？”

“不想。”棠总冷酷无情，哗啦哗啦地翻旧账，“那几个男生说我……”

“宁宁，”蒋林野赶紧又低头亲亲她，“爸爸知道了当初余明远的那件事。”

“我……”棠宁正跟他抢话茬，听见这句，一愣，噌地抬起头，“然后呢？”

蒋林野垂眼看她，语气温柔，一本正经：“爸爸很生气。”

这事儿不是蒋林野告诉他的，但老棠总究竟从什么渠道得知，他觉得已经不重要了。重要的是，得知这事儿之后的第一时间，老棠总就跑来找前女婿确认，并愤怒地发出了咆哮：“他是个什么玩意儿？！我还没死呢！当我棠家没人了吗？谁都能骑到我头上！”

蒋林野当时刚开完会，一边松领带一边在办公室坐下，接到电话，愣了一下，旋即愉悦地勾起嘴角：“是吧爸爸，我也觉得余明远这个老东西，真是不要脸极了，什么要求都敢提。”

顺着岳父的意思说了一车骂余明远的话，蒋林野琢磨着岳父的气应该消得差不多了，适时递上解决方案：“我年底没有别的项目了，最后一个工作计划，就是搞垮您的对家。”

蒋林野最后“对家”这个词用得很有深意，在今天之前，老棠总和余明远还不是对家。老棠总之前一直被蒙在鼓里，对当年的事一无所知，甚至还跟余明远称兄道弟。

蒋林野话音刚落下，果不其然，老棠总慷慨激昂：“你说得没错！余明远这个蠢货，从今天起，就是我的对家！”

前后不到十分钟，两个人就愉快地达成了共识——新年快到了，让我们一起搞垮他吧。

棠宁听完，张张嘴，不知道该说什么："那……我应该恭喜你搞定了岳父，还是，谢谢你替我报仇？"

"宁宁。"蒋林野眼中浮起笑意，一只手还停在她的腰上，将她朝自己的方向捞了捞。

棠宁茫然地睁圆眼睛抬头看他，下一秒，指尖察觉到金属的凉意。他推戒指的动作很慢，停在她的指尖。停顿一下，他诱惑似的，低声问："你想不想，跟我复婚？"

棠宁立刻反应过来，将他的手拍开："不要。"

蒋林野有点儿委屈："为什么？"

"我们才离婚多久就复婚，哪有这种好事。"

"噢。"想了想，之前的事情毕竟都是自己作出来的……他卑微地问，"那什么时候可以？"

"等我手康复了，找十个大帅哥做地下情人。"棠宁扒拉开他的手，掀开毯子坐起身，故意道，"玩够了再考虑你。"

蒋总默了默，毫不气馁："你看你……"

"嗯？"

蒋林野舔舔唇："让我做地下情人怎么样？"

棠宁张张嘴，欲言又止，起身穿上拖鞋，去开卧室的门："你刚刚是不是把嘤嘤怪扔出去了？我怎么一直听见它在挠门。"

"怎么会？那是你养的猫，我已经向你保证过了，会好好对待它的。"蒋林野一边云淡风轻地撒谎，一边跟着她起身，"刚刚是它自己跑进客房了。"

棠宁推开客房的门，没看到嘤嘤怪在挠门，也没有发出奇怪的声音了，小狸花一脸乖巧，正一动不动地蹲在床上。她垂眼望过来时，它也正好抬头与她对视，尾巴卷在小爪子上，亮晶晶的眼睛写满“我超无辜”。

棠宁突然有种不太好的预感，对小猫咪打手势：“你起来。”

嘤嘤怪没动，仰着小脑袋看她，仍然一副纯良无辜的样子。

“……蒋林野。”

棠宁现在可以确定了。她躬身把小猫咪从床上抱下来，果不其然，看到下面一片水渍——已经浸入床单，在被褥上蔓延开了小小一片。

“如你所见，它尿在你床上了。”棠宁严谨地指出，“而且床头，枕头、床单、被子都沾上了一点儿。”

蒋林野还没开口，就见棠宁将嘤嘤怪放在地板上，居高临下，用教育幼崽的语气教育它：“怎么能进卧室呢？”

嘤嘤怪老老实实地坐着，有点儿委屈，一动不敢动。

它是被人扔进来，又不是自己进来的。

棠宁又问：“怎么能尿在床上呢？”

嘤嘤怪伸出爪子，试探性地碰碰她的拖鞋。它是想出去，可渣男把门关了，它出不去啊！

哪怕语气不是太严厉，可棠宁一旦开始教训人，蒋林野就情不自禁地跟着屏住呼吸，想起她以前教训员工的样子。

见她还要开口，他甚至想拦着她说算了，不就是一只猫嘛，别一般见识……然而下一秒，棠宁蹲下身，轻轻拍拍小猫咪的头：“今天的零食没有了，但没关系，明天妈妈还一样爱你。”

蒋林野头上浮现出一串问号。

凭什么原谅小猫咪这么容易？前后不到五分钟！可他追妻追了这么长时间，连接个吻都要看前妻脸色。

蒋林野眼睁睁地看着棠宁将委屈巴巴的小猫咪抱起来，带它去客厅。

不行。

他不服气，他不高兴，他要闹了。

晚饭之后，老棠总回到家。现在他也不好奇蒋林野为什么天天待在自己家，黏着自己女儿了，满脑子都是如何与余明远“决战紫禁之巅”。

棠宁抱着猫坐在旁边听两个人讨论了一阵就又困了，揉着眼睛去洗漱，前一晚睡得太晚，她今天想早一些上床。原以为前夫会和爸爸讨论到深夜，可没想到她才刚躺下半小时，卧室门就被敲响了。

棠宁从被窝里伸出一只手按亮床头灯，下一瞬，就听见门口刻意压低的男声：“宁宁，你饿不饿？”

棠宁掀开被子跳下床，给他开门：“找我有什么事，你直说好不好……”

能不能别再用这种奇怪的开场白。

“今天下午，嘤嘤怪弄脏了我的床单和被子。”

“嗯。”她当时就给他换了新的。

“虽然换了新的，可我还是觉得，房间里有猫咪的味道……”

棠宁突然想起，蒋林野这家伙有十级洁癖。

“你下午怎么不说……”她有点儿苦恼，如果是晚饭前，还来得及叫阿姨来家里清扫，可现在已经半夜了。

“我当时没想起来。”卧室里灯光昏暖，蒋林野长身立在门前，高高的影子将她小小一只笼罩了进去。他垂眼看她，喉结滚动，“现在……现在睡不着。”

棠宁想了想：“要不你再换一间客房？家里还有别的房间，只不过最近几天都没打扫，不知道会不会落灰……”

“宁宁，”蒋林野低声打断她，用商量的语气，小心提出，“我过来跟你一起睡，好吗？”

他很自觉：“我偷偷的，天亮之前就走，爸爸不会发现的。”

棠宁张张嘴，心情复杂：“但是……为什么呢？”

“不是说好了吗？”蒋林野声线磁性，伸出手，勾住她软软的手指，来回晃一晃，“从今往后，你是棠总，而我——”

“嗯？”

他一本正经：“我就是棠总养在地下，见不得光的，卑微情人。”

棠宁沉默半晌，还是让蒋林野进卧室了。

不过这晚什么都没发生。

毕竟，棠总不让，卑微的小情人也不敢乱动。

翌日是周末，老棠总一向起床早，蒋林野原本想趁着天还没亮赶紧从棠宁卧室里溜出去，没想到刚走出门没几步，就撞上赶巧也起床走出房间的老棠总。

四目对视，静默无声。

良久，前岳父面无表情地开口：“起得挺早？”

“对……”蒋林野顿了顿，又掩耳盗铃地补充，“我一起床就想去看看宁宁醒没醒，还没来得及敲门，就撞上您了。”

“嗯，那正好。”

“啊？”

老棠总抬起头：“我们再来聊聊余明远的事情。”

“……好，好的。”

棠宁起床换好衣服打开卧室门，已经是一个小时之后了。

同学聚会的地点在香格里拉酒店——请柬是清晨闪送到的，棠宁打开大门就发现信封静静地躺在门口。

棠宁本来打算跟蒋林野一起过去，可临到要出门时，她突然纠结起来：“全世界都知道我们离婚了，现在再一起出现，会不会不太好？”

“有什么不好的。”蒋林野干脆利落地将这只狐狸塞进车后座，毫无心理负担地坐到她身边，握住她一只手，“你可以跟他们说，我现在是你的情人。”

车子很快抵达。

司机去停车，两个人递上邀请函，在侍应生的引导下前往二楼包间。

走到门口，两人看见门外竖着一块酒店的小广告牌：北城附中二〇××级一班毕业八年聚会。

棠宁记得三年前也曾举办过一次同学聚会，地点也是在这里。那次的举办人是谁她已经想不起来了，脑子里关于这一部分的记忆仍然没有完全恢复，只记得那次聚会后，她再也没跟这些老同学联系过。

她脚步停了停，蒋林野立刻转过来等她，没脾气地问：“怎么了？”

棠宁皱了皱鼻子，没有说话。

蒋林野一手护住她，稍稍往旁边站了站，示意侍应生不用送了：“就到这儿吧，前面我们自己过去。”

侍应生很有眼色地颔首，轻声留下一句“祝您二位聚会愉快”，便转身离去。

两个人停在包间门口，里面隐隐传出热闹的笑声与交谈声。

一门之隔，走廊上很安静。

蒋林野知道她最近脑子不太清醒，拿出十足的耐心：“你是不是又想起了什么？”

“嗯。”棠宁点头，“就是我前几天想跟你说的那件事。”

“哪件？”蒋林野微怔，立刻想起来，“三年前的同学会？”

“对。”她说，“我去洗手间，回来走到门口，听到几个男生在谈论我。”

蒋林野眉峰微聚：“宁宁……”

“你这次不让我说完，我连地下情人都不让你做了。”棠宁露出尖尖的虎牙，“那时候——”

酒桌上杯盏相碰，蒋林野坐在男孩子们中间，三言两语，不知怎么，提到棠宁。

说不清是酒劲上头的玩笑，还是很早就藏在心里，眼下才找到机会说出口。有男生笑着，亲昵地将小臂搭到蒋林野肩上，故作随意地说：“其实我们几个里面，现在最成功的还是你。你想想，棠宁啊，毕业后那么多人追她，都说娶了她至少可以少奋斗三十年——可长得好家世好又怎么样呢，现在不是一样跟你在一起？”

他的话一出口，桌上静默了半秒。

蒋林野不着痕迹地移开对方落在自己肩膀上的小臂，低笑：“说得对。”

屋内的空气这才重新流动起来。

蒋林野好像表明了立场，于是立刻便有男生跟着附和：

“真正拿逆袭剧本的人是蒋林野才对吧……高中时什么都没有，现在什么都有了。”

“大家都应该跟他喝一杯，沾沾好运，走上人生巅峰。”

“哈哈哈哈，对，来走一个，走一个！”

…………

一片喧闹里，棠宁站在门外默不作声地看了一会儿，拳头握紧又松开，转身正想走，突然——

玻璃碎裂的声音响起。

包厢内的空气一瞬断崖，跌到冰点。

她微怔，转过身，看到蒋林野仍然坐在原地，保持着那个姿势，手中的酒瓶砸在桌上，玻璃碎裂的同时，有一部分几乎扎入桌面。瓶中剩余的酒顺着碎裂的地方缓慢地扩散开，漫过桌面，一滴一滴地流到地上。

所有人屏住呼吸。

一片沉默里，蒋林野声音低沉，不急不缓地开口，声线平淡，里里外外无不是威胁：“我以前是不是没跟你们说过？棠宁是我的夫人，现在是，以后也是。”

“我跟她是一体的。”稍一停顿，他冷冷地抬起眼皮，“开口之前，过一过脑子。”

说完，蒋林野推开椅子，一言不发地站起身，想去看看棠宁洗个手怎么这么久都没回来。

他走到门口，正要拉门，席间终于有人如梦初醒，小跑过来想要劝和：“那个，大家就开个玩笑，也没什么别的意思……都许久没见了，没必要把关系搞得这么僵吧？”

蒋林野身形微顿，回过身。他气场太强，屋内其他人莫名被压一头，注意力全集中在他身上，不敢出声。

隔着一扇门，棠宁好像也立在他身边。

她仿佛看到他微微勾起嘴角，没什么温度地笑了笑，才开口：“你们到底是怎么做了她三年的高中同学的？”

停顿一下，他脸上笑意敛尽：“真替她恶心。”

他说完最后一句话，抬手拉门。他打开包厢门，没往外走两步，正撞上走廊里的棠宁。

她看起来有点儿无措，见他一脸杀气地出来了，茫然地问：“怎么了？”

蒋林野只字未提，神情稍稍缓和：“你洗个手怎么这么久？”

“水龙头的感应坏了。”棠宁撒谎，“我刚刚去了另一层楼。”

可她刚刚来的方向，分明不是电梯间。蒋林野没有戳破。

“我们走吧。”

“啊……”既然打算装傻，那也只能一装到底，棠宁明知故问，“聚会结束了吗？”

“对。”蒋林野一边说着，一边面无表情地朝她伸出手，“你是不是没吃饱？走，我带你去吃别的。”

棠宁的回忆，就停在这里。

她的记忆一直没有完全恢复，但关于同学会的回忆，独独这一段格外清晰。

“你为什么不让我问？”棠宁不懂，“你又没干什么不该干的事。”

听她复述完，蒋林野表情有些微妙：“不是……我以为你又要算旧账。我一直以为三年前，你站在门外，听到了我和他们的交谈内容。”

“是啊，我确实听到了。”

“不，我的意思是，我以为你只听到了一半，只听到我说‘说得对’，然后很生气又不敢发作，所以我问你的时候你撒了谎，实际上在心里默默记仇。”

棠总一口气上不来：“你清醒点儿，蒋林野！我从来就不是那种听话听一半的人，你能不能别老像个小姑娘一样？”

“我……”哪里像个小姑娘！

蒋总敢怒不敢言。

棠宁埋着脑袋沉默了一会儿，自言自语：“所以我这些年没朋友，跟你没有关系。”

前夫也不敢把话说死：“大概吧……你以前是怎么以为的？”

棠宁一本正经：“我以为结婚之后，你企图控制我的生活，就让我的好友都与我断了联系，也不准我交新朋友。”

蒋林野无语凝噎：“我没有。”

“可你也没有解释……”

“我的错，我以后不会了。”蒋林野伸手拽拽她，“我以后肯定什么都跟你说清楚。”

他的手心干燥温暖，棠宁没有再甩开。她看看虚掩的包厢门，皱了皱眉，很快又松开：“那我们今天还要不要进去……”

“都走到门口了，哪有不进去的道理。”蒋林野见她不抗拒，顺势牵住她，“我向你保证，讨厌的人不会再出现了。”

棠宁好笑：“你哪来的自信？”

“他们知道我要来——”他一边帮她整理袖口，一边拖着长长的尾音，停顿了一下，轻笑，“就不会出现。”

托蒋林野的福，不仅那几个讨厌的男生没有出现，连夏方觉这个聚会发起人都没来。

带话的人替他解释：“他临时有事来不了了，让我们自己玩。”

立刻便有女生半开玩笑地小声道：“三年没聚啦，就他夏教授最忙。”

“哈哈哈哈，他是项目带头人，也不是不能理解嘛。要是让我这个年纪坐在他这个位置，我愿意三十岁前不聚会，四十岁前不结婚。”

…………

席间笑声一片，棠宁坐在角落里等饮料，蒋林野帮她把冰可乐换成了常温的黄桃燕麦酸奶，她摩拳擦掌打算大吃一顿。

盛星来今天没来，坐在她另一边的女生是高中时的英语课代表，这姑娘学生时代就很爱迟到，今天仍然未能准时到来，快开饭时才匆匆赶到。跟大家简单地寒暄过，她一转头看到棠宁打着夹板的手，就关切地问：“好久不见呀，前段时间看新闻说你又出车祸了，手还好吗？”

棠宁动动左手，笑着示意：“已经好很多了，医生说下周就能拆夹板。”

“那你要多喝一点儿牛奶。”英语课代表是个严谨的学术派，小声指出，“我以前也骨折过，多补钙真的很有用。”

棠宁两眼弯弯：“谢谢你，我会多喝一点儿的。”

菜上齐之后，大家碰杯开饭。

自从毕业谢师宴之后，同学聚会上的人就再也没有完全到齐过，大家天南海北，各自有各自的生活。

虽然今天夏方觉不在，但他提前将大家之后的节目都仔细安排好了。

蒋林野一边帮棠宁剥虾，一边凑近可爱的前妻，低声商量：“在外面玩太久会不会累，下午还想跟他们在一起吗？”

棠宁左手不太方便，只能用右手吃饭，剥虾就不行了。她忙不迭地埋头解决他夹进碗里的食物，言语含糊：“等会儿再看吧，如果不跟他们去玩的话，你有别的安排吗？”

“有啊！”其实他没有，但只要能跟她单独相处，哪怕两个人什么都不做，面对面坐着发呆，他也会很开心。

蒋林野想了想，低声问：“博物馆离这里很近，最近有新的展览。虽然听起来很没意思，但你想不想过去看一看？”

棠宁低着头，嘴里的东西还没吃完，抽不出空搭理他。他把虾剥开后帮她蘸好酱，盯着她吃了几个，见她没有回复，又将小碗挪开：“可以了，你伤口还没恢复，不要吃太多海鲜。”

棠宁埋着脑袋，顺势在他手背上撞了一下。

这动作很轻，蒋林野身形微顿，满脑子都是：她是在亲我吗？是在亲我吗？

下一秒，棠总拱拱他：“把碗还给我。”

蒋林野立刻双手奉还。

旁边的英语课代表默不作声地看完全程，发出疑问：“你们两个还在一起吗？”

棠宁思考一阵，自己也说不太清：“也许……算是吧。”

“好羡慕你们。”英语课代表立马亮起星星眼，“我就知道，新闻上说的都是假的，你们其实没有离婚，对不对？”

最后半句话音量有些高，其他同学的上一个话题刚刚结束，包厢里正陷入短暂的沉默，她这句突然冒出来，其他人立刻转过来，纷纷将目光聚焦在蒋林野帮棠宁剥虾的手上。

棠宁继续吃也不好，不吃也不好，正纠结该怎么回复他们，就听身边的蒋林野轻笑一声。

“不是啊，新闻说的是真的，我们真的离婚了。

“另一件事也是真的，我真的在追她，而且——

“也快追到了。”

同学会结束之后，棠宁没跟蒋林野一起参加后续的活动。

但两人也没去博物馆，他们在附近散步，路过一家玩密室逃脱的店，棠宁指着广告牌许诺：“你看，这家店很快就要上线僵尸主题了，等他们上线，我们来玩这个。”

蒋林野：“好。”

她低头看了看他的手，突然想起：“我们以前是不是没有约过会？”

“有的，但是次数比较少。”

“少骗我，我一次都不记得。”

“那是你还没有完全想起来。”蒋林野微微垂眼看她，“想不起来也没关系，你开心就够了。”

棠宁小小地哼了一声，若无其事地将脸埋进围巾里。

他牵着她走出商场，这时的天色还没有完全黑下去，天空荫翳，天气预报今日有雪。

突然，她闷声道：“蒋林野。”

“嗯？”

“你记不记得，高中的时候，我天天带小零食。”

蒋林野笑：“记得。”

“我不是自己想吃，那是给你的。每个学期到了期末，你都一副没钱吃饭的样子。”

“我知道。”

“你什么都知道，还对我这么坏。”

蒋林野叹口气，转过身。

她半张脸埋在围巾里，露出一双圆而明亮的眼睛。他伸手帮她紧了紧领口，将她两只手抓出来，放到自己口袋里。

高大的男人立在灰暗的天空下，声线清和，眼中倒映出她的身影。

“十七岁过去了，二十七岁也会过去。但是宁宁，有件事一直被保留下来，没有变过。”

棠宁齉声：“什么？”

“我爱你。”

过去，现在，将来，到生命与时光的尽头。

棠宁微怔，抬眼定定地与他对视。

空中有东西飘下来，盛大的，洁白的，一点儿一点儿落在额头上，浸开轻微的凉意。这场漫长的、迟到的初雪，终于在这一刻降落人间。

周围明明人来人往，可她耳畔空寂一瞬，突然间什么都听不清了。

他微微低头，吻在她额头上。

轻盈的，温柔的，一触即离。

“我以前好像很少说。”他低声笑道，“但是没关系，我们还有很多很多时间，够我说很多很多遍。”

旁边不断有人来来往往，没有人注意到他们。

棠宁有点儿迷糊，想起遥远的学生时代的那个冬日，大雪覆盖整座城市，她参加校庆活动，气场全开，在台上唱《Super Star》。

——如果我忘了我，请帮忙记得我。

——请看见我，让我有梦可以做。

棠宁和蒋林野大概都没想到——

兜兜转转走回原点，站在彼此身边的人，竟然还是眼前这个家伙。

棠宁吸吸鼻子：“高二那年校庆，你说会在会演上送我一首诗。”

“嗯。”

“可是后来班主任说你的节目时长太短，临时换我上去唱歌了。”

“嗯。”

“后来我好奇了很久，但你怎么都不肯说。”棠宁抬起头，“你那时候，到底选送了一首什么诗？”

雾霭浓重，长天一色。

蒋林野平和地看着她，眼中笑意闪烁，声音覆上初雪的寒气，落到耳边，却只剩低醇的温柔。

人来人去，白云苍狗，好像又回到十七岁那年。

他一字一顿：

“我将站在汉江之堤上，给你写这首诗。

“如果有风，我就用风；如果涨潮，我就用水；如果夜色太沉，我就只用一个手势吧……”

如同你曾经轻轻地招手，我便押上了自己的一生。

第十一章

温泉旅行

“你这么可爱，我当然希望全世界都喜欢你。”

结束告白，趁着棠宁正将脸埋在围巾里偷偷感动，蒋林野低声哄诱：“宁宁，跟我回家吧，好不好？”

棠宁心中警铃大作：“你又想干什么？”

蒋林野失笑：“我还能想干吗？”

住在明郡公馆多多少少有些不方便，他的书和资料都还留在玫瑰半里，没办法一直来来回回地搬。更重要的是，公寓的公共区域有限，他总觉得自己跟岳父大人抬头不见低头见，不太好偷偷摸摸做别的……

他停顿了一下，求生欲旺盛：“我给你买了很多玩偶，都还放在家里，等着你回去玩。”

棠宁：“我已经不是你家里人了，我不要跟你回家。”

她现在逻辑倒是很清晰！

蒋林野现在完全说不过棠宁，又不敢跟她吵架，生怕她不高兴。

于是沉默半晌，他还是卑微地跟她一起坐上了回公寓的车。

但棠宁的心情很好。

今天是初雪，她刚刚被少年时代喜欢的人告了白，回家吃完晚饭，打算跟盛星来打一个长长的电话分享今日的快乐。但盛星来再次遭到时川的拒绝，少女快乐分享大会说到一半就变成了盛星来的单向输出。棠宁好声好气地安慰半天，才好不容易把她哄去睡了。

刚放下电话，棠宁就听到轻轻的敲门声。

老棠总这个时间已经睡下了，蒋林野压低声音：“棠宁乖乖，把门开开，让老公进来。”

棠总缓慢地将门拉开一条细细的缝，隔着门看他：“你再说一遍？”

蒋林野面不改色：“棠宁乖乖，把门开开，让坏人进来。”

棠宁藏在门缝里看他：“床单、被子都换了，房间也打扫过了，连空气清新剂都是你喜欢的味道……你不回去睡吗？”

“宁宁。”蒋林野声音低缓，“我们应该多培养一下感情。”

棠宁微微皱眉，很快又松开。说得也没错，他们明明在恋爱，可相处时间少得可怜。

见她松动，蒋林野循循善诱：“而且，你还欠我一个睡前故事。”

棠宁思考了一下：“好，但你不准动手动脚。”

蒋林野：“我昨晚也没动手动脚。”

说得也是。

棠宁放他进来，轻声关门，然后上锁。蒋林野从背后抱了抱她，下巴压在她的颈窝，两只手落在她的腰上。

棠宁默了默：“放开我……有点儿热。”

蒋林野两手扣住她没受伤的那只手，在空荡荡的无名指指腹来回摩挲，问：“我给你的戒指，你怎么不戴？”

“我还给了你十个呢，不也一个都没见你戴过。”

“那怎么能一样！”

棠宁伸出小手，戳戳他干燥温暖的手心：“哪里不一样？”

“你那戒指就是买着玩的，但我的戒指是……”蒋林野语塞一下，不知怎么，莫名蹦出一个词，“套圈套来的。”

棠宁：“嗯？”

“对。”他抱着她挪回床边，室内空气温热，男人声线低沉，撒娇似的哄道，“套住了，就是我的了。”

卧室里装了地暖，门窗都关着，空气有点儿燥。

明天还有别的安排，洗漱之后，棠宁蜷进被窝，看到简薇发给她的消息——是一则邀请邮件，邀请她明天前往度假山庄参加公司的年终旅行，大家明天出发，她可以晚几天到。

看到一半，她就感觉床的另一侧微微下陷。

蒋林野洗完澡换了衣服，掀开另一边的被子，拍了拍她的脑袋，声线低沉："宁宁，快过年了。"

"嗯。"棠宁收起手机。

"新年的时候，你可以跟我一起去祭拜父母吗？"他声音恢复正经，停顿了一下，垂下眼，"我们结婚又离婚……这么多年，我都没有好好向他们介绍过你。"

棠宁微怔："可是，你爸爸妈妈都不喜欢我。"

"不会的。"蒋林野声线温柔，啪啪地打自己的脸，"他们早就去世了，没有这个机会。"

可棠宁明明记得："但……但是，你爸妈不会喜欢我，这话也是你说的啊！"

蒋林野不假思索："我那时候瞎说的。"

棠宁沉默了一下，她在正事上一向很好脾气，顺从地答应下来："好。"

结婚五年，蒋林野确实没怎么跟她提起过父母。最开始她只以为他父母是早早离世，他不开心，所以很少提；后来又误会老棠总和他父母之间的事，这么多年，一提就吵架。

棠宁思索片刻，问："蒋林野，你妈妈为什么不喜欢你呢？"

"因为她从一开始就不想要孩子吧，可能她也没想嫁给我爸。"他想了想，平静地解释，"我妈家族之前也算是有点儿声望的，很多观念都还比较保守，觉得未婚先孕是丑闻。"

也是因为这个，他和棠宁结婚五年，都没有孩子。

唯独在这件事情上，他觉得她不想要那就不要了，没有关系。毕竟对他来说，棠宁这个人更重要。

何况有自己的经历在前，万一她不喜欢那个孩子，可能又会走老路。

不过——

某种程度上来说，蒋林野觉得，虽然他和棠宁离婚了，但他好像又从她那里获得了另一种力量，不再像过去一样，一提父母就爆炸，变得像一只易怒的小兽。

无论母亲爱不爱他，他现在都相信——会有人坚定地站在他身边，告诉他，我是爱你的。

“那，爷爷奶奶，还有妈妈家的亲戚们，现在在哪儿呢？”

“爷爷奶奶去世得早，连葬礼也没让我去。”蒋林野说，“母亲去世之后，我一直寄宿在亲戚们家里，但跟他们的关系都不怎么好。姑姑的儿子偷了钱会诬陷我，就算证据摆在面前，他们也都当没看见。所以现在我也不知道他们都去哪儿了……因为我们已经很久很久没联系过了。”

“啊——”棠宁眉头微皱，认真地指出，“我以前就觉得你很惨，现在听完，发现你是真的很惨。”

蒋林野好笑地说：“你高中时还觉得我很美，觉得我很强。”

“现在不一样了。”棠宁呢喃，“现在我比较强，我比较美。”

蒋林野笑意飞扬：“那我挺可怜的，到头来只落得一个‘惨’字。”

“是呀！”棠宁认认真真地点头，顿了顿，又偷偷钩住他一根手指，来回摇晃，“不过现在不一样了，你有我了。”

屋内暖气盈盈，长夜寂静，窗外还在下雪，白色的雪花落满窗台。

蒋林野的呼吸停滞一瞬，听见棠宁声音小小地、一本正经道：“现在有棠总罩着你。”

她轻声说：“再也不会有人欺负你了。”

大雪下了一整夜。

翌日清晨，棠宁醒得很早。

打开窗帘，外面的世界已经变得白茫茫，积雪将天光衬得分外明亮，天地都被晕染成了白色。

吃过早饭，她跟蒋林野一起到医院拆了夹板。之后一段时间她还不能提重物，但她的手臂终于得到解脱，可以自由活动。

今年公司的年终旅行安排在一个有温泉的度假山庄，两人收拾好东西，在黄昏前抵达了山庄。

棠宁趴在车窗玻璃上，睁大眼："我都忘了，我们公司还有这种福利。"

蒋林野失笑："果然只有在外面玩的时候，你会比较高兴。"

度假区建在城外半山，山顶现在已经被积雪覆盖，一眼望去，天地茫茫，洁白一片。

棠宁和蒋林野没有跟其他人一起出发，比员工们晚了半天，抵达时其他人已经办好了入住手续。蒋林野的另一位助理很会看眼色，将两个人原本单独的房间换成了一个套房。

一行人在电梯间分别，侍应生帮他们提小行李箱，送两人上楼。

棠宁看助理离开了，忍不住问："陈良骏还没回来吗？"

"回来了，但他比我早到一天，我也不知道这人现在在哪儿。"蒋林野这次出来带了三位助理，陈良骏因为恋爱脑，成了存在感最低的一位。

棠宁思索了一阵，小声指出："我懂，他失宠了，好可怜。"

"他现在有人宠。"蒋林野嘴角一动，"轮不到我宠他。"

说到这个，棠宁突然想起："我也很久没见简薇了，她这次应该跟着一起来了，等会儿我去找找。"

"你怎么不问我，"电梯抵达楼层，蒋林野牵住她，"现在是谁在宠陈良骏？"

棠宁皱了皱鼻子："我不关心他，但如果你希望别人来宠你，我也可以试试。"

蒋林野乐了："你说的宠，是指哪一种？"

侍应生推着行李走在前面，棠宁脚步微顿，飞快地踮起脚尖，嘴唇在他脸颊上碰了碰，温热的气息一触即离："这种。"

将行李放置好，棠宁换好衣服，跟蒋林野一起下楼。

酒店的自动售货机在餐厅门口，她走出电梯间看到后，便立刻蹿了过去：“我去买瓶饮料，你要喝什么？”

蒋林野：“跟你一样吧。”

付完钱，棠宁乖巧地站在机器前等，蒋林野立在她身后，安静地看着她。

简薇刚从餐厅走出来，就撞见这么一幅岁月静好的画面。

她眼前的光景甚至都模糊了一下，一旁的陈良骏满心满眼都是女朋友，完全没看到那儿站着两位老板。见简薇停下脚步，他也跟着停下，问：“怎么了？”

简薇没说话，拽住陈良骏，稍稍往旁边挪了挪，站到两位老板视线的盲区。下一秒，陈良骏听见那两个人的对话。

棠宁：“这机器好慢，是不是卡住了？”

蒋林野：“你催催它。”

棠宁：“还是找个侍应生过来看一下吧……你去，我在这儿守着机器。”

蒋林野：“可是我也想站在这里守机器。这样吧，你再亲我一下，你亲我一下我就去。”

陈良骏半截胳膊还被简薇拽在手里，听见这句话，他感觉女朋友手下的力道明显大了很多。

他不解：“怎么了？”

简薇几乎憋红一张脸：“我……‘糖浆’是真的！”

陈良骏：“所以？”

“你没听过那句话吗？”简薇兴奋到快要窒息了，“我可以单身，但我嗑的 CP 必须结婚！今天过年了！”

陈良骏一头问号。简薇拽着他从视线盲区走出来，朝两人打招呼：“棠总好，蒋总好。”

棠宁抱着两罐杧果汁，抬头才发现两位助理竟然也在这儿。

她有一阵子没见到简薇了，看助理姐姐气色很不错，她眼睛一亮："你的伤都好了吗？有没有哪里不舒服？"

简薇笑眼弯弯道："我没事了。"

她之前受伤的是腿，但是通过这场车祸，她不仅收获补汤无数，还意外获得了一枚心急如焚地跑来照顾她并趁机告白的男朋友。

所以简薇想想，好像……也不是很亏？

棠宁情绪受到感染，也开心起来："那太好啦！"

简薇问："棠总，您刚到吗？"

棠宁："对。"

"那您可以先在周围转转，其他人不是泡温泉就是去滑雪了，您可能晚上才能见到他们。"简薇一见到老板就想汇报工作，思索一下，突然意识到自己手上还抱着个小竹篮，"对了，您要不要这个？"

棠宁好奇地凑过去："这是什么？"

简薇打开小竹篮上面的盖子，氤氲的热气与谷物香气扑面而来。

棠宁眨眨眼，看到竹篮里面满满当当，装着煮熟的玉米、花生、鸡蛋和紫薯。

她很快反应过来："这是温泉煮的吗？"

"鸡蛋和花生是，玉米不是。"简薇一边说一边热情地往她怀里塞，"要不要尝一尝？我刚刚在餐厅剥了一枚鸡蛋，还挺好吃的。"

"好呀！"

棠宁其实很多年没来泡温泉了，更早的时候会和爸爸妈妈一起来，可是后来妈妈去世，爸爸忙着赚钱，她忙着上学、结婚，也没什么机会。

"我能多拿几个吗？"

"当然可以，全拿走都没关系。"简薇停顿一下，"这是陈良骏买的，反正我也不怎么想吃，他总是挑一些奇怪的食物给我。"

陈良骏："啊？"你刚刚不是这么说的！

棠宁笑意飞扬。

尽管简薇这么说，但棠宁拿走的东西并不多，只选了两枚鸡蛋和两个小紫薯。

蒋林野看见了，忍不住问："这些是在哪儿买的？餐厅里吗？"

简薇："对。"

蒋林野扯扯她："那别挑了，我再去给你买一筐。"

棠宁抬起头，说道："啊，可是我已经拿出来了，被我摸过也不好再放回去吧。"

她停顿一下，好像突然明白蒋林野的想法："你不要担心吃不饱，我等会儿肯定会再带你去吃别的东西的……这个不算晚饭。"

感觉像是在哄他。

蒋林野瞬间偃旗息鼓："好，我听你的。"

他声线低醇，简薇抱着竹筐，感觉自己受到了低音炮暴击。

棠宁拿着两枚鸡蛋和两个小紫薯，又像模像样地挑走了一根玉米，心满意足道："谢谢简薇姐姐。"

蒋林野失笑，摸摸她的脑袋。

动作行云流水，一气呵成，没有一点儿不自然。

简薇忍不住："嘤。"

眼前的画面太有冲击力了，简薇在TJ待了这么多年，只在传说里见过两位总裁秀恩爱。她有点儿舍不得走了。

"不用谢。棠总还要吗？还要的话全拿走也没关系，真的没关系，陈良骏也不会有意见的，他的快乐就是看我快乐，我的快乐就是看你们快乐。"

陈良骏第二次："啊？"

棠宁被逗乐了："真的不用了，谢谢你。"

她手里拿的东西太多，转身踮起脚尖，将两罐饮料放入蒋林野怀里。

蒋林野嘴角微勾："都给我？"

棠宁开始剥鸡蛋："让你帮我拿一下而已。"

"不公平啊，我也想吃。"

棠宁犹豫了一下，表情不太自然："你好烦，我这个蛋本来就是给你剥的，你连三秒都等不了吗？"

蒋林野低笑，帮她把紫薯也拿过来，顺势在她脸颊上蹭蹭："一秒也等不了。"

冬天天黑得很快。

山庄建在半山腰，整座山都是度假区的后花园。整个世界被白雪覆盖，冬日同游，恰好能见到与别的季节不一样的景致。

棠宁和蒋林野吃完晚饭，在外面散步到很晚，才慢吞吞地回到住处。

酒店的公共区域紧挨着大堂，中间隔着一道玻璃花门，隔音效果很好，但是一进门就能看见。

蒋林野牵着棠宁回酒店，一眼就望见坐在公共区域打牌消遣的一群高管人员。简薇和陈良骏也在，几个人围成一圈坐在沙发上，面前放着巨大的零食筐。有人穿着浴袍，有人穿着宽松的 T 恤，看起来都很放松。

蒋林野警惕地握住棠宁的手，正想往前走，突然有人拉开玻璃花门，紧接着兴奋的尖叫声传来："哟！棠总！您什么时候来的啊？我们正商量着一起玩游戏呢！您要不要一起来啊？"

棠宁耳朵一动："你们在玩什么？"

那位高管快乐得像一条摇摆的海带："我们正打算去天台上讲鬼故事，走啊，一起啊！'百鬼夜行'玩过没有？"

棠宁："你们先过去吧！我马上就来！"

"行嘞！那我们给您留个位置！"

棠宁："好！"

蒋林野真的无语，有没有搞错，这大晚上的不约会，讲什么鬼故事。

棠宁回过头，一抬眼就注意到他微妙的情绪变化。他嘴角绷着，看起来不太开心的样子。

可刚刚还不是这样……棠宁只思考了一秒钟，噌地转过去，扬声叫住那位高管："等等！一个位置不够！蒋林野也要来！留两个！不带他玩，他要不高兴的！"

那头立刻传来同样雀跃的回复："好嘞！我给你们留两个连在一起的位置！"

蒋林野内心大喊救命：我不是这个意思！

可惜他在这种事情上根本就没有决策权。

棠宁抬眼，小声问他"你不想出去玩吗"的时候，他张张嘴，一千万句骂骂咧咧奔涌到嘴边，最后也只能说出一句："没有，我想的。跟你在一起，玩什么都好。"

两人一起乘电梯上楼，冬日漫漫，楼顶白雪堆积。

楼建得不高，天台上靠边建了一间玻璃房用于游客歇脚休憩，内部花藤缠绕，外部就是后山，一眼望去，天地苍茫。房子内暖气盈盈，灯光围绕，透过巨大的落地窗，能看到整座山和漫天遍野的大雪。

棠宁和蒋林野到达时，其他高管已经在了。

TJ 年底的团建允许带家属，大多数人都在陪伴家眷，今晚在天台上玩游戏的人不算太多。

"棠总！"玻璃房内只有他们一伙人，索性也只开了挂在玻璃墙壁上的一排星星灯。简薇正好抱着抱枕坐在那排灯下面，白皙的脸庞被灯光映照得格外温柔，"棠总，这儿！我们给您留的位置在这儿！"

屋内开着暖气，棠宁一路走过来，热气从脚底一路攀爬到指尖。

她笑："你们总共几个人，占了这么大片地方。"

一位高管嘿嘿笑道："人少才有气氛。鬼故事嘛，就是要在这种地界空旷但人烟稀少的地方讲，人气一旦散了，那刺激的就来了——薇薇，你再摸摸脖子，看背后有没有凉凉的。”

简薇笑着拿抱枕砸他：“你有完没完！”

棠宁坐下来才知道他们游戏已经玩过一轮了，简薇刚刚听故事听得太认真，连陈良骏的手指停在她脖颈后面都没发现，被吓了一跳，闹了个小笑话。

棠宁乐了：“我也听说过，空房子不聚人气。那你们胆子够大的，没听过晚上不能说鬼吗？”

那位高管笑意飞扬：“没事，我们这儿男生多，阳气旺盛。”

“对。”蒋林野适时在她耳旁低声，嗓音低哑，“如果你害怕，我可以渡一点儿阳气给你。”

棠宁埋着脑袋把他拱开。

不过没过多久，她就硬气不起来了。

“百鬼夜行”是从一个过气桌游演变而来的，这游戏很老了，大家进一步简化了流程，只需要认领角色，每一轮讲跟角色有关的鬼故事，如果其他玩家都认为这个故事不恐怖，或是故事与角色无关，那惩罚也很简单，就是罚酒。

棠宁：“……其实你们就是想找个理由出来喝酒吧？”

其他人都认领过角色了，蒋林野伸长手臂拿起桌上的卡牌，问：“你今晚想做什么鬼？”

棠宁喜欢这个问法，眼睛一下子亮起来：“想做那种会吐舌头的水鬼。”

仿佛是为了配合“水鬼”这个词，她还像模像样地伸出两只手举到耳朵旁，睁圆眼睛伸出舌头。

“会吐舌头的不是水鬼，是吊死鬼。”蒋林野眼睛微眯，没给她卡牌，“我觉得你不适合这个，换个别的。”

棠宁不高兴：“那你还问我干吗？”

下一秒，蒋林野递给她另一张卡牌：“你是可爱鬼。”

新一轮游戏开始，为了让两位新加进来的老板尽快进入角色，发言从两人对角线的一位高管开始。

夜色寂静，吧台那边的服务生在冲咖啡，玻璃房子里蔓延着一股咖啡豆的气息，融在暖气里，轻缓地飘散开。

夜幕降临后，天上又开始下雪，并有越下越大的趋势，雪花迎空翻飞，砸在玻璃上。周围环境安静而惬意，棠宁聚精会神地听着，不自觉地慢慢将自己团起来。

她不知道简薇有没有觉得脖子后面凉，但她背上有点儿凉。

这位高管讲的是都市传说，北城历史悠久，地皮不知道被几辈的鲜血染红过，故事讲得半真半假，她背脊有点儿发毛，很想找个角落缩起来。

棠宁拽着蒋林野的胳膊，无意识地往他的方向挪了挪，挪了挪，再挪了挪……

蒋林野觉得好笑，干脆将她抱进怀中，低声问：“冷？”

棠总：“有一点儿。”

“那你到我这儿来。”蒋林野声线低沉温柔，“离我近点儿。”

夜色漫长，几轮游戏下来，大家多多少少都喝了点儿酒。

鸡尾酒几种颜色兑开，色彩斑斓，颜色漂亮，口感清甜，只是度数有点儿高。

棠宁拿起酒杯，到嘴边时，突然停顿一下，抬起眼皮，偷瞄坐在旁边岿然不动的蒋林野：“你没点儿什么表示？”

蒋林野反问：“你想我表示点儿什么？”

棠宁踢他：“你都不假装一下，替我挡挡酒？”

“可我看你自己很想喝。”

棠宁：“你这人……”

不过她是真没什么讲鬼故事的天赋，游戏进入后半程，她喝得有点儿多，白皙的脸颊上明显浮起红晕。大家都不好意思再骗她喝酒，罚的酒一部分被蒋林野分走，一部分落到简薇手上。

时间过了凌晨，有人开始打哈欠，嚷嚷着要结束游戏回去休息。

棠宁本来瘫在蒋林野怀里，听见这句，突然不干了，噌地坐起来："你们把我灌醉了就要回去休息，哪有这种好事！"

一位高管眉心一跳，小声问："那不然呢？"

一晚上过去，她的酒劲儿终于上来了，靠在沙发上坐得笔直，耳根微红，语气严肃："都坐好，我开个会。"

所有人头上都缓慢地弹出问号。

刚刚起身打算离开的那几个人，又挨个儿坐了回来。

没见过老板发酒疯。

这群人默不作声，心里都在偷偷地想——

还挺期待的。

蒋林野看着她严肃认真的神情和亮晶晶的眼睛，要不是这家伙眼里还带着点儿醉酒的茫然，他几乎也要被她骗过去了。

他揽住她的肩，哭笑不得："宁宁，我们也回去休息，嗯？"

棠宁无情地甩开他："棠总说话的时候，不要插嘴。"

蒋林野："好、好的。"

"从 TJ 成立开始算起，今年已经是第四年……不，四年半了。"

玻璃房子里灯光暖黄，一群人聚精会神，屏住呼吸。

棠宁不急不缓，声音清澈，吐字清晰，好像真的坐在会议室里。

"今天晚上聚在这儿的，几乎都是公司创立之初就跟我一起走过来的人。"她停顿一下，"过去几年里，我们遇到很多事、很多麻烦。"

但也都走过来了。

“我，坦白地说，四年前，创立TJ，就是想跟前夫作对——”她完全不管旁边还坐着蒋林野，蒋林野甚至怀疑，她是不是根本忘了他还坐在旁边，这句尾音拖得有些长，她语速渐慢，“之前从没想过，TJ能成长为现在这样。”

蒋林野握住她的肩膀，轻轻拍了拍。

棠宁还在说。

“我不是那种聪明的老板，经常觉得自己做出的决策不怎么聪明，大学学的也是与公司项目完全无关的专业。要不是为了跟前夫作对，我可能一辈子都不会创立TJ……能走到现在，很大一部分是靠运气。

“我从来没跟你们说过，今年上半年出的那场车祸其实很严重，几乎让我变成了一个白痴。我车祸醒来后忘了很多事，包括创立TJ……你们知道那种感觉有多恐怖吗？我一觉醒来，发现要给一整个公司的人发工资。”

“我本来想逃跑，反正也不认识你们，再大的烂摊子，关我什么事。但是……”棠宁垂下眼，“我回公司那天，看到简薇在刷一个群。我用上司的名义命令她，她只好把我也拉进去了。”

她说到这里，众人刚刚四散的注意力重新被聚集了起来。

夜色深沉，外面的雪还在下。

棠宁深吸一口气，如释重负：“谢谢你们。”

谢谢你们喜欢我，在我看得见、看不见的地方维护我，每天都给我解锁新的夸奖词。

几位高管微微一怔，突然有些无措。

为什么老板发酒疯是这样的……怎么完全不按剧本走？

不是应该她倒地撒娇，然后大家扑上去疯狂拍照，再在背地里偷偷尖叫老板好可爱，第二天再骗她什么都没发生吗？

怎么突然就进入煽情环节了？他们要不要给她准备纸巾？

几位高管正面面相觑，蒋林野心情复杂地伸出手，想给现在看起来垂头丧气的棠宁顺顺毛。

下一秒，棠宁突然抬起头，眼睛冒绿光："可是说实话，我又真的很好奇，你们到底为什么会喜欢我？这个问题我思考许久了，怎么也找不到答案。我们不是老板和员工吗？我从来不压榨你们吗？这怎么可能呢？"

众高管："这个……"

这个问题解释起来太复杂了。大家不约而同，望向蒋林野求助。

蒋林野会意，抱住兴奋的棠宁，轻轻捏了捏她的手臂："宁宁，我们去休息吧，好不好？"

棠宁转过来，目光相接，他确认她真的喝醉了。

小姑娘现在眼睛亮得出奇，好像落着星星。她的手被他握住，亢奋却半点儿未减，声音甚至染上撒娇的意味："蒋林野，你喜欢我吗？"

蒋林野只觉得好笑，垂眼看她："喜欢。"

"那你希望别人喜欢我吗？"

"你这么可爱，我当然希望全世界都喜欢你。"被一群人围观，蒋林野压低声音，温柔道，"但你不要再为难他们了，混口饭吃不容易，放他们走吧。"

鸡尾酒后劲儿大，棠宁刚刚又说了那么多话，现在有点儿不清醒。她在蒋林野怀里蹭来蹭去，小声地说："不行，我的问题还没问完。"

"嗯。"蒋林野很有耐心，问她，"你刚刚想问什么？"

"我想……我……"他这么一问，她突然就想不起来了。

蒋林野循循善诱："你想问，什么时候才能回房间，跟我一起休息。"

棠宁茫然："是这样吗？"

"对。"

"可是我为什么会问他们这种问题？"

"你没问他们，你问的是我。"蒋林野语气认真，企图催眠她，"你又忘了？你从刚才起，就一直看着我。你还说了很多告白的话，说谢谢我这些年陪着你。”

棠宁已经想不起刚刚说过的话了，她有点儿晕，隐约有印象，刚才好像确实感谢了谁。

她有些不好意思：“这样吗？我记性太差了，对不起。”

蒋林野一边说着，一边将她抱起来，亲亲她的额头：“没关系，我就喜欢不聪明的。”

不聪明的最好骗。

棠宁瘫在他怀里，好像完全忘了刚才的事。

她的记忆只剩七秒，思维混沌，心脏却跳得很快，将高管们的声音也隔离在外。

棠宁乖巧地趴在他的肩膀上，已经走到玻璃房门口了，她又突然抬起头：“等等！”

蒋林野：“嗯？”

“不行，你放我下来，我想起来了，他们今天还没拍马屁。”

蒋林野：“什么……”

“快点儿，排个队。”棠总严肃地指使他们，“没夸完不许走，夸得不认真也不许走。”

雪花漫天，等棠宁这么一路闹闹腾腾地回到房间，已经凌晨两点多了。

蒋林野抱着她去洗漱，棠宁游离在清醒的边缘，又夹杂着点儿亢奋。

房间的浴室很大，他将她放下来：“你自己能站稳吗？”

棠宁立刻点头：“能。”

蒋林野试着松手，见她稳稳立着，便转头去给她挤牙膏。

棠宁立在身旁，被浴室灯光一照，脸看着红得更厉害了，整个人都在发热。

他微微低着头，感觉一股可爱的气息慢慢靠近，只见棠宁凑了过来。

“蒋林野？”

蒋林野好笑地回道：“嗯？”

“我想问你一个问题。”

“一直爱。”

棠宁愣了一下才反应过来：“我没想问这个。”

“嗯。”蒋林野拿着水杯，低笑，“来，我给你刷牙，还是你自己刷？”

“我自己来。”棠宁乖乖接过牙刷，却没有立刻动手。

她仰着头，问他：“我刚刚是想问，TJ 是不是有很多老员工，是从棠氏过来的？”

蒋林野认真思考了一下：“好像是有几个，但也没有很多。”

“怎么会不多？几乎占了三分之一。”棠宁自顾自地说道，“而且这群人的简历还很统一，明明之前的职位也不低，可是过往的工作经历里，全都没写在棠氏工作过。”

蒋林野身形微顿。

“这么容易就被发现的事……”棠宁语气柔和地指责他，“你是个白痴吗？”

蒋林野突然有些失语：“我……”

“之前 TJ 那些员工，是你塞过来的吗？”

“嗯。”蒋林野帮她拂开额前的碎发，低声道，“我没什么别的想法，当时怕你遇到坏人，所以藏了一些人在你身边。”

也包括简薇，还有那些二十四小时照顾她的助理。

这些人……蒋林野意识到这一点，在她柔软的脸颊上轻轻蹭了蹭：“不过我承认，之前让简薇为我实时播报你的动向，是我做得不对。”

哪怕是打着关心的旗号，他也应该给她自由的空间。

棠宁好奇：“那，那个群，也是你让他们建的吗？”

“那个群跟我没关系，连我自己都是过了很久，才知道他们有这么一个群……”微顿，他声线轻柔地解释，“最开始，我只是想让他们帮你把关一些重要决策。他们都是棠氏的老人，在某些事情上，比我们有经验。但群是他们自己建的，他们对你的喜欢也是真的，我觉得你值得，所以不要有心理负担，嗯？”

棠宁差点儿就被他绕进去了，怔了怔，旋即瞪大眼：“所以我能征服他们，本质上来说，跟你没有关系？”

他亲亲她的额头：“那当然，你靠可爱治理公司，他们是真的喜欢你这个人。”

棠宁眨眨眼：“我靠可爱吸引他们，靠什么吸引你？”

蒋林野凑到她耳边，暧昧地低声道：“靠亲亲抱抱举高高。”

棠宁毫不犹豫，一口咬住他的手指。

两人在度假区住了三四天，返程前一天，他们在滑雪场玩到暮色四合，回到住处后，又一起吃了火锅。

上楼时，两人又遇到了简薇和陈良骏。两位助理好像刚刚泡完温泉回来，酒店大堂和电梯里都有暖气，只穿浴袍也不会冷。

“棠总。”简薇主动向她打招呼，“旅行结束之后，我可以申请回去上班吗？”

“当然可以。”棠宁不明白她为什么这么问，“如果你觉得自己身体没问题了，现在就可以回岗。”

“好。”简薇立刻变了脸，“那我现在就向您汇报这周的工作，和下周的安排。”

棠宁震惊——倒也不必这么着急……

“是这样的，棠总，”好像看出棠宁欲言又止，简薇主动解释，“过年之前您还有一个杂志访谈要做，因为每年都是我在对接，所以今年他们也联系了我。我本来想让别的助理对接，但是正好我也康复了，所以就想……”

棠宁随口问：“你不想再多休息几天好好谈恋爱吗？”

简薇：“我爱工作，永远胜过爱男朋友。”

陈良骏：“啊？”

三言两语的事，简薇简单交代完，便在电梯口跟他们道了别。

棠宁对杂志访谈这事儿有点儿印象，“江城传媒”旗下的一家周刊，前几年响应政策单独开辟了一个板块出来做青年企业家的专访，年年邀请她，年年有主题，每年都有提前写好的稿子。

想到这个，棠宁在等电梯的空当儿，又多问了一句：“今年的主题是什么？”

“嗯，警犬养老院和……”简薇停顿一下，另一个词有点儿长，她掏出备忘录确认，“城市宠物综合服务中心。”

电梯抵达一层，棠宁微怔：“我什么时候做过这个？”

“宁宁，”蒋林野拦住她的肩膀，低声说，“我们先上去吧，工作的事晚一些再聊。”

棠宁点点头，暂时跟简薇告别。

乘电梯上楼时，她想来想去，忍不住伸手去扯蒋林野的袖子：“你趁着我不在公司，都干了什么？”

蒋林野觉得好笑，转过来看她：“想法还是你最初的想法，我只是帮你落实一下。”

投资建城市宠物综合服务中心的想法，是棠宁在看到时川的警犬养老院之后产生的。这个项目不仅能增强用户黏性，也可以提升品牌效应。

她之前无意间提过一嘴，本来想年后再做。

棠宁垂下脑袋，小声嘀咕：“你又抄我的点子。”

蒋林野笑了：“我用的是你的名义。”

“推进到什么阶段了？”

“刚刚开始。”他停顿了一下，拽住她的手，“后续项目仍然是你来跟进，如果有需要，我可以跟你一起。”

电梯抵达楼层，蒋林野拽着她回屋，棠宁仰起脑袋：“我前几年是不是对你很坏？”

他思索了一下，跳过这个问题：“我前几年对你也挺坏的。”

她低下头，闷声道：“那我以后对你好一点儿，你该告诉我的事情也全告诉我……我们都对对方好一点儿，好不好？”

房间里灯光温柔，她的眼睛亮晶晶的，好像有星星坠落。

蒋林野情难自禁，低头亲吻她的脸颊：“当然好，夫人。”

第十二章

为你称臣

总有一天，时光会为我见证。

垂垂老矣时，我们仍然能陪伴在彼此身边。

虽然蒋林野的声音很动听，但棠宁觉得，事情不太对。

他们又没有复婚，他怎么好意思管她叫夫人？

浴室里水声哗哗，棠宁躺在床上，将自己的疑虑说给盛星来听。小闺密在电话那头悠闲地撸着狗，只捕捉到一个关键词："你打算跟他复婚了？"

棠宁："我没有……"

盛星来懂了："噢，那你要怎么才愿意跟他复婚？"

棠宁轻而易举地被拐了进去，竟然还真认真地思考了一下："怎么也得求个婚什么的吧……这么久了，他都没跟我求过婚！你敢信吗？"

"噢。"盛星来这回是真的懂了，"只要他求婚，你就愿意复婚——你打算跟他复婚了？"

棠宁："你可不可以不要一直像台复读机一样。"

"可是怎么办，"小闺密惆怅，"我也好想结婚啊！你们现在好歹还可以在晚上盖着被子谈人生哲学……我家里只有狗，和狗。"

"你和时川毫无进展？"这都多久了，棠宁都想劝她放弃了。

"时川就是在报复我。"盛星来不高兴，"前段时间，就是你出车祸后在家里养伤的那段时间，TJ的公司团队来找他拍宣传片，我不放心，就跟着一起去。那段时间我天天跟他在一起，约他吃饭看电影他都不拒绝，可就是拒绝跟我成为男女朋友。"

"他有主动约你出去过吗？"

"有。"盛星来回忆，"我送他礼物，他会回赠，我约他出来玩，他会主动请我吃东西。"

略微停顿，她哼道："他就是想拒绝我，但又怕我打他，所以不敢太直白。"

棠宁不太确定："也不一定吧……"

事实上，在她学生时代的记忆里，时川这家伙不仅看上去十分正经，还有点儿害羞，走在街上目不斜视，夏天见到盛星来穿短裙，他多看一眼都不好意思。

所以起初知道他俩发生过关系，她还感觉挺不可思议的。

“那……”盛星来垂头丧气，“你跟蒋林野出去玩，看电影或者吃饭，他会从头到尾，连你的手都不碰吗？”

“那当然是不可能……”

“所以我就说，我又不是找不到男人了，他干吗一直这样？”盛星来说着说着又开始委屈，“想拒绝又不开口，不就是怕我打他。”

“这就是你想太多了吧……”棠宁指出，“你别想了，肯定不是这个原因，要真打架，你绝对打不过他。”

盛星来：“那不然呢？”

“我觉得……”棠宁艰难地问，“你说有没有可能，你当年跟时川的那晚，其实是你自己幻想出来的？”

盛星来沉默三秒，挂断了电话。

蒋林野洗完澡擦着湿漉漉的头发走出来，恰巧听见最后一段对话。

他好笑道：“怎么了？”

“也没什么……”棠宁挠挠头，“星星追时川一直追不到，我跟她开玩笑，说他俩在一起的事情会不会是她的幻想，她就挂了我的电话。”

蒋林野乐了：“你小闺密真可怜。”

“是有一点儿。”棠宁思索一阵，“可我又觉得，这不完全是时川的问题。当初，是星星先甩了他，也不知道他到底是怎么想的。”

蒋林野思考几秒，迈动长腿到她身边坐下，床边儿小小地凹陷下去。他挑眉：“你那小闺密查到没有，回北城之前，时川在做什么工作？”

棠宁微怔，耳朵一动，顿时来了兴趣：“你知道？快说。”

蒋林野放下擦头发的毛巾，一本正经地故作高冷，顺着自己的额头、脸颊、下巴、嘴角指一遍：“女人，亲。”

棠宁笑着伸手推他："你真烦。"

蒋林野没给她将手抽回去的机会，顺势握住亲了亲，然后低笑道："时川之前是做刑侦的，按理说平级调动也不该跑来搞民事，要么他自己不想干了，要么之前出过什么事，两种可能性一比一对半开，就看盛星来什么时候'不小心'发现他的体检报告了。"

棠宁沉默半晌，狐疑地问："他受过伤？"

蒋林野捏捏她的手，眼底笑意荡漾："你最近有没有联系过林栀？现在去她的工作室，说不定有机会撞见时川。"

棠宁睁圆眼睛，怔愣半天，才缓慢地反应过来："心理问题啊……"

她突然说道："不过，我还真是很久没有联系过林栀了。"

除了车祸之后去过一次林栀的工作室，棠宁之后再也没联系过她，对方也没主动来找过自己。

"她也没来找过你？"蒋林野眉梢微耸，"那她真是个不负责任的心理咨询师。"

就算当时林栀嘴里什么话都套不出来，他后来还是辗转从别人口中得知了棠宁去做心理咨询的原因——她那时候失眠，有焦虑症，哪怕工作压力减轻，也总是难以安眠。

这些事他以前也知道，可她一向比他聪明，因为不想求助于药物，便转头向林栀寻求帮助。

但听他这么说，她却轻声反驳："你别这么说她……我觉得林栀没什么不对。"顿了顿，她回忆，"虽然我也记不太清了，可我以前问过林栀，如果有人心理出了问题却因为讳疾忌医不愿意找咨询师做治疗，那些人该怎么办？"

夜色深重，室内暖气盈盈，蒋林野认真地听她说。

"林栀告诉我——"头顶灯光温柔，棠宁声音很轻，"'那些人不来做咨询也没有关系，他们生活中会有别的人替代我来帮助他们，渡过人生的难关’。”

时间已经逼近凌晨三点，整栋楼的人大概都睡下了。

可蒋林野坐在这儿一动不动地看着她，却觉得自己很精神，如果可以，他愿意一直坐在这儿，听她说。

灯光垂落，棠宁长长的眼睫毛上仿佛落下一层金粉：“所以我想，她大概是觉得，我找到了可以和我一起渡过难关的人——”

那么，往后地久天长，就算林栀不在身边，也没有关系。

棠宁很肯定地轻声道：“她一定会祝福我的。”

做心理咨询，其实是与一个安全型的人，建立了另一段亲密关系。

理解这件事之后，蒋林野就不觉得心理咨询是一件坏事了。他最开始想让棠宁只留在自己身边，可现在他对她和自己都更有信心，棠宁拥有过她和林栀的关系，也能让她成为更有力量的人。

他乐于见证她成长。

“所以，蒋林野同志，”棠宁深吸一口气，抬头看他，郑重道，“谢谢你给我的勇气。”

就算以后遇到困难也没关系，前路飘摇也没关系。

只要我们还在对方身边，我好像永远有十八岁时的勇气，只要一个确认的眼神，随时可以为对方披荆斩棘。

蒋林野看着她，良久，徐徐笑开：“我也很荣幸，棠宁同志。”

他声音低沉，握住棠宁的手，温柔地叹息：“回家以后，我们复婚吧。”

棠宁并没有立刻回应。她困了，不想思考，只想休息。

她和蒋林野的假期不长，翌日清晨，便提前坐车返回北城市区。上车前蒋林野伪装得很正经，神情严肃，可一上车，他就把她捞进怀里。

他身上很暖和，棠宁窝在他怀里发了会儿呆，仰头看他：“你没有工作要做吗？”

“有。”蒋林野停顿一下，实话实说，“不过我最近都半夜爬起来做，所以你看不到。事实证明，不把工作带回家做的话，真的有助于促进夫妻关系——你看，我们最近和谐了很多。”

“啊……”棠宁忽略了他的措辞，一时间有点儿分不清他是认真的，还是在逗她。她最近睡得很沉，完全没注意到这家伙会不会半夜爬起来。

“你这么可怜？”

“是啊，我都已经中学毕业那么久了，还天天活得像个熬夜补作业的高中生。”

棠宁仰着脑袋望着他的喉结，突然就不说话了。

蒋林野好笑地问：“怎么？”

“也没有必要……没必要这么可怜，我们可以把工作的时间安排在一起。”

那样的话，还是能有很多空余的时间可以一起玩，一起做别的事。

蒋林野微怔，立马明白她的意思，眼底笑意浮起：“好。”

车开得很稳，棠宁窝在他怀里，渐渐开始犯困，慢慢就变成枕在蒋林野的肩膀上。她的眼皮感觉越来越重，世界也变得很温暖。

蒋林野觉得好笑，抱住她，低声问：“跟我回家好不好？我让司机把车直接开回玫瑰半里，其他东西，明天再叫人回公寓拿。”

棠宁迷迷糊糊的，差点儿就答应下来了。闭上眼的前一秒，她突然睁开眼：“那我爸爸怎么办？”

蒋林野伸出手，企图帮她把眼睛重新合上：“睡吧，睡吧，爸爸的事醒来再想。”

“爸爸不会答应我回玫瑰半里的。”棠宁犹豫一瞬，还是说，“我甚至觉得，他不会允许我们恋爱。”

蒋林野笑意飞扬：“我帮他搞定了余明远，不知道老岳父的记分牌上，能不能多给我记一分。”

棠宁抬起头："什么时候的事？"

"就最近。"蒋林野不想详细给棠宁讲过程，这些事她没必要一清二楚，知晓一个大概的结果就够了，"他以后都不会再出现在你面前了，快夸夸我。"

"但是……"棠宁思考了一下，"我偶尔圣母心发作，又会觉得，他好像也没做什么了不得的坏事。"

蒋林野点点头，借坡下驴："嗯，本来也不完全是因为你。他是我的竞争对手，我早就看他不顺眼了，这次也只是找了个借口跟岳父联手，趁机一次性把他解决干净而已。"

"这样吗？"

蒋林野笃定："是这样。"

这个话题一笔带过，棠宁很快注意到另一件事："你最近好像总是在笑。"

蒋林野将脸上的笑意收敛了些："有吗？"

"有，你看你笑起来多好看。"棠宁一边说着，一边捏了捏他的脸。

他微微垂眼，一低头就看到她仰着脑袋，专注地盯着自己。他几乎忍不住："我知道你说的那种感觉，是来自哪里……"

那种怎么也忍不住，看到她就想笑的感觉。

棠宁："嗯？"

因为喜欢你啊。

蒋林野将她抱在怀中，默默地想。

我这么，这么喜欢你。

想笑的心情，怎么忍也忍不住。

棠宁和蒋林野拖着行李箱，回到公寓。

开门之前，棠宁有些心虚："我觉得，既然爸爸那么聪明，肯定已经看出我俩恋爱的事情了。”

蒋林野好笑地问：“你确定他知道的事情，只有恋爱？”

棠宁认真地指出：“他知道得越多你越惨，你只能等待接受父亲大人和嘤嘤怪的双重审判了，小可怜。”

蒋林野挑挑眉，不甚在意。

棠宁旋转钥匙，打开家门，站在原地停了停。然而她等待半天，里面一点儿声音也没有。

两人临走前，老棠总还在家，她就没有再把嘤嘤怪送走，干脆放在家里养。这小猫贼聪明，都快成精了，能辨认出每个人走路的声音，每次她刚打开门，它立马就摇着尾巴小跑过来了。

可是今天，一点儿动静也没有。

棠宁觉得蹊跷，探头进去，客厅里没人。她招呼蒋林野进屋，一边站在玄关处换鞋，一边试探着左右叫了叫：“爸爸？”

没有声音。

“嘤嘤怪？”

还是没有声音。

棠宁奇怪极了，放下包，挨个儿地打开房间检查。然而，无论是书房、卧室还是厨房，都没有人。干干净净，空空荡荡，一切维持着她出门时的样子，没有爸爸，也没有猫。

“奇怪……”她踱步回客厅，见蒋林野坐在沙发前不动弹，她目光越过他，发现窗台下也空了。

棠宁微怔，立马急了：“我的猫没了，猫窝也没了！”

她小跑过去，拽住蒋林野：“我爸也没了！我怎么……”

“办”字还没出口，蒋林野摸摸她的手，安慰：“没事，是爸爸带走的。”

他一边说着，一边指了指放在小茶几上的信：“你看这个。”

棠宁拿起来，见上面简明扼要，写着两行字：

“宁宁吾儿，北方太冷，为父先回去了。猫挺好玩，借走玩两天。大年三十，记得回家。”

落款：你的父亲。

棠宁沉默一阵，脑袋上接连冒出三个问号：“不是……他就这么走了？他不是来阻碍你的吗？他怎么这么轻易就放弃了？”

“你冷静一点儿。”蒋林野揉着她的手，让她先坐下，“爸爸只是回家了，我们过年时也能回去看他，你说对不对？”

其实老棠总并没有很轻易地放弃。

这一次能让他撤军，不仅因为蒋林野帮他解决了余明远的遗留问题，还因为蒋林野颇有诚意地让老岳父确认了他和棠宁名下的动产和不动产。

除了这些年正常的劳动所得，蒋林野几乎什么也没给自己留——换句话说，棠宁老觉得他侵吞财产，可这部分财产根本没从她名下划出去过。

他和棠宁一起在雪山度假时，曾经和老棠总打过一个漫长的电话。

老岳父难得不解：“你图什么呢？”

蒋林野轻声说：“我爱她，结婚时爱，离婚后也爱。”

爱她的灵魂，爱她的经历，以及这些年来，和她之间发生的一切。

总有一天，时光会为我见证。

垂垂老矣时，我们仍然能陪伴在彼此身边。

电话那头沉默了好一阵。

老棠总像是思索了很久，才慢慢地说道：“跟你在一起时，她好像确实更开心。”

那种“开心”，和跟父母在一起时不一样。

她从蒋林野那里得到的爱没有负担，那种感情轻盈纯粹，让人变得鲜活，也让人变得明亮。

“但是蒋林野，我五年前就不放心你，五年后仍然不放心。”下一秒，老棠总又说，“我猜这些年，你应该也没少查你父母的事，你能完全不迁怒棠宁吗？”

“我能。”蒋林野心想这倒很容易，别说这五年，他十八岁时就很清楚，那些事都跟棠宁没什么关系，不过……停顿一下，他又忍不住问，“可是这些年来，我也一直有个问题想问您。外界一直传言，当初是您举报了我的父亲，这是真的吗？”

老棠总沉默片刻后道：“是真的。蒋林野，你父亲确实做错了事。如果你在我当初的位置，也许就能想通——我有家人和女儿，对于我来说，他们永远在第一位。”

所以哪怕重来一次，我还是会做同样的选择。想保护妻子和女儿，并没有什么错。

蒋林野愣了一阵，压低声音，轻笑起来：“也没什么错。”

他想，棠宁她现在，就是我的妻子、我的家人。我也会想保护她，和她在一起。

不过这段对话，他并没有告诉棠宁。

老岳父那天一言不发地结束了通话，他不知道对方是怎么想的，也不敢问。

没想到一回家，老岳父就帮他把家里收拾得干干净净，还把那只讨厌的猫也带走了……蒋林野看着坐在沙发上盯着信纸郁闷发呆的棠宁，心里对老岳父的好感度噌噌上升。

“今天坐车坐了一下午，你累不累？要不要休息一会儿？”他转移她的注意力，“去洗个澡，把衣服换了吧，我现在有空闲，还可以陪你休息一会儿。”

棠宁的注意力全集中在这张纸上，仍然难以置信：“你说嘤嘤怪怎么还真跟着我爸走了……我知道它跟我爸关系不错，可也没必要跟着跑到那么远的地方去吧……”

“如果你实在不放心，等吃完饭，可以跟爸爸打个视频电话。”那只讨人厌的小猫咪终于消失了，虽然未来棠宁还很可能再把它接回来，可是眼下，蒋林野非常快乐，“何况，爸爸一个人住在南方，有一只猫陪他，不是也挺好的吗？以后他看到猫，就会想起你。”

“你说得对……爸爸一个人，太孤单了。”棠宁刚刚没有想到这点，被他一提，顿时感到惆怅，“我们以后，多陪陪他。”

蒋林野拍拍她的脑袋：“嗯，你也多陪陪我。”

结束休假之后返回北城，时间已经接近年底。蒋林野这段时间积压的工作只做了一半，以至于每晚都要加班加点，忙得见首不见尾。

一直到周末，他才抽出时间和棠宁一起吃晚饭。吃到一半，他又起身出门接了个电话。回来发现棠宁一动不动地盯着他看，蒋林野觉得奇怪，问道：“怎么？”

棠宁探头：“谁找你？”

蒋林野抬起眼皮，似笑非笑：“查岗？”

棠宁在桌子下踢他，一副凶恶的模样：“我们已经好几天没有在一起好好吃晚饭了，快说。”

“年底有一本杂志的颁奖典礼，想邀请他们评选的本年度十大杰出青年，我在受邀名单里。”蒋林野略一停顿，“不过我回绝了。”

“我听过这本杂志的评选，每年阵势都很大。”棠宁问，“你为什么不去？”

“不是很早之前就约定好了，新年要陪爸爸一起过？”蒋林野几乎在哄她，“我们早点儿回去，可以回去撸嘤嘤怪。”

棠宁思索片刻：“你想去参加典礼吗？”

“无所谓，我去不去都行。”

“如果你想去，在典礼上露个脸再走也来得及。”棠宁想了想，“我们晚点儿再走也没关系。”

蒋林野伸手抽了张纸，起身坐到她身边，帮她擦掉嘴边的一点点糖渣：“你怎么突然这么善解人意？”

棠宁：“我以前很无理取闹吗？”

“也不是。”蒋林野眼中漾开清淡的笑意，“以前在我的事情上，你好像一直挺无所谓的，很少主动问。”

棠宁搓手：“既然你这么喜欢，那我以后多查一查岗。”

年底最后一天，两人一起吃完早饭，便各朝着两头去。

“我的颁奖典礼晚上八点就能结束。”蒋林野想了想，嘱咐她，“你在哪儿等我都可以，八点之后，我去接你。”

棠宁仰起头：“我结束得肯定比你早，应该是我去接你才对。”

她一边说着，一边像安慰幼儿园的小朋友一样，像模像样地把他的手捉过来拍拍：“你要乖呀小蒋，不要跟其他的总裁小朋友抢玩具，更不要跟他们打架。”

车停在公司门口，简薇隔得远远的，只看见棠宁一直不下车，不下车，就是不下车……

她刚想要冲过去催一催，下一刻，就见棠宁推开车门，走了下来。

依然是那个精致好看的棠总。

棠宁有一点点不自在，耳根泛红，说道：“走吧。”

棠宁迎面走过来，简薇怔了一下，习惯性地答应一声，然后转身跟她一起进了公司。

等电梯的空当儿，简薇抬眼看看棠总，过了一会儿，忍不住，又抬眼看看。半晌，她委婉地问：“棠总，您的口红是不是花了一点点？”

棠宁缓慢地捂住脸。

两人上楼，杂志的采访团队早已经在等她了。

TJ今年下半年的工作重心在国内市场的品牌推广上，上半年的产品销售状况也很好，棠宁虽然记忆出了点儿问题，可重要的事一件也没有忘。

所以这场杂志采访，总体还算顺利。

文字部分的采访内容不算太多，剩下的工作就是拍形象照。TJ有自己的摄影棚，棠宁拍完照才意识到，一个下午就这么过去了。

这是今年最后一个工作日。

窗外不知什么时候又飘起了雪，雪花纷纷扬扬地从铅灰色的天空坠落，轻盈缓慢地堆积在窗台上。TJ对面是一家互联网公司的办公区，高楼之下车水马龙，格子间里的人匆匆忙忙、来来去去，世界被蒙上了一层水汽。

杂志团队派来的摄影师是个年轻的女孩子，结束拍摄后站在原地检查底片，习惯性地朝棠宁比了个“OK”的手势：“辛苦棠总，我们的工作结束了！”声音里透出点儿藏不住的小雀跃。

另一位负责人拽住那个女孩子，低声提醒：“只是我们的结束了。”

他们并不是第一次来采访棠宁，这位女老板从创立TJ以来，走的一直是兢兢业业、三百六十五天不休息的敬业人设。听说前几年，她恨不得大年三十都住在公司里。

“不好意思。”女生吐吐舌头，“我没想到。”

棠宁的视线从窗外收回来，落在女生身上，看到她脸上的局促，忍不住笑起来：“没关系，我也要下班了。”

简薇有些惊讶，话不经思考脱口而出：“这么早？”

说完，她立刻感到后悔：“不是，棠总，我没别的意思……就是，您以前不会走得这么早的。”

棠宁慢悠悠地感慨：“人就是这么易变，我以后再也不要加班了，我现在立刻就下班。”

下班了，她就可以做小公主了。

在众人面面相觑的惊讶和茫然里，棠宁默不作声地、偷偷地想——

加班好像没那么好玩。

做小公主，似乎，也没那么坏。

按照之前和蒋林野的约定，棠宁离开公司之后，便驱车赶往他的颁奖会场。突如其来的大雪令城中堵车严重，等她慢吞吞地赶到，天色已经完全黑了下来。

远远望去，宴会厅人声鼎沸，夜色中的灯光如同煮沸的海水。

蒋林野接到电话，到门口来接她。他个子很高，一米八几的个头穿上正装，视高逼近一米九。背后觥筹交错、衣香鬓影，他隔着茫茫夜色一眼看见她穿过小径，眼带笑意地走过来。

棠宁被蒋林野牵着，跟他一起走进宴会厅。

一走进大门，她整个人立刻被盈盈暖气包裹，宛如陷入春天。

周围没什么眼熟的人，棠宁问："你几点领奖？"

蒋林野牵着她在前排坐下，抬手看了一眼表："现在七点半，应该还要半个小时。你先在这儿坐一会儿，还是我先带你去吃东西？"

棠宁左顾右盼，去餐厅还要再穿过一段透明的游廊，进都进来了，她不想再动弹："我也不是很饿，坐一会儿吧。"

蒋林野觉得好笑，扣着棠宁的手，往自己的西装口袋里摸："来，摸摸看里头有什么，摸到了，就是你的了。"

她的手被他按着，在口袋里来回摸索，碰到几个小小的硬硬的圆球。

棠宁睁圆眼："这是什么？"

蒋林野没应声，她好奇地摸摸，又摸摸，没等辨认出那是什么，头顶传来"扑哧"一声低笑："蒋林野，大过年的，这都最后一天了，您还带着夫人出来秀恩爱？"

蒋林野头也未抬，悠哉地靠在座位上，心情颇好："是啊，不服？"

棠宁飞快爬起来坐直，将手从他口袋中抽出来，目光稍稍向上，朝旁边扫了一眼，看到一个长相清俊的年轻男人。

对方看起来比蒋林野大几岁的样子，穿着服帖挺括的正装，眼中和嘴角都带笑，气场清润，又莫名透出少年气。

他从场外回来，自两个人背后穿过，又从座椅另一侧走到蒋林野身侧坐下。在他坐下的前一秒，棠宁看清他座位上的小名牌：江连阙。

她不认识这人，可是对这个名字有印象——国内娱乐业的龙头大佬，如果没记错，今晚举行颁奖晚会的这家杂志，就是他旗下的。

棠宁缓慢地眨了眨眼。

注意到她的目光，江连阙主动打招呼，两眼弯成桥："晚上好啊，小嫂子。"

棠宁条件反射，瞬间端庄："你好啊，江总。"

蒋林野身形微顿，看她："你叫他什么？"

"江总啊！"

"你叫我什么？"

"蒋总，小蒋，蒋林野。"

蒋林野放低声音，跟她讲道理："那我不是跟其他人一点儿区分度都没有了？"

"怎么没有，读音、调子完全不一样好不好！"

"不行。"蒋林野不听，"你得给我换个称呼。"

"不要。"棠宁果断拒绝，"我总不能当着这么多人的面叫你林宝吧。"

空气像是凝滞了几秒，接着，江连阙"扑哧"笑出了声。

蒋林野不高兴："你就不能自觉点儿，自己把耳朵堵上吗？"

江连阙笑着摇头："行，我不听，我不听。"

蒋林野转回来，板着脸，将口袋里的巧克力球，一颗一颗地放进棠宁手里。

晚上八点，晚会准时开始。

颁奖环节在第一个，蒋林野很早就打算好了，领完奖立刻就走，一刻都不在这儿多待。

棠宁有点儿兴奋，看着他穿过人群。

台下灯光渐暗，江连阙悄悄凑过来："小嫂子。"

她目不转睛地看着走上台的蒋林野，分心将耳朵凑过去："嗯？"

"你跟小蒋弟弟，打算什么时候复婚？"

小蒋弟弟？棠宁第一次听人这么称呼自己的前夫，感觉有点儿新鲜："还什么都没有打算好。为什么突然问这个？"

江连阙笑笑，指指台上："替他问的。"

这家伙像复读机一样，每天碎碎念。

棠宁眨眨眼，转头看台上。这个颁奖环节很简短，开门见山，直接发奖杯。

灯光垂落，蒋林野清俊的面庞被笼在温柔的光芒里。棠宁看着他拿起奖杯，不知怎么，突然有点儿不明白……这个家伙，是怎么长这么大的？

从他青涩的少年时期，到他们结婚，到离婚，到现在，他无数次在台下看着她，她也曾经无数次像现在这样，目光穿过人群，落在他身上。

"大家晚上好。"不能免俗的发言环节，蒋林野开口之后停顿了一下，目光落在某个方向，突然笑了笑，"我站高一点儿，以免夫人看不到。"

开口便哗然，棠宁微微怔了一下，耳畔响起善意的笑声。

四面嘈杂流水般退去，最后才是自己的心跳。

"首先谢谢大家为我投票，把我评为今年的年度杰出青年……"蒋林野看了一眼陈良骏写的演讲稿，放下，"我其实没什么特别想说的，今年棠氏在各位合作伙伴的帮助下赚了很多钱，也在各位同行的竞争下赔了不少。我提前祝大家新年快乐，来日方长。”

他声音清澈、语气平静，周围的人好像都蒙了一下，棠宁捂住脸，最先笑出声。

江连阙小声道：“他是来我这儿开年会的吗？怎么又不照着稿子读？”

“今年我发现大家好像也挺关心我和我夫人的。”蒋林野很平静，说到“夫人”两个字时，声音里才染上点儿笑意，“最近我正打算复婚，但一直没想好怎么向她求婚，大家如果有合适的想法，也欢迎告诉我。”

他停顿了一下，差点儿习惯性地说出“好了，我们散会”。

把那几个字咽回去，蒋林野正色，生硬地将主题拽回来：“过去一年谢谢大家，也谢谢我的夫人……虽然现在暂时还是前妻。”

最后半句话声音很小而且语速飞快，把大家逗笑了。

棠宁乐不可支，看着他放下麦克风，在掌声和笑意里披着滚沸的灯光，穿过人潮，走到她面前。

周围人的目光都被吸引过来。男人居高临下，眼中笑意流动，映出她的身影：“走，夫人。”

他轻声说：“我们一起回老巢。”

三万英尺高空，飞机穿透云层。

正是大年三十。北城这些年禁了烟花，只有郊区有几个指定的烟花燃放地。飞机起飞时，郊外刚好有巨大的烟火在空中绽开。

棠宁趴在舷窗上举着小望远镜往外看：“不知道南方让不让放烟火……小蒋，我们以前有没有一起放过烟花？”

“没有，你也说了，北城不让放。”蒋林野好笑地问，“你叫我什么？”

棠宁转过来亲了他一口：“小林小宝贝。”

蒋林野微怔一下，心想，别说烟火了，我什么不能给你放啊！

窗外，茫茫云海，寒星高悬。棠宁收起望远镜，突发感慨：“今晚星星好亮，不知不觉，过去这么多年了。”

“怎么突然提这个？”蒋林野将她的手捉过来握进手中，攥着无名指来回摩挲，在心里思索偷偷给她戴上戒指的可能性，“星星一直都是这么亮，只是你很少抬头看它。”

棠宁转过头来看他：“那我岂不是亏了很多年？”

“怎么会！”蒋林野笑了笑，倾身亲了亲她的脸颊，“往后还有百八十年，你有的是时间慢慢看。没有星星的时候，你也可以看看我。”

棠宁突然就不说话了。

她陷入沉默，蒋林野大概猜到她在想什么，一边握着她的手揉啊揉，一边轻声道：“宁宁，不要再惦记木村拓哉了，重新跟我结一次婚吧。”

棠宁觉得有点儿好笑：“你还没求婚。”

“下飞机就求。”

“你不是还没准备好吗？”

“戒指很早就准备好了，我刚刚离开会场之后，又收到了很多人的求婚方案。”蒋林野坦诚，“我随时可以下跪。”

棠宁这次笑出了声。

她的眼睛大而明亮，两眼弯成月牙时，好像有星星落进去。

“坦白说，我遇到了很多挺奇怪的事。”

“先是车祸，然后是失忆，之后又是车祸……记忆直到现在也没有完全恢复，不知道将来还等不等得到记忆完全恢复的这一天。”棠宁微顿，轻声说，“可也不是完全没有收获。”

蒋林野静静地听，她不疾不徐地说：“我一开始觉得自己超有钱，简直是天降的财富。后来又离了婚，以为自己甩掉了不爱自己的丈夫。”

“可是兜兜转转，绕这么大一个圈子，好像只有一件事没有忘——”

蒋林野望着她，目光深邃而认真。

她与他对视，轻声道：“是被人爱着的感觉。”

婚前婚后蒋林野微不可察的体谅，融在日常里细碎的关心和担忧，以及从来不肯从嘴巴说出来的那份超级无敌爆炸的喜欢。

“我被一个笨蛋喜欢着。”棠宁笑，“可是很巧，又很幸运的是——”

“我也一直这样，喜欢着那个笨蛋。”

飞机平稳飞行，机舱内安安静静。

云层之上星光璀璨，落地之后，又是新的一年。

蒋林野凝望她，沉默许久，押上一生的深情，徐徐开口：“这是我们在一起的第七年，是我喜欢你的第十年。”

起初希望她只留在自己身边，可是后来已经爱她爱到另一个地步，就像哪怕鸽子从手中飞走，也由衷地祝她高飞。

“是啊，小林同志。”棠宁笑意飞扬，“今后我们还将走过第二个十年、第三个十年……”

蒋林野温柔地接话：“直到垂垂老矣，儿孙满堂。”

他握住棠宁的手，轻柔地落下一个吻。

“这是我的荣幸，小棠同志——”

至此，以后，我必将奉上一生，为你称臣。

（正文完）

番外一

一万万

Dream

01

在雪山玩“百鬼夜行”时，简薇看到棠宁和蒋林野互动，觉得自己幸福极了。

陈良骏注意到女朋友情绪的大起大落，问：“怎么了？”

简薇感慨万千：“我好像找到了初恋的感觉。”

陈良骏：“啊？”

我不就是你的初恋吗？

……不是，我给不了你初恋的感觉吗？

蒋林野和陈良骏隔着两个座位，完全没注意到助理正在怀疑人生。

他递卡牌给棠宁，顺势又捏了捏她的手。

棠宁探头看看他的身份，严肃地指出：“我觉得饿死鬼也不适合你。”

蒋林野嘴角微勾：“那我适合什么？”

棠宁一手拍掉他手里的牌：“色鬼。”

02

在雪山度假区住下的第二天，棠宁和蒋林野一起出发去滑雪。

是日天朗气清，整座山陷入苍茫的白色，一眼望去，无边无际。

棠宁对滑雪这项运动的记忆已经很遥远了，蒋林野看着她，不太放心：“你还记得怎么滑吗？我帮你叫教练过来？”

“不要。”有教练在旁边，她会觉得自己是个七岁小女孩。

她一边说着，一边倔强又不怕死地松开他的手：“我会滑的，不需要人教。”

雪坡不高，棠宁膝盖微弓，平稳地往下滑。蒋林野站在原地一动不动地看着，本来觉得“哟，挺不错”，刚想夸她，话到嘴边，她就“噗”的一声栽进了雪地里——脸朝下。

蒋林野乐坏了，连忙滑过去。

他走到棠宁身边时，一旁的教练已经将她扶起来了，蒋林野低声道谢，弓身帮她清理外衣上细碎的冰碴。

棠宁坐在地上，神情乖巧，一言不发，衣领和头发里都是雪粒子，滑雪杆被扔在一边。

他帮她把头上和脖子里的雪扫开，笑问："见没见过狐狸捕食？"

棠宁半颗脑袋缩在围巾里，只露出一双眼，闷闷地出声："如果我是狐狸，你肯定是雪地里的田鼠。"

蒋林野的笑意从唇畔开始，一路往上蔓延，滑进眼中，跃上眉梢。

棠宁狐疑："你笑什么？"

蒋林野："没什么，觉得你有点儿幼稚。"

棠宁伸手挠他，蒋林野一开始还躲，后来索性伸长手臂拽住她，将人按进怀里。

棠宁瞬间就安静了。

他脸上笑意未散，微微垂眼，伸出一只手帮她将歪斜的帽子扶正，动作轻缓地往上扯一扯，露出她的眉毛和白皙的耳尖。

"我刚刚在想，"他平复呼吸，捧住她的脸，"我人生前二十几年，没有比现在更快乐的时刻。"

"宁宁，"他微微喘息，缓慢而认真地吐出后半句话，"我们一起幼稚到一百岁吧。"

03

新年之前，棠宁提出：去动物园郊游。

她坐在沙发上抱着脑袋，回忆了一遍又一遍，得出结论："我脑子里没有任何关于约会的记忆，我们从来没有好好谈过恋爱，连动物园也没去过！"

蒋林野跟她讲道理："倒也不是，我俩刚结婚那会儿，其实很认真地磨合过……何况，你见谁约会去动物园？”

“那是我单方面被你磨合吧？”棠宁认为，“你虐待我。”

“行吧。”蒋林野起身拿外套，从她身边经过时，拍了拍她的脑袋，顺势亲了亲她的额头，“我虐待你，你真是个小可怜。”

棠宁被他揉来揉去，小动物似的，偃旗息鼓。

她好像某种毛茸茸的猫科动物……蒋林野一面觉得她可爱，一面又有些想笑。

周末，两个人还是一起去了动物园。

蒋林野将车停在停车场，入口处可以买到喂动物的食物，他挑了鸵鸟、长颈鹿和狐狸的干粮，看到旁边有卖棉花糖的，顺手也买了一支。

棠宁买票回来，看到高大的男人站在入口处，一只手提着小纸袋，另一只手举着一支粉红色的棉花糖。

今天天气很好，日光倾洒下来，他穿着深色的风衣，面料挺括，身形格外颀长。

来动物园的大多是小孩子，在旁边笑闹着跑来跑去。他默不作声地看着，整个人浸没在明亮的阳光里，有种奇异的反差萌。

棠宁走过去，探头问：“你都买了什么？”

她低头翻袋子，蒋林野解释：“喂狐狸的，喂鸵鸟的，还有喂长颈鹿的……”

末了，他笑着叹息：“你不好奇，这支棉花糖是用来喂什么的吗？”

“不。”棠宁眨眨眼，“万一是你自己想吃，我又不能嘲笑你的少女式爱好。”

蒋林野微默，哭笑不得，低声道：“你是故意的吧？你肯定是故意的。你不仅失忆了，而且还变坏了。”

不等棠宁说话，他居高临下，微微躬身，以一种邀请公主跳舞的姿态，握住她的手，将棉花糖放到她手里。

耳畔的声音如流水一样退去，棠宁呼吸一滞，蒋林野低沉的声音和阳光一起倾泻下来，滑落在耳边："你现在像一只坏狐狸。"

棠宁觉得，完蛋了——

"坏狐狸"是不是骂她的意思？可是蒋林野的声音好好听。

两个人坐电瓶车进入园区，棠宁和蒋林野坐在最后一排，冬天阳光暖洋洋的。一排四个座位，旁边坐着个穿背带裤的小男孩和一个年轻女人。

小男孩和棠宁坐在一起，一路上都在盯着她，不知道是在看她，还是在看那支棉花糖。

走到半路，棠宁察觉到视线，转头问："你想吃吗？"

结果那小男孩看着她，竟然摇摇头："我不吃，谢谢姐姐。"

棠宁意外，转头小声说道："他好有礼貌啊！"

蒋林野看了看小男孩，低低"嗯"了一声："回去就生，我们生个更好看的。"

光天化日……棠宁踢了他一脚。

结果她从上车一直到下车，也没吃完这支棉花糖。

抵达狐狸山，蒋林野一手提着纸袋，一手牵着她，见她还在努力伸着舌头舔棉花糖，忍不住低声问："好吃吗？"

棠宁舔得很费劲："怎么说呢……好像碰到舌尖就会化，我不太能感受到糖的存在。"

蒋林野笑起来："那你慢慢吃，争取在出园之前把它舔干净。"

狐狸山周围人有些多，棠宁的注意力全程集中在棉花糖上，蒋林野怕她被人撞到，将她拉得很紧："小心一点儿，不要戳到人。"

棠宁点头："我会小心的，我又不是三岁小孩。"

话音刚落，前面传来刚刚那个小男孩清脆的声音："妈妈，刚刚的姐姐长得好好看，可她好幼稚啊。"

棠宁眼睛不怀好意地一眯："嗯？"

年轻妈妈哭笑不得，温柔地问：“怎么了？”

小男孩一本正经：“她都那么大了，还要大人牵着才敢出来玩。”

妈妈逗他：“你不也要我牵着才敢出来？”

小男孩像模像样地反驳：“那不一样啊！我又没有吵着闹着要吃棉花糖。”

棠宁：“哈？”

她还没完全反应过来，年轻女人和穿着背带裤的小男孩就已经走远了。

棠宁有点儿蒙，转过头来，在蒋林野脸上看到藏都藏不住的笑意。

她嗷嗷叫：“你笑什么？！”

蒋林野笑意飞扬：“我觉得，他说得挺有道理的。”

“我哪有吵着闹着要吃棉花糖！”

她还在奓毛，蒋林野移开目光，把她的手握得更紧了。

“确实是要牵着你，才敢让你出门。”

人潮汹涌，棠宁微怔，忽然有点儿不自在，但又不想放开他的手。

她小声嘟囔：“倒也不至于吧。北城治安挺好的，我出门又不会出什么事……”

“棠宁这么好，被人发现了怎么办。”下一秒，蒋林野轻声打断她，叹息道，“万一被人偷走了，那我岂不是要一个人躲在角落里哭？”

棠宁微怔，觉得空气流速都变慢了。

她屏住呼吸，再一次由衷地表示想不通，这家伙到底是在哪里上了补习班？明明已经认识那么多年了，他为什么突然变得这么会说话？

蒋林野等待了两秒，没等到回复。

他心下奇怪，转过去，看到棠宁半张脸埋进围巾里，鼓着腮帮子停顿了一会儿，慢吞吞地握紧他的手：“那让你多牵一会儿。”

她声音很小很小地说：“别再弄丢了。”

04

蒋林野带着棠宁去喂狐狸。

这会儿是冬天，前几天刚刚下过雪，狐狸不冬眠，可也都躲在洞穴里不愿意出来。

今天出了太阳，天空是碧透的蓝，空气中泛着冷意，阳光倾落下来，漾开一片温柔的光。有几只火红的狐狸在木头架子上蜷缩成团，背对着游人的方向，大大的尾巴长长地垂下来。

棠宁指了指："你看那几只，像不像烤糊了的面包？"

蒋林野被她的比喻逗笑："你见谁家烤糊的面包，会缀一个那么大的尾巴？"

他一边说一边牵着棠宁凑近，找到最近的观景台停下脚步，拆开手中的纸袋："要不要喂一下？"

园方把这群狐狸养得很好，定时定点给肉给干粮，游客只能喂些小零食。棠宁踮起脚尖探头看了看，纸袋里装着的像是某种蛋白小团子，用鼻子嗅了嗅，感觉有一股清淡的奶香。

她思考一阵："你先喂，喂慢点儿，等我把棉花糖吃完……我很快就吃完了，你给我留一点儿。"

蒋林野应了声"好"，把手伸进袋子，抓出一小捧奶球，往空中抛。

狐狸们原本都窝在底下晒太阳，听到声音，立刻一只只机敏地跳起来，用嘴巴接住小奶球。这种尾巴大大的犬科动物，叫声格外清脆，像卡带了一样，嗷呜嗷呜的。

棠宁贴在围栏上，看到一群毛茸茸的小家伙扑上来，心情也跟着变好："好可爱啊，别说纣王，是个人就遭不住吧！"

蒋林野帮她扔掉棉花糖的杆子，笑着摇头道："你不是纣王，是狐狸。"

这话没头没脑，棠宁瞅了他一眼，没有搭腔。

两个人一起在动物园喂了鸵鸟和长颈鹿，快到中午时才从园区离开，一起去吃午饭。

蒋林野今天开了车出门，带棠宁去的是那家自己平日谈工作时常去的馆子。过去几年，两个人总是各自有饭局，他也很少跟她一起吃工作餐。

蒋林野牵着她进门：“这家的菜很好吃，我觉得你会喜欢。”

棠宁小小地“哼”了一声。

蒋林野对着服务生报出之前预订的桌号后，听见她哼哼，忍不住转过来，眼中浮起揶揄的笑：“我以前给过你许多次查岗的机会，手机都不设密码放在你面前了，不是你自己不看吗？”

过去五年的记忆太过细碎，很多细枝末节，棠宁至今都想不起来。

但她对他说的这个有印象。不知道是太相信蒋林野还是他婚后真的很乖，她从不查他的任何设备。

不过——

现在棠宁不这么想了，她认真地思索半天，一本正经：“可我觉得，如果你真在外面有什么，我肯定发现不了的。要是真被我发现了，那肯定不是你没瞒住，是你懒得瞒。”

蒋林野觉得好笑，故意耸眉：“你这是不是在间接承认，其实你不怎么聪明？”

“不是。”棠宁想都没想，“我这是在直截了当地告诉你，珍惜这段缘，不要欺骗我。”

蒋林野笑意飞扬，捏捏她的手，用十足的耐心低声哄着：“我当然不会骗你，也不会欺负你。”

从今往后，我们都会好好的。

棠宁本来还在想查岗的事，可两个人在包厢坐下，菜一端上来，她的注意力立马就被吸引走了。

蒋林野跟她生活了这么多年，清楚她的口味，点的全是她喜欢的。

棠宁这时候才觉得饿了，饥肠辘辘地埋头夹菜，蒋林野坐在旁边，不紧不慢地跟她说话——

“想吃什么主食？”

“饮料是凉的，我给你换成热玉米汁吧。”

“慢一点儿，你不觉得烤肉很烫吗？”

…………

吃到一半，蒋林野的电话响了起来。

他拿起手机看了一眼，放下筷子：“我出去接个电话，很快就回来。”

棠宁点点头：“我会帮你看着这些食物的，你快去快回。”

重新谈恋爱，她好像整个人都变可爱了。

蒋林野失笑，起身出门，没几分钟，很快折返。

他回来时，桌上刚刚端上一道拔丝红薯，这道菜趁热吃才好吃，棠宁正一脸认真地夹起一块，慢吞吞地将筷子放在手里转了好几圈，把糖浆的拉丝全都卷到红薯上。

蒋林野心下一动，走过去，从背后轻轻拍她：“宁宁。”

棠宁毫无防备，转过来：“嗯？”

蒋林野居高临下，握住她的手，将红薯放进自己口中，一口咬下去。

棠宁愣了好一会儿，才迟缓地反应过来：“你这人！”

“你看，我就说，”蒋林野乐坏了，“你做不了纣王，更像一只不聪明的狐狸。”

棠宁睁圆眼，正要反驳。下一秒，他按住她的手，俯身，将一个轻盈的吻落在她唇畔：“而且，是甜的。”

番外二

新年夜

“据本台消息，今夜凌晨，东城将迎来小范围流星雨，但市内可见度较低……”

换台。

“春节来临之际，北城商业银行祝大家新年吉祥，如意安康……”

换台。

“啊！喜羊羊，快想想办法吧，快来救救我！”

“……”

棠宁的手指在遥控器上停留三秒，无语仰天，关掉电视。

黄昏时分，天空荫翳，大雪将至。屋内开着地暖，既干燥又温暖，让人直犯困，客厅里突然没了声音，空间内一时沉寂。

厨房里“笃笃”的剁菜板的声音响了一阵，若有所觉，也跟着停了。

棠宁没动，抱着孤狼抱枕斜躺在沙发上，屏住呼吸，在心里数秒数，一秒、两秒……

第五秒，厨房里传来哗哗的水声，大概在洗手。没一会儿，水停，她听到虚掩着的玻璃门被人拉开，有人趿拉着家居鞋，不疾不徐地走过来。

棠宁仰起脸。

蒋林野将身上的小熊围裙脱下后，随手搭在一旁的椅子上，然后停在她的身后。他穿着一件灰色的高领毛衣和一条亚麻色的长裤，裤脚挽着，整个人身形颀长，显得清俊、迷人。

她小声哼了句：“小蒋。”

蒋林野低头，伸出手指捏她的脸：“怎么不看电视了？”

“我好焦虑。”棠宁瘫倒在沙发，觉得自己非常柔弱，“一想到要结婚，把当年的流程再走一遍，就觉得，头好痛。”

蒋林野直起身，绕到她面前，在她一旁的沙发坐下，长腿微屈，向前伸展。软垫微微凹陷，他斜睨她，黑色眼瞳浮起笑意：“不用操心，我来安排流程。你不是想不起来了吗？正好可以把这次婚礼，当作人生的第一次。”

微顿一下，蒋林野补充：“上次结婚，我也没经验。这次有经验了，一定会比上次办得好。”

“我是没记忆了，但我们的亲朋好友还有啊！”棠宁捏住怀里的孤狼抱枕，纠结道，“我们这么随意地离婚又结婚，他们会不会觉得我们有毛病啊？”

这种问题是怎么问出来的……

蒋林野觉得她既可爱又好笑，失笑道：“你答应求婚的时候，怎么不纠结这个？”

棠宁：“当时没想到啊，你也不提醒我。”

“那不会的。”她的思维真跳脱，蒋林野身体微微前倾，修长的手指在茶几的零食篓中随意抓了把夏威夷果，剥开一颗塞到她嘴里，“你都想不到，他们肯定更想不到，不然等会儿他们来了，你问问他们。”

今天下午，他跟家里的阿姨一起剁好了虾肉的饺子馅儿，又给她切了果盘。

棠宁用嘴去接夏威夷果果实，为表感谢，在他手指上轻轻亲了一下，那里带着点儿桃子的味道，他刚刚切水果时，肯定把桃子汁切得汁水四溢，溅了一手。

“不过，说到他们，”棠宁咔嚓咔嚓地吃着坚果，像只不怎么听话的狐狸，声音含混不清，“都这个点儿了，马上快开饭了，他们怎么还不来。”

她嘴上说得随意，注意力其实一直放在门上。

仿佛感受到她的期待，门铃很给面子，下一秒就“叮咚叮咚”地响了起来。

住家保姆过去开门，门一打开，冷风席卷而入，细小的雪花在灯光下飞舞，六个人带着两个幼崽，在玄关处脱了衣服换了鞋，七嘴八舌，几句话重叠在一起，热闹地跟棠宁和蒋林野打着招呼：“新年快乐呀，小棠，蒋总。”

棠宁没穿外套，兴奋地跑过去探头看，被蒋林野一把按回去。她趴在玻璃屏风上眼巴巴地跟几个朋友打招呼：“你们怎么一起来啦？路上遇见的吗？外面冷不冷？快进来，快进来。”

大年初四，从老棠总那儿回来之后，她跟蒋林野待在北城家中过年，邀请一众朋友来家里做客。

除了一直别别扭扭不肯和好的时川和盛星来，还有已经结婚并带着两个小孩儿的段白焰和姜竹沥夫妇，以及棠宁曾经送过他们一只柯基犬的容屿和倪歌夫妇。

段家两个小豆丁半年前刚学会走路，妹妹偶尔还会摔一摔，棠宁只记得蒋林野买过段白焰写的教人如何追回老婆的书，完全想不起来，他是什么时候生了这俩孩子。但他作为一线导演，最近两年的作品数量明显比前些年要少很多，大概确实将主要精力放到了家庭中。

棠宁招呼大家进门，抱着零食筐，躬身去逗那两个漂亮的小孩儿：“你们好呀，我叫棠宁，海棠的棠。”

这俩小豆丁，名字跟他们的妈妈一样，都取自植物，一个叫嘉树，一个叫嘉楠。

哥哥有点儿高冷，说了声“谢谢”就转身跑到沙发上一个人待着了。妹妹很呆，眨着大眼睛站在原地纠结应该先拿花生糖还是先拿巧克力，她声音软软地叫：“小棠姐姐。”

“差辈儿了。”棠宁心花怒放，心想，段白焰他不仅会追老婆，一定还很会教育孩子。

她小心地碰了碰段嘉楠的脸蛋，故作谦虚：“要叫阿姨。”

段嘉楠歪着脑袋，像是不太理解，凑过来，在她掌心轻轻亲了亲。

棠宁心里炸开一串烟花。

“小孩子好可爱。”她把这一筐子零食都给了段嘉楠，转身拉住盛星来的胳膊，央求道，“你赶紧生一个，给我玩。”

盛星来头上冒出一串问号：“你怎么不自己生？”

小闺密说完这话，棠宁明显感觉到，路过的蒋林野也投来目光。她停顿了一下，摇头说：“我不要。至少现在不要，过几年再说吧。”

她都还没好好谈谈恋爱呢，现在生孩子，也太早了。

“你都知道要过几年，难道我就不要吗？”盛星来嘀咕，“更何况，时川都不一定愿意跟我生。”

就前几日，大年三十，时川才刚松口答应跟她复合。这才过去几天，现在提孩子，她觉得时川一定会被吓跑。

客厅里干燥温暖，刚刚关掉的电视被两个小朋友重新打开了，声音不大，因而并不吵闹，但忽然有了人气，显得十分热闹。

蒋林野从棠宁身边路过，去厨房监工晚饭，段白焰和姜竹沥换了衣服，过去给他帮忙；倪歌和容屿在参观别墅一楼靠南那面墙上新做的书柜，时川跟在容屿身边，时不时与他低声交流一两句。

棠宁的目光转一圈落回来，确认隔着这么远，时川听不见她说话，才敢低声地肯定道：“你俩复合了，他仍然在吊你。”

盛星来：“那我也太惨了，我要怎么办？”

棠宁：“多简单，跟他分手，换个人谈。”

盛星来捏着奶糖砸她。

晚饭准备妥当，餐桌上除去年夜饭里的常见菜，还有两只烤火鸡。开饭后，一伙人围在桌前，主厨帮忙将鸡肉划成小块。金属小刀从火鸡肚子正中划开，金灿灿的酥皮下，露出藏在腹部的烤得熟透的苹果、凤梨和火腿。

窗外的雪越下越大，透过餐厅三面环绕的落地玻璃，能看到橘黄灯光下飘飞的白色雪絮。

棠宁咬住筷子尖，忽然转过头：“难怪前几天你突然说要买苹果。”

蒋林野帮她盛饺子：“什么？”

棠宁两只手在空中比画：“用来做火鸡。”

“没有。”蒋林野的袖子挽起，露出结实的小臂，勺子都已经拿在手中了，索性又给她盛了碗白酒汤圆，他眼尾闪过笑意，“那些苹果是买回来给你吃的，你冬天待在家里，总是不吃水果。”

他声音不大，但这句话仍不可避免地吸引了其他人的目光。

棠宁睁圆眼：“你是在告我的状吗？”

“我这就告你状了？”蒋林野好笑地看了她一眼，“我都还没问他们，你想问的那个问题。”

其他人的耳朵纷纷竖起来。

棠宁对上他的目光，忽然觉得自己有点儿蠢。咬开一个汤圆，白酒的气息清清淡淡，软糯的小白团子中流出滚烫的芝麻流心，她含混不清地说：“那就不要问了，显得我不太聪明。”

“什么？”盛星来探头，好奇极了，“棠棠想问什么？”

“她想问——”蒋林野擦擦手指，“我们俩这么快就复婚，你们会不会觉得我们脑子有问题。但我觉得，我们不复婚，才是真的脑子有问题。”

席间静默三秒，发出一串交叠的笑声。

“可是，听说恋爱会让人智商下降，这说明，她是真的在恋爱啊！”棠宁埋着头一口一个饺子，盛星来眼巴巴地瞅着她，羡慕地叹息，“我什么时候才能像她一样，成为陷入热恋期的傻瓜！”

她一边说着，目光一边往旁边的时川身上瞟：“时……”

“川”字没出口，时川看也不看，用火鸡腿堵住了她的嘴：“吃你的肉。”

一顿饭的时间，雪絮已经在窗前堆积起厚厚一层。大家无事可做，围着电视看春晚回放。

没看几个节目，容屿就开始犯困，靠在沙发里，慵懒地抬起眼皮提议：“要不，我们还是换一部成年人的鬼片来看。”

“你在说什么？”倪歌匪夷所思，“这里还有小孩子呢！跟嘉楠道歉。”

“好，好，我的错，我错了。”容屿立马连声投降，眼底漾起散漫的笑，声音清澈且认真，“听夫人的，我们就看春晚。哪怕已经在家看过三遍了，我们还是要再看，多看，继续看。”

倪歌拿脚踢他。

两个人的话引来一阵打趣，一群人吵吵闹闹。

客厅温暖嘈杂，棠宁左看看右看看，这时候才发现蒋林野不见了。昏暗的灯光中，她放下抱枕，若有所思：“我去楼上把麻将桌支开。”

姜竹沥匆匆应了她一句“好”，棠宁趿拉着家居鞋往楼上走。客厅没开大灯，她走到二楼，壁灯感应到人影，一盏接一盏地亮起来。

她穿过走廊，一盏盏小小的橙色的灯像发光的橘子，一楼的人声浮动着，忽然变得非常遥远。

隔着尽头的玻璃门，能看到外面弧形露台上堆积的白雪，风号雪舞，深夜的天空透出一些蓝。露台另一边连接着室内的书房，她在走廊尽头驻足，推开书房的门。

同样的巨大落地窗前，蒋林野穿着一件灰色毛衣，长腿微屈，坐在书桌旁的沙发上，背对门口，高大的身影被入口处的书柜挡住一部分，他像是在看雪，也像是在等人。

屋内静悄悄，雪无声地落下。

棠宁顺手关上门，走过去叫他：“蒋林野。”

他回过头，有些意外，黑漆漆的眼睛仍旧是和煦的：“嗯？”

她又叫了他一声：“小蒋。”

“嗯。”

“你是不是不喜欢我叫这么多人来家里过年？”

棠宁在他身边停住，这时候才发觉他有点儿不对劲。从下午起，他就没怎么说过话，好像不喜欢这种人很多的场合。

棠宁垂着眼，伸手去捏他的手掌，嘀咕道："也就这一天。我是觉得，爸爸不在北城，我俩一直待在家里，挺冷清……"

"没有。"蒋林野思维有些混沌，盯着她看了会儿，才反应过来她在说什么，他打断她，顺势将她拽住，让她在自己身旁坐下，"我只是晚饭喝了酒，头疼，才想上来坐坐。"

他的思绪游移着，一会儿想到今天下午，棠宁说她为了复婚的事情很焦虑；一会儿想到晚饭前，她说自己不要孩子；还有，两人从去年年底到现在也一直没有领证。

棠宁跟着坐下，沙发凹陷了一小块。她离蒋林野很近，嗅到他衣物上干净的气息，以及清淡的酒气。

这个角度看过去，他侧脸的线条跟她记忆中的有点儿不太一样，好像被漫天大雪衬得柔和了一些，没有过去那么硬朗。

她仰着头望他，突然有点儿好奇："我们以前，一直在一起过年吗？"

蒋林野没有放开她的手："嗯。"

"那我们，会在过年时，也吵架吗？"

蒋林野思索了一下，仍然诚实地点头："会。"

"啊？"棠宁微微地皱眉，"今晚的虾饺很好吃，但过年吵架不好的。我们情人节去领证吧，以后再也不要吵架了。"

书房的壁灯无声地亮着，别墅区内不让放鞭炮，爆竹声从遥远的地方传来。

漫天大雪的夜，蒋林野沉默、专注地望着她，心想：这是多么无聊的新年，以及多么可爱的老婆。

谁说告白非得一本正经，棠宁说话，向来颠三倒四、语无伦次。

蒋林野忽然有些想笑。

这些年，来来去去，棠宁永远明亮、柔软，偶尔冒傻气，走到哪儿都有一大群朋友，总是被热热闹闹地包围着，浸没在全世界的爱意里，又把这些爱意偷出来，全心全意地给他。

他是被照亮的人。

蒋林野久久地望着她，半晌，伸手拂开她额前的碎发，很郑重地哑声道：“好，我们以后一直一起过年，不吵架，明年继续包虾饺。”

“新年快乐。”棠宁两眼弯弯，凑上来，盖章似的亲在他的侧脸，“蒋先生。”

“好的。”他眼中笑意浮起，回吻她，“蒋夫人。”

番外三

蝉和风

棠宁和蒋林野的婚礼定在翌年盛夏。

由于蒋林野在这件事情上还算有经验，婚礼相关的事宜，前前后后，也没怎么让棠宁操心。不过这样一来，蒋林野一直到四月底才后知后觉地意识到，棠宁似乎对“结婚”这件事并没有建立起概念，她还跟之前一样，说走就走，收到TJ在临市的第三家线下店开张的消息，立刻连夜兴奋地收拾好行李，打算去看看。

——像一只没有家庭，背上包袱就能离家出走的猫咪。

蒋林野立在门口，伸手揪住她，像捉住一个不听话的逃课小孩儿。

他身形高大，身上的蓝灰色居家短袖领子很松，看起来有点儿懒散。他抱手靠在屏风旁，似笑非笑：“你就打算这么走了？出差也不叫我，我问了简薇，才知道你的行程。你有没有一点儿已婚人士的自觉？就这么把我一个人扔在家里，算怎么一回事儿？”

棠宁睁圆眼，惊奇地说道：“可我昨天就把自己的日程表写好贴在冰箱门上了，这次的行程很突然，明天就会回来……而且，你不是告诉我，你这周末有事？”

蒋林野发出一个意味不明的上挑的鼻音：“嗯？”

棠宁帮他回忆：“你说你约了设计师，带着新郎礼服上门来给你试衣服，家里不能没有人。”

“所以，你打算让我自己试衣服？”蒋林野都被她说笑了，“完全不给我任何建议，也不想提前看看你先生的婚礼礼服？”

他话音未落，棠宁突然踮起脚尖，伸手抱住他。

热气一触即离，她亲吻了他的脸颊。

蒋林野微怔，听到她在他耳边，很轻快地说：“小蒋穿什么都会很好看的，我留到婚礼那天再看，好不好呀？”

——好不好呀。

蒋林野呼吸微滞，陷入沉默。半晌，他脸上维持着刚才的表情，一只手将行李箱拉杆给她拉开，故作平静道：“那你早点儿回来。”

棠宁两眼弯成桥：“我会的。”

他帮她把行李箱放上车，看着司机开着车在小区内转了个弯，消失在拐角。

今日天气不错，蒋林野在门口眯着眼吹了会儿风，穿着拖鞋不紧不慢地回了书房。落地窗外游移的阳光洒进屋内，他先跟设计师打了电话改约时间，又给电脑拔了线，将它搬到客厅里办公。

大半个下午过去，他盯着屏幕，希望自己能在工作里集中注意力并放松精神，但棠宁唇瓣压在脸颊上的感觉，似乎长久地停留在了那里，不管怎么都挥之不去。

天色擦黑时，蒋林野关上电脑，忍不住想——

他是不是……被蛊惑了？

他有一点点高兴，但也只是一点点，因为这个亲吻给他带来的情绪能量，并不足以支撑他保持高兴的状态到老婆回家。想到她今晚有饭局，下飞机之后也不怎么会搭理他，要到深夜才能跟他视频，他就觉得……

“我是不是太闲了？”蒋林野喃喃自语，明明一整个下午都在工作，此时此刻却又觉得自己满脑子只有老婆，压根儿装不下别的。

春末晚风骀荡，日头偏西，天空渐渐变成深蓝色。家里很安静，他惆怅地坐了会儿，客厅落地窗的方向，忽然传来“啪嗒”一声轻响。

这声音非常轻，像是有什么东西在拨弄窗玻璃的落地锁，小孩子似的，打开又关上。

蒋林野将目光投过去，又是“啪嗒”一声响。

白纱窗帘不断被风扬起又飘落，他眯起眼，看到窗帘上投射出一道小小的影子：四脚落地，耳朵尖尖的，细长的尾巴跟在身后大摇大摆，走路很轻，每一根毛毛都威风凛凛。

是他可爱的老婆养的那只毛发异常蓬松的狸花猫。

蒋林野一动不动地沉默了几秒，看着嘤嘤怪步履轻盈地沿落地窗边走了一圈，其间无数次将落地锁打开又关上，像是在找什么东西。它很有耐心，就静悄悄地独自找，绕行到第四圈，才终于忍不住，发出叫声："喵。"

蒋林野笑起来。

他起身走到厨房，打开壁橱，拆开一袋新的猫粮——对于这只猫，他早就没什么敌意了。玫瑰半里的屋子空间比棠宁之前的平层公寓要大很多，年初她搬回来，猫也跟着一起来了。小猫咪起初对陌生的空间充满畏怯，家里有点儿动静就立刻加速扑向棠宁，后来慢慢熟悉了，才开始摇着尾巴到处跑。

在这栋房子中，这只猫的活动范围很大，但二楼的卧室和书房一般不让它进，它大多时候仍活动在一楼，棠宁就把自动喂食器放在客厅一角。每天到饭点儿，嘤嘤怪都会自己跑过去吃东西，但今天家里的阿姨把喂食器拿去清理了，还没有送回来。

它可能很郁闷……蒋林野想。

棠宁不在家，它不仅要跟他同住一个屋檐下，还没有食物。

蒋林野抱着猫粮袋子，迈动长腿走出厨房，穿过客厅，停在窗边。嘤嘤怪听到动静，没有跑开，而是坐在落地窗边仰头好奇地看他，尾巴在爪子前绕成小半个圈，偶尔动一动。

"喂。"蒋林野居高临下，单手伸进袋子里捏起一把猫粮，声音低沉，"讨好我。"

嘤嘤怪没动，半晌，舔舔爪子，毫不在意地撇开头。

蒋林野失笑，就这个舔爪子的动作，他莫名觉得有点儿像棠宁。

他蹲下身，将大大的袋子放在身侧，把猫粮抓出来放在掌心，一手伸过去，一手拍它的脑袋："来，吃点儿。"

嘤嘤怪骄矜地低头，嗅了嗅他的手掌，闻到熟悉的气息，才缓慢地吃起来。

寂静空间内响起小小的咀嚼声，蒋林野摸着它的毛，缓声说：“你看你都吃上饭了，要不，你也用心电感应，问问你妈妈——”

嘤嘤怪一顿。

蒋林野说：“她有没有吃上饭，晚饭好不好吃，有没有喝酒。”

嘤嘤怪吃东西的动作一停，抬头用一言难尽的表情看了他一眼，然后停止了进食的动作。

“干吗这样看我？”蒋林野戳戳它毛茸茸的脸，因为有个瞬间感觉它有点儿像棠宁，现在觉得这只猫也眉清目秀了起来，“她上次去临市，出了车祸，我不想让她再到处跑，她也不听我的话。人菜瘾还大，你说她怎么这样？”

嘤嘤怪显然完全不想听他说话，突然站起来，噌噌噌地跑回猫窝，一转眼就不见了。

蒋林野起身，将茶几上刚被棠宁吃空的曲奇饼干盒拿过来，往里头舀了半盒猫粮，放到落地窗旁，然后才给猫粮袋子束了口，放回厨房壁橱。

冰箱里满满当当，他吃了半个鸡蛋三明治就失去了胃口，回沙发上坐下，进入线上会议室。棠宁一直没给他打电话，不过没关系，他今晚还有两个跨国会议，大概要开到凌晨一点半，等不等她，都一样睡不了觉。

蒋林野会议刚开始，就感觉肩膀一沉。

他回头，看到嘤嘤怪嘴里叼着个向日葵形状的玩具抱枕，从沙发旁一跃而上，蹲到他的肩头。

他关掉麦克风，伸手摸摸它的下巴：“吃的给你放在窗台了。”

嘤嘤怪没动。

“去吃吧，吃饱了给你妈打个电话，问她饭局什么时候结束。”蒋林野完全不管它听不听得懂，自言自语，“临市后半夜有雨，你顺路跟她说一声，别在外面待太晚。”

嘤嘤怪还是没动。

它可能和自己一样，因为棠宁不在，所以没有胃口。蒋林野这么想着，于是没再管它，重新打开麦克风，将注意力转移回眼前的会议。

夜色渐深，到凌晨忽然起了风。连日晴天的北城在这天后半夜迎来降雨，雨水噼里啪啦落下，在昏黄路灯下溅起小小的白色水花，整座城市都被笼进雨雾之中。

棠宁乘红眼航班到达北城，半夜拎着贴满桃子贴纸的白色行李箱在家门前驻足。她按完密码打开门，进门在玄关处换了鞋，进屋才发现客厅的落地灯还亮着。

橘色灯光温暖柔和，仅仅照亮沙发前小小的一隅。灯光里，白色的沙发布被拖着，有一半掉在格子地毯上，另一半被身形高大的男人压在身下，旁边蹲着一团靠在他身上小憩的狸花猫。

蒋林野不知是怎么睡过去的，他歪倒在灰色沙发上，眼镜还架在鼻梁上，金属镜框的边缘漾着微光，一猫一人，像一幅静默的画卷。

棠宁愣了愣，走到他身边，躬下身，轻拍他的肩膀："蒋林野？你怎么在这儿睡？"

男人微皱了一下眉，翻个身睁开眼，依稀还记得身边有只猫，动作不敢太大，怕压到它："嗯……"

他坐起来，脑子不太清醒，给棠宁腾出位置，低沉的声音带着点儿刚醒的鼻音："我开会，开到一半，觉得困。"

"然后就在这儿睡着了？"棠宁奇怪，"可你怎么跑到客厅来办公？"

蒋林野正想开口，嘤嘤怪突然弓着背伸了个懒腰，转身两步跑到沙发下，用力跳到它那个向日葵形状的玩具上。

寂静的空间内响起一阵短暂的电流声，然后是蒋林野断断续续的声音：

"给你妈打个电话……

“她饭局什么时候结束……

“有雨……别在外面待太晚……”

棠宁微怔，蒋林野也愣住了。

这一晚需要他发言的环节并不多，大多数时候，他都是闭麦，默不作声地听。嘤嘤怪有时围着他闹腾一下，他的注意力被分散，就会忍不住想到棠宁。他也不记得自己说过什么了，总之是一些细碎没意义的话，谁能想到会被一只猫用录音玩具记下来。

录音质量很差，只能勉强辨别出内容。棠宁竖着耳朵听了一会儿，有点儿感动，又有些哭笑不得，转头拽住蒋林野的胳膊：“为什么我不在家的时候，你话这么多，当着我的面，就一句都不说？”

蒋林野沉默了一会儿，面无表情：“我没有说过那种丢脸的话。”

棠宁大笑：“怎么会，多可爱！我就只走了一下午，你竟然这么想我。”

蒋林野纠正：“你原本说的是明天回来。”

“有什么差别？我也是因为想你，才连夜赶回来的啊！”棠宁指出，“小蒋，我们坦诚一点儿。”

“嗯，上次暴雨，我跟你直说，别去上班了。”蒋林野点头，“你问我，是不是想囚禁你。”

棠宁沉默了，讨好地晃晃他的手臂：“你别翻旧账，我下次出差带着你去。”

“我没不让你出门。”蒋林野失笑，“但你总是很冒失。”

“好的，我知道了。”棠宁朝他的方向挪了挪，低头埋进他的怀抱，“我不该放你鸽子，临时跑掉，我应该跟你一起等设计师，看你试结婚礼服。”

“不是，我没说这个……”

“等天亮了，叫设计师来吧。”棠宁埋在他的胸前笑，声音很轻，“我会准备一千字马屁好好夸你的。”

有一秒，蒋林野不太确定，自己究竟有没有睡醒。他的思绪游移着，一会儿想到，虽然棠宁的确冒失，但现在的她，比过去更懂得如何恋爱，也更会照顾人的情绪；一会儿又想到，那只没用的猫，也许偶尔，也是有一些用处的？

雨雾爬上玻璃，室内灯光安静温暖。录音还没放完，嘤嘤怪蹲在落地灯的灯影里，默不作声地舔爪子。

小猫咪不是很明白，这两个人类，为什么突然又抱着亲到了一起？

但这时候的棠宁和蒋林野，不约而同地想到一些遥远的浪漫——关于宇宙、时间、猫咪和玫瑰花。

他和她都是在时间的海洋中行走、成长的人，由于热爱某人，这些年来等待彼此的时间也变得微不足道。

所以，如果她对“结婚”这件事没有概念，那就没有概念吧……

凌晨三点半的雨夜，蒋林野默默地想着。

他对“未来”的想象一向贫瘠，是棠宁为他建立了“生活”的概念，他现在拥有一位记性不太好的夫人、一只把食物端到面前也不知道吃一吃的猫，以及一个可以包容他随时休息的家。

永远热恋也没什么不好。

他喜欢现在的生活。

（全文完）